A Modern Witch

摩登新女巫

〔美〕德博拉·吉尔里／著

谢　雨／译

重庆出版集团　重庆出版社

版贸核渝字(2013)第312号

图书在版编目(CIP)数据

摩登新女巫/(美)吉尔里著;谢雨译. —重庆:重庆出版社,2016.5
ISBN 978-7-229-10604-1

Ⅰ.①摩… Ⅱ.①吉… ②谢… Ⅲ.①长篇小说—美国—现代
Ⅳ.①I712.45

中国版本图书馆CIP数据核字(2015)第258351号

摩登新女巫
MODENG XIN NÜWU
〔美〕德博拉·吉尔里 著 谢 雨 译

责任编辑:刘 喆
责任校对:刘小燕
封面插图:宫纹娜
装帧设计:重庆出版集团艺术设计有限公司·王芳甜

重庆出版集团
重庆出版社 出版

重庆市南岸区南滨路162号1幢 邮政编码:400061 http://www.cqph.com
重庆出版集团艺术设计有限公司制版
重庆俊蒲印务有限公司印刷
重庆出版集团图书发行有限公司发行
邮购电话:023-61520648
全国新华书店经销

开本:700mm×1000mm 1/16 印张:15 字数:206千
2016年5月第1版 2016年5月第1次印刷
ISBN 978-7-229-10604-1
定价:32.00元

如有印装质量问题,请向本集团图书发行有限公司调换:023-61520678

CHAPTER 1 第一章

“内尔，我喜欢这套内衣，超性感。你觉得我会不会碰到穿这种内衣，既有一天使面孔，又有魔鬼身材的性感尤物？”

“你在说什么？”内尔正在努力改正那几行代码里的错误，她弟弟说的话让她一头雾水。

“我旁边有堆巨大的胸罩，颜色还挺丰富的，有深紫色、巧克力色还有红宝石色。上面标的罩杯是34D。要么是那尺码偏大，要么就是你把我变小了。顺便说一下，选红色的那个吧，你穿起来肯定会很好看的。”

“你在说什么？啊，不好！”内尔的头快速转向了她的第二个显示器。一台电脑显示器显示着她一直都在忙着测试的程序编码，而另一台电脑显示器上却是她为周年纪念日挑选的性感内衣。果不其然，第二个屏幕上出现了一个5英寸高的杰米，他的脑袋正往一个红色蕾丝花边胸罩里面钻。

他退了出去，摆了摆手。“哇哦，真是大开眼界！这招魔法真不赖！胸罩也很漂亮。你现在在干什么？”

内尔感觉很庆幸。因为杰米并没有注意到那些已经躺在她购物车里用来配套的吊袜带和丝袜。“糟糕！不好意思！我在测试召唤咒语，用来召唤巫师聊天的。巫师聊天室是一个网上巫师社区。索菲也正在把咒语添加到自己的网站。如果其他巫师浏览网页，这个咒语应该能锁定他们，然后把他们引到我们的聊天室。”

杰米将红色蕾丝花边胸罩由上往下慢慢往自己身上套，直到胸罩很服帖地套在他身上。“貌似定位还是挺有效，但我猜这应该不是你的聊天室吧。如果是的话，我可以向你保证会有大量的男巫师加入进来的。”

“杰米，快点把内衣脱下来——真恶心！快来看看这儿。”内尔将她的两个显示器都对着杰米。以便他能够读到上面的咒语代码。“知不知道哪里出了错？”

杰米眼睛眯成一条缝：“嗯……首先，你通过她们在网上的活动来确定她们的巫师身份，也就是跟踪，对不对？”

“对。然后我们会留下一个信息嗅探器，用来存储信息，这样也方便我们再次找到他们。当召唤咒语启动时，嗅探器会被激活，然后会将找到的巫师引进聊天室里来。我们正在启动召唤咒语，但它显然没有把他们带到该去的地方。”

“我想我看到你的问题了。你需要在程序的第62行里加一个固定的变量。目前为止，它只是将巫师引到你最新的网络位置。但我觉得那也没有什么问题。”显示器里的缩小杰米已经把胸罩的带子变成了他自己的攀爬架。

“见鬼！我现在明白了。多谢。”

“不客气。这条咒语编码真的不错。你能送我回去吗？刚才我正在吃午饭，吃得正享受呢。”

“啊，该死！你是真的在那里面？”内尔暂时放弃了对第62行程序的修改。显然，他们遇到了更大的麻烦。“它应该只是会把你引到其他的地方而不是将你困在电脑里啊。我以为我们只是捕获了你的虚拟影像。”

“就像我刚刚讲的，这个咒语真的不错。我们可以把它用到巫师王国游戏中，用到那些真正的高级别、巫师级别中去。”杰米一直在为他们的在线世界寻找一种新的编码挑战。

内尔自己也知道她自己的咒语编码技巧并不那么高超。“传输咒语编码我一个人可搞不定。但你的瞬移术肯定捎带有背负式传输功能。”

杰米的头枕着红色蕾丝花边:“是啊,那本来是可以调升电压的。但我们还是再试试吧——这也许真的会给巫师王国带来不小的震撼呢。不过现在可不可以麻烦你帮我个忙?帮我点一下那些有穿着胸罩的性感美女图片的产品?这样在你救我出去之前,我至少还能过得开心一点。我慢慢等,你也可以慢慢来。”

“你挺走运的。”内尔冷冷地说道,“我有足够的经验将那些搞砸的咒语重新调整过来。”她想了一分钟,键入了几行代码。她朝着杰米挥手告别,伸手触摸到力量。

力量同咒语啊,以吾之名召唤前来,铭记此等步骤,择汝所熟之术,送其安然归家。如吾所愿。

劳伦在芝加哥最热门的新公寓大厦前门入口处来回踱步。她心不在焉地朝门卫笑了笑,并朝着那个方向挥了挥手中的房地产文件夹。她沮丧地想:多亏了手机耳塞。这些日子在大街上自言自语也没人会注意你。但这可能是劳伦的小秘密,因为电话的两头都只有她一个人。

她已经接受了这样带客户看房子。客户都还不错,但有时就是要求太多。事实上要照着他们的要求选房,那芝加哥市中心的公寓没有一个能满足他们的期望。然而,她的工作就是要向他们展示那些顶级寓所,不管他们现不现实。她希望他们快点下决心。要是她又不去上瑜伽课,纳特又该抱怨了。

一辆出租车停在了路边,劳伦立马挂上她房地产经纪人特有的招牌笑容。“凯特,真高兴咱们又见面了。你一定会很中意这栋公寓的:视角极好,厨房更是精美。米奇会来么?”

“我想他会的,但是我们先去吧。他总能一下子就把一个地方给看完了,我更喜欢多花点时间到处走走看看。”凯特很漂亮,新婚燕尔,在芝加哥设计界更是出类拔萃,平步青云。但当电梯开始上升的时候,凯特的脸色霎时变得十分苍白。

劳伦将手放在凯特的手臂上，她察觉凯特有些不适。“凯特，你还好吧？”

凯特点了点头，然后从包里掏出一块燕麦卷。“过去不吃午饭不会觉得身体有什么问题。可最近有点受不了了。还是跟我说说公寓吧。有我们要的那种办公空间么？光线怎么样？”

劳伦从包里拿出有关该公寓的全彩平面图，开始了一番高谈阔论。她也暗中注视着凯特——二月的芝加哥总是流感的高发期，她可不想感冒。

她们走出电梯，进入了一个宽敞明亮的大厅。落地玻璃上倒映着冬季风吹无垠的灰色湖面。然而并非所有的客户都喜欢这种景象。劳伦说：“你可以想象一下夏天湛蓝的天空下帆船在碧绿的湖面上荡漾的情景。”

凯特笑起来：“你看到那样的景色都能联想到像夏天密歇根湖一般的美景，难怪你工作那么出色。其实对我而言，每个季节都是一种情绪，每个季节的湖我都喜欢，哪怕是像冬季那样不受欢迎的季节。这也就是为什么我们的购房要求里有湖景这一条。”

“啊，对，购房要求上是有这么一条。”劳伦开了门，“前面我们也谈过，米奇列的那购房要求确实够吓人的，但是我认为你也觉得这房子很多地方确实挺符合你们的要求的吧。”

劳伦仔细看了看凯特，内心竟一阵窃喜。她可以看出凯特被公寓的大气和极具现代感的设计所吸引了。

劳伦深知让房子脱手的最佳时机，她将凯特带到窗前，从近16英尺（近5米）的落地窗往外俯瞰着芝加哥这座城市，还有她中意的湖景。很好。劳伦心想：凯特这边已经差不多同意了，只需要搞定米奇和他那张购房要求就行。

她有一种预感她会心想事成。她开门让米奇·格林利进来。米奇看起来着实是一位非常年轻时尚的会计师，从笔挺的西装到手提电脑包，无不彰显着他的青春与魅力。她也梦想有一套同他类似的西装套装。

"劳伦，很高兴再次见到你。"米奇走了进来，同她握了握手。他仔细看了看凯特，劳伦能感受到米奇新婚燕尔，幸福之情溢于言表。也许表面上看起来他是个不带感情的数字怪人，但可以肯定的是他绝对深深地爱着新婚的妻子。"亲爱的，不好意思我迟到了。纳税的时间快到了，客户的要求也越来越苛刻，越来越费时费力。"

"亲爱的，你不就擅长跟那些敏感甚至有点神经质的人打交道么？"凯特吻了吻米奇，说道，"你觉得我为什么会嫁给你？"

"我觉得这儿应该是放我分析表的地方。"米奇一边说，一边敲着他放在花岗岩早餐台上的电脑。

劳伦忍住了笑："米奇，我觉得这地方会和你列的那些购房要求有些出入，但是我们要不先看看地方，让你感受感受，好有个第一印象。"

凯特咧嘴笑道："他的分析表就是他的第一印象。亲爱的，来看看这儿的风景，真的很美。即便像这样沉闷的一天，光线还是很棒。"

米奇牵着凯特的手，穿过主厅。劳伦看得出很多事情是他们结婚后才熟悉起来的。即便牵着丈夫的手，凯特走路的时候仍如跳舞一般，她的眼睛扫视着房间，并且不断换着方向；而米奇的眼睛则是转向房间的各个角落，就好像是在为他用平头针钉在软木板上的购物要求编目一样。

很明显他们本质上并不一样。劳伦可以用她的下笔佣金打赌他们俩在决定婚后的第一套房同决定晚餐吃什么时一样，两个人没有太多共同点。但是他们还是相处得很融洽。

当米奇朝着他的电脑走过去的时候，劳伦走向站在屋子中间的凯特。"嗯，米奇，你觉得怎么样？"

"当然，这房子确实在有的地方达到了我们的要求。"米奇扫了一眼眼前的购房要求，"湖景——有。开阔透气的主起居室——有。硬木地板——劳伦，那是什么？竹子吗？"

"是的，宽度不一的竹子，整个公寓都有这种设计。"劳伦回答道，"我个人最中意厨房里的那些。它和巧克力色的橱柜以及不锈钢器具很相配。"

米奇转过身去，长长地看了一眼厨房："我觉得我不是很赞成把橱柜换成开架。那些难看的东西我们放哪儿?”

凯特盘腿坐在空客厅中间,从她的画板上抬起眼:“我的厨房里没有难看的东西。”

“哦,嗯。”米奇感叹道,“听听她设计师的口吻。”

“我们只是需要把你约瑟芬姨母送的那套碗送人,”凯特看了看劳伦,“五件套的手绘粉红色小猪,感兴趣么?”

米奇咧着嘴说道:“她会来看我们,然后看看她送给我们的东西,她总是那样。把别人送的结婚礼物送人是不是不太礼貌?”

凯特冲她笑了笑:“我买房子又不是为了能和那套粉红小猪配套,即便她是你最爱的姨母也不行。另外,我们不该鼓励她,否则她会给我们买更多类似的东西。我喜欢开架。我前几天在厨房用具店里看到铜底的壶,放在那儿应该不错。”

劳伦和格林利一家待的时间还算长,她知道凯特最拿手的就是烤百吉饼。

“设计灵感,”米奇低声地说。他朝凯特眨了眨眼:“看到了么,我甚至不用问为什么你会去厨房用品店,我自己琢磨。”

凯特只是咯咯地笑。

米奇回过头去看了看他的电脑。“看上去我们好像有了‘既现代又设计精良的厨房’咯?”他向凯特求证。

“我想是的,目前我感觉都不错。先这样,我们接下来看看主卫?我希望有个黑色大理石装饰的浴缸,并且还能看到湖。”

劳伦听到这儿,带着他们去主卧。

“亲爱的,又怎么了?”她听到米奇关心的口吻,停了下来。

他以惊人的速度到了凯特身边:“你确定你不是得了流感?今儿早上你看起来也很不舒服。”

“我很好,我想我只是多喝了几杯咖啡,又没怎么吃东西。我们看看房间剩下的地方吧。然后你带我去好好吃一顿,我快饿死了。”

米奇摇了摇头:“先吃饭吧,你看起来好苍白。劳伦,我们能明天早上接着看么?”他把手搭在凯特手臂上,示意她不要反对他的建议。

劳伦想,好吧,性感的会计师说了算。“没问题,房子都空着,我会给房产经纪人打个电话，说你们明天早上再来看。九点钟，怎么样？”

“好。”米奇将凯特带到门口，“我保证我们俩要好好吃顿早饭再来。”

凯特看了看劳伦然后挥了挥手。当他们走向电梯的时候，她紧靠着米奇：“你要给我洗耳后根儿吗？”

劳伦不需要听到米奇的回答就知道那压根儿跟吃的没关系。她可以感觉到来自凯特的热量和幽默。看起来劳伦终于有时间去上瑜伽课了。

“莫伊拉姨母，互联网真的不是黑巫术创造的，我向你保证。”

“索菲，一定是的，否则这个小老鼠它怎么不听我的话。”

索菲提醒自己在给莫伊拉姨母开始远程电脑课程前要有耐心。“我们再试一次，当我提醒你用登录咒语时您才能用。”

“索菲，水晶球肯定更容易一些，不是吗？或者把肖恩叔叔的两面镜子给你——用它就能舒舒服服地聊天了。”

“莫伊拉姨母，我可以那样跟你聊天，但是内尔不能加入我们，其他的巫师也不能加入进来。”

“想法倒是很好，”姨母说道，“你要建的这个社区听上去不错，但是你确定互联网是最好的选择？我们巫师不用它也能找到彼此，我们都这么做了几千年了，你难道不知道吗？”

索菲咧嘴笑着。莫伊拉姨母是世袭女巫。她的传统观念根深蒂固。“莫伊拉姨母，我知道这听上去很新鲜很不同寻常。我只是希望现在我们找到彼此更容易一些。除开家人以外，您的训练生有不是家人的么？那是什么时候的事情了？”

“索菲，你说得有道理。”莫伊拉姨母叹息道，“从你开始算起，我们总共就只收过两个。”

索菲总是忘了她和莫伊拉姨母并不是真正的亲人。她小时候是在莫伊拉姨母新斯科舍海岸的小屋里度过的，学习有关巫术的游戏和传统,那让她觉得自己同他们就是一家人。"我也很想念你,莫伊拉姨母。我这个夏天会去看你,去帮帮你的忙。"

"房间总是为你留着,小宝贝。如果你也会读心术,我会邀请你同我一起去爱尔兰的。我们刚刚发觉我们的曾侄孙墨菲会读心,但是我们没有一个适合教他怎样控制读心术的人,教他在别人没有允许的情况下怎样收起读心术。但现在他还小,还不适合教他那么多东西。我们也不能把他送到别的地方去。"

"那就是我们为什么需要网上社区,杰米不就会读心术么;如果他能访问我们的聊天室,然后就能帮助墨菲。现代巫师需要会用现代工具。"

"我还不是才乘飞机漂洋过海?对我这样的一个老女巫而言,那还不够现代么?不过让杰米帮墨菲这个想法还是很好的。"

"我希望我们能用聊天帮助小巫师,甚至更多人。"索菲使出了她的王牌,"许多天赋都被浪费了。不是每个人都能认识到他自身所具有的能力的。你总是告诫我们没有经过训练的巫师既危险又是一种损失。"

"我知道,那也是为什么我要帮你。"

"好!我们开始吧。我们需要你进入聊天室。找到地址栏,输入www.amodernwitch.com."

莫伊拉姨母叹了口气:"索菲,我又不是傻瓜。我可以去你可爱的小店。我上个月是不是才买了你的甘菊洗涤剂?"

"莫伊拉姨母,下次你要洗涤剂的时候,只管要,不需要买。"

"我愿意支持女巫生意。你的甘菊洗涤剂冬天对我这患风湿的手很有帮助。"

索菲笑了起来。她知道莫伊拉姨母要是站在道德的高度,她很难改变她的心意。"好吧——你高兴买就买吧。现在,你登录巫师聊天室。"

"我们这二十分钟不都是在登录?所以我要把这小老鼠放到黄色按钮上,然后呢?这个小老鼠一样的东西总想往别处逃。我在想墨菲或其他小鬼肯定在跟我捣鬼。"

索菲咧嘴笑起来:"很有可能。莫伊拉姨母,我能想象出是哪些会干这事儿，但是我肯定你比那些训练生的恶作剧不知道强了多少倍。先点黄色按钮，然后启动登录咒语。接下来你就能进到聊天室，我在里面等你。”

以吾之名义，寻志同道合之人，在神力引导下，开封印之口，三人同行。如吾所愿。

当她听到莫伊拉姨母念登录咒语时，索菲手指交叉，然后点了黄色按钮，进到巫师聊天室。

索菲：你成功了！你能读这个么？

莫伊拉姨母：索菲，我眼睛挺好使的。

索菲：确实如此。好吧。既然你已经知道怎么用登录咒语了，我们稍后就找到内尔，然后试试搜索咒语是不是还有效。

莫伊拉姨母：那对我来讲的话就是明天早上的事情了。那到时候见。退出去也需要念咒语么？

索菲：不，不需要。只需要点一下右上角的小×就可以了。晚安，莫伊拉姨母。

CHAPTER 2 第二章

“妈妈，快点让阿尔韦恩停下来！他又把我移来移去的了！”

“你让他把你弄回去。”

“妈妈！”吉尼亚听上去真的很生气，生弟弟的气对她来说再正常不过了，即便他只是用她来做瞬移练习。内尔把头从冰箱里缩回来，看着她三胞胎中的老二。又快速地把头缩了回去，真的花了好大力气想忍住笑，但还是没忍住。

“妈妈，有那么好笑么！一点儿都不好笑。”

“宝贝，不好意思。”内尔试图让自己看上去没那么幸灾乐祸。她原本成熟稳重的女儿不仅怒气冲天，而且还湿透了，身上除了些肥皂泡，简直就是一丝不挂。“让我猜猜，你应该在洗澡，对不对？”

“是的呀！阿尔韦恩把我移到了后院。我都还没来得及穿衣服，内森和杰克都也在后院那儿。妈妈呀，他们都把我看光了！你可得阻止那个讨厌的家伙。”

内尔叹了口气。为什么他们变得这么快呢？去年夏天，吉尼亚还很欢腾地光着身子在洒水器下面到处乱跑呢。“吉尼亚，他和以前比可好多了。至少现在他通常都会把那些他移走的人弄回原处去。再回去冲个澡吧，把身子冲干净。我会跟阿尔韦恩谈谈的。”

“你找不到他的，他把自己弄到杰米叔叔家去了。”吉尼亚突然跑开了，就像是七八岁的疯小孩儿一般。她越过内尔的肩膀望过去，大声说道："他还朝我吐舌头了。"

内尔有时想，要是把她四岁大的小巫师放到易趣网上，不知道能卖多少钱呢？小家伙有一头可爱的卷发，迷人的绿眼睛，当然他还会时不时地乱用一下他的魔法天赋——廉价出售。

小孩拥有魔法这事儿对内尔一家而言并没有什么可稀奇的。内尔家族祖祖辈辈都拥有巫师血统。她最年长的哥哥内森在13岁时就已经拥有娴熟的技艺和强大的力量。他很好地发挥了他的天赋，并受到一群自豪且信心满满的叔叔阿姨、爷爷奶奶的悉心调教。

三胞胎中的老二还没有展现她的魔法天赋。可现在下定论为时尚早：许多女巫都是在狂躁的青春期才发现自己天赋异禀的，即使是生在对魔法天赋很熟悉的家庭也不例外。

但毫无疑问阿尔韦恩将会成为一个力量超群的巫师，也许是他们几代人以来最为强大的一个。当阿尔韦恩还在她肚子里的时候内尔就察觉到了这一点：他的力量带给内尔的冲击远早于胎动。

人们通常会觉得生了三胞胎以后，生一个孩子会很容易。但是阿尔韦恩的到来却像是龙卷风来袭。家里每个巫师都忙着接生，忙着让他顺利来到这个世界。他的降生让整个屋子都充满了力量。

内尔自打阿尔韦恩出生就一直努力让他过着正常的生活。不管是不是拥有强大的巫术，他还是个小男孩，在他承担他力量赋予的责任之前，他有权作为一个小男孩。

这个月，她要让阿尔韦恩正常点儿做就意味着要给杰米打电话，杰米是这个家里唯一懂瞬移的人，也只有他能静悄悄地把那些流浪狗，走失的小孩儿以及奔驰车送还给他们的主人。她很庆幸自己住在布鲁克林，在这里即便再奇怪的事情，人们也不会在意太久，大家都见怪不怪了。

内尔听到吉尼亚边洗澡边在唱歌。看样子吉尼亚也不是很恼了，麻烦算是暂时解决了。她调了杯沙士，拿了块加花生酱的百吉饼，穿过人群朝着家人称为"内尔中心"的地方走去。

桌上有两台显示器，一个显示着游戏代码，另一个显示她的食品杂货店购物订货已经完成了一半。她纠正了一行代码中的拼写错误，拿起两种切碎了的奶酪，然后发信息给杰米让他先照看一下阿尔韦恩。

信息发送完毕后，内尔切换到“现代女巫”聊天室，她想知道索菲是不是已经将莫伊拉姨母加入到聊天室了。聊天室里的空白屏幕告诉她，莫伊拉姨母还没有加入聊天室。“没有比一个人待在聊天室更伤心的事情了。”她自顾自想着，咬了口百吉饼，又切换回去继续完成她的网上购物。

当劳伦推门进入心灵瑜伽班的时候，热气扑面而来，让她有些喘不过气。瑜伽班华氏一百度的高温总是让人震惊。纳特总是在漫长又黑暗的冬至月提出上更多的热瑜伽班——这有助于在春季到来之前祛除身体里衰老有毒的成分，恢复活力。当然说得难听点儿就是让你使劲儿出汗。

劳伦将瑜伽垫在房间的后面铺展开来，然后将随身携带的用具也都拿了出来。深吸了一口气后，她静静地坐在瑜伽垫上，觉得那份宁静正慢慢地浸入全身。

纳特觉得今天的课有点热带雨林的味道，房间里充盈着香草同芒果的气息，闪烁的烛光，流动的音乐都隐约让人觉得是置身于加勒比海。虽不是牙买加的海滩，但也让人心旷神怡。劳伦慢慢地深吸了一口气，感觉到了自己胸腔的扩张。坚持一分钟，慢慢呼出气。眼睛慢慢闭合，再吸一口气。找到节奏以后，劳伦觉得自己感受到了在屋子中间的纳特，仿佛她轻轻碰了一下她的肩膀来表示欢迎。

当纳特走向屋子前方的时候，劳伦身心都得到了满足。她很难从纳特的存在中感受到其他东西。纳特身上散发的正直气息是劳伦无法抗拒的，这是十年前当劳伦刚跨进大学宿舍的门口就已知晓的事情，那时候的纳特正在两张床之间窄窄的毯子上做头手倒立。

如果不是因为头手倒立，劳伦兴许也跟其他人一样对纳特的印象不怎么好。娜塔莉亚·伊丽莎白·埃杰顿·斯麦思拥有优厚的家境和无懈可击的教养。要看出她那颗艺术家的心同活泼好动的个性，以及她有多么慷慨大方的确需要花些时间。

劳伦在大学第一周结束后就明白有纳特在自己的身边，生活会更美好。作为一名高强度工作的房地产经纪人，生活有时会把人逼疯，但是她总是愿意找些时间同纳特呆在一起。即便是让自己在瑜伽室里汗流浃背。

劳伦让自己全身心地沉浸在瑜伽颂歌中，在纳特让自己释放出所有的有毒能量之前，慢慢享受最后片刻的休息。

内尔往购物车里加了四打鸡蛋，一加仑螺旋形巧克力冰激凌，一箱格兰诺拉麦片，然后点击提交。共计343.82美元。呀！那只够他们一家子吃一周左右。所有的孩子都跟要闹饥荒了一样拼命地吃，但是小家伙们的肚子才是真正填不满：阿尔韦恩上次同杰米训练的时候就已经吃了六个摊鸡蛋，两个小时后又吃了晚饭。

在吃完最后一口百吉饼之前，内尔听到了她期盼已久的“砰”的声音，回过头去看了看显示器。哈哈，万岁——索菲同莫伊拉姨母终于加入到聊天室里了。

索菲：内尔，你在吗？

内尔：亲，我在这儿好几天了。

索菲：不好意思——莫伊拉姨母花了好一阵子才学会怎么用登录咒语。

莫伊拉姨母：索菲，我用咒语的时间不比你岁数都大么？咒语不是什么问题，关键是技术。内尔，这样的聊天方式虽然很奇怪，但我还是很开心能和你说上几句话。

内尔：是啊，姨母，好长时间没聊了。兴许某个夏天，我带一家子去看你。也许你能说服阿尔韦恩，让他相信不是所有人都喜欢被瞬移。

莫伊拉姨母：天啊，他还是喜欢把人们移来移去，是不是？

内尔：是啊。对了，说到把人移来移去——索菲，要是我启动搜索咒语的话，你准备好了么？

索菲：那咒语现在好使了？

内尔：是的。杰米和我今天早些时候对编码进行了除错。我决定暂时先一个一个地加入。想想阿尔韦恩的瞬移恶作剧，如果我们也一次性地把一群女巫移来移去，那是有多疯狂。

索菲：相信只有当妈的人才会想到那样的细节。听上去不错，谢谢你做的一切。好吧，启动搜索咒语吧。

莫伊拉姨母：内尔，既然我们在等，不如这样，你给我们说说你那家子的情况。姑娘们近来如何？

“哎。”劳伦看了看自己冰箱里所剩无几的东西。每次上完瑜伽课她总是很累——在去年新年之前，那还真不是什么问题。但她在新年下了决心要少出去吃饭而把节省下来的钱拿去旅游。波多黎各的沙滩和丛林正在向她招手。

叹了口气，劳伦从碗柜里拿出一罐蛤蜊浓汤。她并不中意蛤蜊浓汤，这也是为什么那东西是她公寓里放得最久的可以吃的东西。

劳伦把汤倒进锅里，烧上水准备泡茶，然后拿出她的笔记本电脑。她的同事克洛伊很依赖一些在线购物网站。既然她明显没有时间经常去真正的杂货店买东西，也许只能从网上买点儿了。

她点击了克洛伊发给自己的邮箱链接，打开后看了看。这样买杂货真是太容易了。第一次访问该网站的时候，网站要求购物者创建一个购物清单。然后再点击需要的那些东西，比如食物，就会在24小时内送到你家门口。太棒了！

劳伦觉得自己有必要买些主食，所以她点了奶制品区，然后看了看冰激凌区。班杰利冰激凌的六十三种口味他们全都有。她爱上了这个网站。劳伦核对了一下：费西口味、焦糖口味、黑巧克力冰激凌派，然后把它们加进了购物清单。

内尔：阿尔韦恩在吉尼亚洗澡的时候把她瞬移到了后院，吉尼亚后来把阿尔韦恩最喜欢的睡衣给藏了起来，现在她也想不起来她把睡衣藏哪里了。啊，灯在闪了——看看搜索咒语把谁带了进来——劳伦。

索菲：劳伦——你好，欢迎加入巫师聊天室。欢迎你的加入！

劳伦：我吗？我在哪里？我的购物清单去哪里了？

内尔：一会儿我们就把你送回去。不过那网站真的很棒。我也一直在那上面买杂货。可比我每次往自己小货车上载上20袋东西强多了。

劳伦：我第一次用那个网站。这是哪儿？巫师聊天室又是什么鬼东西？

索菲：就是女巫用来网上聊天的聊天室啊。我希望我们能互相支持、互相学习。内尔，莫伊拉姨母还有我，我们三个人建立了这个聊天室。你是我们用搜索咒语找到的第一个女巫。欢迎欢迎！

劳伦:你们是女巫?什么是搜索咒语?

内尔:我们在网上安了个搜索器,它会探测到女巫的力量并把她拉到聊天室里面来。我们不想邀请那些自己觉得自己是女巫的人;那样的话会很麻烦。

劳伦:我觉得你那个搜索器出了点问题。我不是女巫。我想那些网上购物的人也不会对你入侵他们网站感兴趣。

内尔:如果我要入侵他们的网站,他们永远不知道。那咒语并不是针对那一个网站,只是碰巧今天早上我在那网站上买了些东西,你一定是碰到了我留在网站上的咒语了。

劳伦在想是不是应该断掉无线然后给电脑杀杀毒。但是那听上去就跟计算平方英尺一样无聊。卖给她苹果电脑的那个人讲几乎没人可以入侵她的电脑。

水开的声音打断了她的思路。该喝杯茶了,但是她不确定一杯甘菊茶到底能不能让这个奇怪的夜晚恢复正常。其实也不是她少见多怪,但是女巫?这个世纪还有人觉得她们自己是女巫?

劳伦想了想,决定不吃蛤蜊浓汤了。明天她会吃些百吉饼,她还忍得住。

她把水倒进她最喜欢的蓝色马克杯,然后放入茶包。她看着自己新奇的马克杯出神,突然觉得今晚发生的事儿挺好玩儿。女巫2.0版。疯了吧。但是也没什么大碍,还挺逗。搜索咒语听上去也很有趣。至少明天中午吃饭的时候,可以当故事讲给纳特听。

劳伦端着马克杯坐回沙发,她觉得要给自己找点乐子。她总是对有点儿古怪的东西没有抵抗力。

劳伦:不好意思,我刚刚去泡了杯茶。

莫伊拉姨母:这样啊。我们还觉得你不会回来了呢。我自己也喝了一杯,不过我这儿是早茶。

劳伦:早上?

内尔:她在爱尔兰度假。那儿才五点钟。

劳伦:是吗?我早上五点才不会喝茶。从来不会。

内尔:我也不会,但是我现在在加利福尼亚,索菲在科罗拉多,所以现在这个时候对我们大家而言比较合适。给我们讲讲你的事吧。也许你自己有些小小的天赋而从来没想过那就是巫术呢。

劳伦:我房地产经纪人做得还可以,我意大利面酱做得一塌糊涂。如果那就是你们口中所说的天赋。

莫伊拉姨母:劳伦,你一定是女巫。内尔的咒语通常不会有错的。

内尔:谢谢姨母!我觉得咒语应该没有错。我拿它在我孩子们身上试验过——对内森同阿尔韦恩都有效,那三胞胎没有什么效果,但是发生在吉尼亚身上的一些事儿让我有点困惑。也许还不是时候。

劳伦:你有三胞胎?等等。我有点晕了——莫伊拉,我真的不是女巫。我没有坩埚,没有扫帚,也没有尖尖的帽子。

索菲:莫伊拉姨母可能哪儿藏着坩埚——她对药草可是很在行——但是现代女巫已经不戴尖尖的帽子了,我们中大多数也不会飞。其实有关扫帚那事儿还真就是个传说。哈利·波特的那些可不完全是真的。

劳伦:是吗?我觉得哈利挺可爱的呢。如果你们不会飞,那你们会干什么?

索菲:我对植物很在行,还会点治愈术。内尔很擅长施咒。莫伊拉姨母什么都会一点。我就是她教的。你有没有花园?

劳伦:我住在无电梯公寓的四楼。离最近的生菜叶恐怕都有好几英里。算了吧。碰巧芝加哥二月份也没有什么植物。这样的话是不是我就不是女巫了?

索菲:不,不是那样。大多数女巫都有共同之处,但是每个人又有不同的特长。一些人擅长用植物,还能治愈病人;另一些就会读心术或感知情感。还有一些,像内尔的儿子阿尔韦恩,有更异乎寻常的天赋——他能瞬移事物。莫伊拉姨母有个堂兄,他是一个很强大的火精灵,很擅长用空气和水。他能制造你从未见过的风暴。

劳伦:你们家里都有巫师?我可以担保我家绝对没有。

内尔:我们到处都有,我祖上至少一半的人都或多或少有点力量。莫伊拉姨母家情况也差不多,但是我觉得并不是所有的家庭成员都拥有同等的力量。我们是世袭女巫,是一代一代传下来的。

索菲:当然我又是特例,跟她们没有什么血缘关系。据我所知,我的近亲没一个是女巫。有时也难说——不是每个人都接受女巫,许多人都把他们的天赋隐藏起来。

莫伊拉姨母:力量召唤力量。我觉得你现在应该知道你的家人中是否有人具备那样的天赋。劳伦,我觉得你也应该是属于非世袭的女巫。过去我们常常在你们年轻的时候就能找到你们,但是现在越来越困难了。

劳伦:我也觉得我绝非什么世袭女巫。我做的那些意大利面酱就让我觉得够呛。

内尔:你说你房地产经纪人做得不错。那又是为什么?

劳伦:我找到客户,然后给他们找适合他们的房子啊。做足功课,好的人脉关系就能保证在竞争中无往不胜。没有用什么魔法。

内尔:你很在行?

劳伦:真心是。

内尔:嗯嗯。在达成交易之前会有一系列谈判吧。也许你很擅长读心?

劳伦:要是那样就好了!虽然有点不道德。但是真的,我从来听不到别人脑子里想的东西。

内尔:你能感受到一些情感么?不好意思问你这么多。有时人们并不知道自己在使用魔法,其实我们只是猜猜。

莫伊拉姨母:我们要是能亲自看看就好了。就能更容易知道到底是不是。

劳伦:看看?

索菲:像莫伊拉姨母这样的人,长期以来都在训练巫师,有很多这方面的经验,只需要看你一眼就知道你的魔法程度。他们也能做一些简单的测试来推断天赋到底是什么。

内尔:莫伊拉姨母,那主意不错。芝加哥对你来说太远了,即便你现在不在爱尔兰。但也许杰米能去。劳伦,杰米是我的弟弟。他很有天赋,而且受过良好训练——我家大多数人都是如此。如果他去找你,你能见见他吗?

劳伦:他帅吗?

内尔:他是我弟弟,这我可不好说。

索菲:是的,他很帅。

劳伦:这听上去是最奇怪的相亲了。

莫伊拉姨母:他是一位很有经验的巫师,你应该相信他能试出你的力量到底是什么。

劳伦:所以男的也可能会是巫师了?不好意思,我还是在想尖尖的女巫帽和那扫帚。

莫伊拉姨母:历史上许多具有强大巫术的都是男的。这个世界总是很忌惮有力量的女性,所以大部分人会关注女巫,而女巫也更容易受迫害。

内尔:啊,不要说了。我们还是下次再聆听女巫史吧。

索菲:劳伦,我们希望你能回来。我们打算每周三晚上聊一次天。

莫伊拉姨母:如果她不会登录咒语,她怎么能有意识地开发她的力量呢?

内尔:如果下周三你想加入我们的对话,你暂时只能像今天一样登录杂货店的网站。我会在网站创建一个咒语把你引到这里。留心一下杰米,他可能就这几天就会去找你。

劳伦又看到了她的购物清单——费西口味、焦糖口味、黑巧克力冰激凌派,然后把它们加进了购物清单。她摇了摇头。这真像网上角色扮演,唯一不同的是没有视觉图形。

三个有趣又有点呆的女人要把一个高大黑发又帅气的陌生男人送去见她。看看她是不是有女巫潜质。啊,得了吧。鬼才相信那样的事情会发生呢。

有点像虚拟真实游戏。还是挺好玩的。也许有人觉得当女巫很开心。

啊,那也就是说你为什么不能不吃晚饭了!不吃东西会让你同现实严重脱节。劳伦斜眼看了看她的电脑,觉得应该不会再出什么岔子了。

碗柜里什么吃的都没有,她得赶紧下单。后来她觉得自己有必要改变一下不出去吃饭的规定,决心去附近小店弄些吃的。

CHAPTER 3 第三章

索菲:内尔,早上好。莫伊拉姨母,下午好。我知道我们今天原本没有打算聊天,但是昨天晚上发生的事情也有点意外,我想跟你们聊聊,听听你们的看法。你们觉得怎么样?

内尔:最大的困扰就是我们用搜索咒语找到的那些人都有力量,可是他们自己却并不知道。

索菲:别开玩笑了。你怎么就能断定是搜索咒语找到的呢?我认为它应该是能探测到在积极活动的力量。但是劳伦的力量不是隐藏起来的么?

内尔:不清楚。有时候咒语也可能反着来。有可能是因为它探测到了隐藏起来的力量,又或者劳伦至少有能力引导她的力量,只是她自己不知道罢了。莫伊拉姨母,你觉得呢?

莫伊拉姨母:恩,一个优秀的导师往往能感觉到隐藏的力量或是感觉到力量的显现。但是更多的时候,那样的情形在女孩儿长大成人之前就已经发生了。没有经过训练的女巫是很危险的。

索菲:你可没少跟我们讲那个。

内尔:那可不,我觉得有时我做梦都在絮絮叨叨说那句话。

莫伊拉姨母:重要的事情多说几遍并无大碍。历史上可不乏那样的例子:一些女巫突然之间拥有了力量却干些害人害己的事情。

索菲:劳伦毕竟是个成年人。她肯定不会动不动就把东西给点着吧。

莫伊拉姨母:我也觉得是不太可能。她很有可能有些土系魔法,或者移情术,这些东西都无伤大雅。

索菲:那些力量太小了以至于逃过了搜索——那样就说得通了。

莫伊拉姨母:但那也不是唯一的可能性。即便她拥有强大力量或潜力的可能性再小,我们还是得查查清楚。我们并没有打算找出个没有经过训练的女巫,但是既然我们碰巧遇到了,我觉得我们有必要做点什么,尤其是有必要为劳伦做点什么。

内尔:姨母,你心真好,我同意你讲的。那也是我让杰米去找她的原因。我很支持虚拟的女巫社团,但有的事儿还真就不能在网上解决。杰米能够确认劳伦到底有没有力量,至少可以先简单地看看她的天赋。这样一来我们也能知道从哪儿着手帮她。

索菲:当然前提是她要我们帮忙。不是所有人都想当女巫。昨晚她表现得很镇静,但是在她意识到这一切都是真的而我们也不是三个发了疯的女人的时候,兴许她的感觉就不一样了。

莫伊拉姨母:千里之行始于足下,我们还是先试试吧。让杰米去找劳伦这主意不错,当然如果他可以去的话。杰米虽有点行事乖张,做事不按常理,但他也是个好导师。

内尔:我已经跟他讲过了。我们刚刚完成了巫师王国的升级。所以他还是有时间去走一趟的,用他的话来说,他很愿意进行“第一次接触”。我觉得应该是他看了劳伦的照片后才下的决定,劳伦长得真不赖。他明天就能出发去芝加哥了。

索菲:你打算让劳伦知道么?你有没有她的联系方式?

内尔:当然有,但是以她做房产经纪人的习惯,她一定会觉得我们在跟踪她。我认为杰米肯定是想在公共场合找到劳伦然后做些小测试之类的,如果她真的有力量,杰米肯定可以查出来的。

莫伊拉姨母:内尔,我们就那么冒昧地去打扰她,那听上去可有点不厚道。

内尔:我觉得我们没有藏着掖着。我真的不知道还有什么更好的办法。我也觉得如果自己突然收到某个陌生男人的邮件说想见我，我也会觉得瘆得慌。但是杰米见到劳伦本人的可能性更大一些。

索菲：我看可以。我觉得昨晚她并没有严肃地看待整件事情，她还同我们聊了很久。我可不想在我们见到她之前就把她吓跑了。

莫伊拉姨母：杰米是个有担当可以成事儿的人。

索菲：我也那么想。内尔，把登录咒语告诉他吧。让他加进来，时不时地给我们讲讲事情的进展。说点题外话，我们什么时候能看到巫师王国的更新？我对那游戏可着迷了。

内尔：我们会在几周之内就上传到网上。有好些新的版本。现在玩这个游戏的玩家还挺多，力量也够强大，因此我们的游戏需要新的挑战。为此杰米可是有了好些个不错的点子。

索菲：一直以来我都觉得像我们这样一个魔法家庭养家糊口的方式还真挺有趣，就靠写那些让不会魔法的人扮成巫师的魔法游戏。嗯，那些游戏对一些真正的女巫来说也是很好玩的。

内尔：我们做自己擅长的事情。我得去看看——地下室里有什么东西撞碎了。杰米动身去芝加哥的时候我会通知你们。莫伊拉姨母，祝你顺顺利利地从爱尔兰回来。

索菲从电脑前站起身来，炉子上的汤还需要搅拌。如果自己是女巫而自己又不知道，那是一种什么样的感受呢？嗯，真傻——对自己不知道的事情自己能有什么感觉？要是自己会魔法，而又不知道是哪种魔法，更不知道自己都能干些什么，至少不是完全清楚自己能干什么，那样的感觉肯定很奇怪。

她抿了一口汤，朝着窗台走去。那儿养着些新鲜的香草，她想给汤最后再调下味儿。加点百里香或者只加点莳萝。她还清楚地记得她同父母一同去新斯科舍拜访菲比姑祖母的那个夏天。

当时她只有八岁半，常常在菲比姑祖母的花园里玩。尽管当时她还只是个孩子，她还是能感知到植物同花儿们对她的召唤。她在花园里一待就是好几个小时，用手轻轻抚摸花瓣和树叶，在脑海里回忆它们的名字和作用。她从菲比姑祖母借给她的一本书中读到了这些花草树木，那本书叫《植物的智慧以及它们的治愈性能》。

有一天，借书给菲比姑祖母的人突然到访。她叫莫伊拉，她同索菲一起走进花园。她告诉索菲一些书上没有记载的花儿，然后教了她一点让花儿开放和闭合的小魔法。

索菲微笑着将汤倒入碗里，她心里充满了回忆同浓浓的爱意。小的时候，她看着花儿在她手中绽放入了迷。莫伊拉看到她显现出来的力量，接下来的那个夏天，她暗中安排了一次拜访，好让索菲更长时间地认识那些植物。

索菲自己已经不记得是什么时候知道她是个女巫了。对她而言，魔法同植物总是联系在一起的。她每个夏天都会回去那里，学习花草以及它们的用法。她也学会用更多的咒语——有的用以生长，有的用以增加力量，还有一些是用以治愈。

似乎一直以来她都知道莫伊拉是女巫。那对八岁大的孩子而言没什么好稀奇的。咒语也很好玩。她甚至都不知道它们是什么时候变成咒语的，然后就把她同植物的力量联系起来了。

如果你的本领就是同花花草草打交道和一些简单的治愈术，那也许会轻松很多。索菲同莫伊拉姨母一家待的时间已足够让她明白并不是所有的魔法都是像她自己的一样那么温和。

她还记得玛丽·玛格丽特，她有水系魔法，她睡觉的时候会突然着火。一个多月的时间里，每当她运用她的力量的时候，总要有个会魔法的人，提着水桶守在她床边。

还有奈尔，他能听到别人脑子里在想什么，他以前常常躲在谷仓里就是因为他脑袋里的声音一直停不下来。他足足花了两年时间才学会怎么控制那些声音，以便让他能够正常地同家人吃饭，而不被那些声音逼疯。

劳伦的情况也许不会那么严重——如果大脑里有其他声音或者卧室着火了，那是很容易就能知道的事情。也许她的力量并不那么明显，甚至都不太可能为她获得“女巫”这一称号。那将是件好事儿。现代社会并不那么相信女巫，这对那些拥有更明显更强大力量的人来说的确不是件容易的事儿。

杰米很快就能同劳伦碰面，然后他们就能知道真相了。在此期间，索菲想喝完她的汤然后回去工作。一些洗剂同药膏都快卖完了，那间屋子里放满了冬至节收割回来的药草，差不多都晾干了，也是时候把它们制成成品拿去卖了。

她也想多做几瓶甘菊洗剂给莫伊拉姨母送去。尽管索菲在很多方面看起来都很现代，她还是保留着“吃水不忘挖井人”的饮水思源传统，毕竟她是从最好的女巫家庭接受到的训练。

劳伦听到了柔和的嗡嗡声，她知道门卫已经让格林利夫妇进来了。这次，她想让他俩一块儿来感受一下一起回家是什么感觉。天公也挺作美：微风徐徐，阳光灿烂，湖光景色也更加迷人了。

“凯特，米奇，欢迎回来。”劳伦为他们打开房门，“凯特，我希望你这次感觉好一些了，米奇有把早餐端到你面前么？”

凯特笑着说：“你觉得我会让他进厨房？”她的笑容充满了幸福与活力。“我虽然不是什么烹饪高手，但是他进厨房是件有风险的事情。不过，他还是给我买了些百吉饼。然后我们就出发了。”

“那好，就从我们上次没看完的地方开始吧，然后再回去主卧。那儿有个浴缸，还可以看风景，我觉得你会喜欢的。”

劳伦带他们看的这个地方简约但却出奇的温馨。竹子地板，令人放松的绿色墙壁，还有屏风一样的饰物遮住柜子和卫生间的入口。“我觉得这地方有点禅意，但跟总体感觉还是挺相称的，而且更舒适。”

凯特又坐回了屋中间。劳伦一点也不吃惊，在很久之前这一幕在她脑海里已经出现过。但她没有料到米奇会同凯特背靠背坐着，盘着腿，腿上还放着电脑。“劳伦，能让我们单独待会儿么？”

“当然，我在饭厅，有需要叫我。”经验不足的房产经理人也许就犯嘀咕了，但是劳伦知道他俩这么做是想做决定了。太棒了！他们已经把市中心所有在他们价位范围内的房子都看过了，劳伦非常想为他们找到一套合适的房子。如果报酬可观当然好，但是她更享受那种让人购房的成就感。

在桌子旁边坐下，劳伦把电脑拿出来准备处理邮箱里积压的东西。成为一个好的房产经理人的诀窍就是时机，她知道什么时候该等等，什么时候该“推一把”。

没过多久，米奇同凯特就过来找劳伦了。她关掉电脑：“你们商量得怎么样？”

米奇把手指放在桌面上，眼睛盯着他老婆。“我们差不多决定了，我们也真的喜欢周二你给我们介绍的那套房子。虽然你说那房子可能同我们的购房需求不太符合，我觉得我们现在已经有了两个很好的选择了。现在房产市场也挺景气，所以我们需要一两天考虑一下。”

劳伦有点吃惊。事实上她并没有料到他俩从主卧走出来连决定都没有下。她明明已经觉得他俩会买这房子，她的直觉向来很准。她的天赋之一就是明白她的客户到底是不是真的想买。

她仔细看了看他俩。到底是谁在犹豫不决呢？她毫无头绪：“你们真的觉得那两个选择很好，还是打算另外再看看？”

“它们都不错，”凯特说道，然后她笑起来，“这么说听起来很像米奇，但是这真的是一个重大的决定，因此我们需要再多两天考虑。这同我做设计时是一样的。通常情况下等等都会有好的结果。我学会了不着急，就是在那种‘差不多’的时候，得再等等。”

劳伦说了一大番房产经理人该说的话来让他俩平静下来。同凯特一样，劳伦也相信直觉。她知道他俩实际上是想买房的。一旦客户想下那样的决定，通常只需要“点击”就可以，但很明显“它们都不错”并不是“点击”。

他俩很清楚自己要什么样的房子，而劳伦也为他们找到了。他们应该是很开心才对，但为何又不打算买了。

相信自己的直觉已让劳伦成为芝加哥房产界一颗耀眼的新星。她总是能帮人找到合适的房子。有时她需要花费大量的时间去搜寻客户心愿单上的信息，有时候她也会不管客户的购房要求。她的直觉告诉她是时候让他俩看看其他的东西了。

“在你们坐下来考虑之前，我还有一套房子想带你们看看。”

凯特扬起眉毛：“我以为我们看得差不多了呢。”

"我知道的那些市中心的公寓房跟你们的要求不符。但是有时候我也会带我的客户去看看,能有个不同的感受。感受了那些不同,兴许你会对你的购房要求做出些调整或者会更加认定你以前选的房子。"

凯特点点头:"在设计的时候我也时常那么做。给客户提供一些额外的选择。我觉得我们考虑得很周详了,但是能有机会多看点地方,我还是很开心的。"

"那儿空着。我们现在就可以去看看,或者明后天的任何时间都可以。"

"我们一个小时后还得去看医生呢。米奇坚持要我去检查检查——他觉得我上班太辛苦了。"凯特冲着米奇开心地笑起来。"但是我们下午早些时候应该有空。你觉得怎么样,亲爱的?"

米奇点了点头。

"好,那我们今天下午三点再见吧。"劳伦说道,"这是地址。在南洛普区,隔范布伦站只有几步路。"

纳特朝着桑塔纳饭馆走去,她要去那儿同劳伦一起吃午饭。即使在寒冷的二月,她也不慌不忙。她的童年总是被满满当当的计划表和时间表占据了,那种匆匆忙忙的感觉总是如影随形。长大成人对她而言的一个好处就是她可以按着自己的步调行事。

纳特推开她们最常去的小饭馆的门,停下来看了看店里时髦的装饰。接待处的柜台上方装饰着华丽的玻璃瓦片,墙上贴着性感的黑白照片,软羔皮同木质的小间。她朝老板挥了挥手,向她们经常坐的位置走去,劳伦在那儿等着她。

"纳特! 尝尝这个,还热着呢。"劳伦递过来一大片面包。

"我太爱吃这东西了。"

"我觉得在这么冷的天来块热面包再好不过,是个人都不会拒绝的。"

纳特把面包放在盛着橄榄油和香醋的盘里。她细细品味着面包的香味，享受着同最好的朋友在一起的宁静美好的时光。“你看上去很开心，工作上又有什么好事儿了吧？”

“恩。”劳伦冲着给她们端来招牌红酒的服务员笑了笑，然后点了份阿尔弗雷德宽面。“我觉得我能把在南洛普的那座豪华公寓卖给准备在市中心买房子的那客户。”

“他们真的喜欢么？”

“他们还没有看过房子，不过我有那样的感觉。”纳特并不想问劳伦到底是什么样的感觉，因为每次劳伦的“感觉”都很神奇，尤其是涉及到房地产的时候。“我觉得你就跟有魔法一样。我希望你能成功。”

劳伦笑着说道：“你听上去像昨天晚上的那群女巫。”

纳特吃了一惊：“你要把房子卖给女巫？”

“不，不是。我要把房子卖给一对新婚不久的夫妇，我已经跟他们交涉了几个月了。昨晚，当我准备在网上买吃的的时候——”

“你又没吃的了？”

“对啊，我仅剩的就只有一罐蛤蜊浓汤了。”纳特同情地抬了一下眼。事实上劳伦对那浓汤过敏。那罐东西也许还是她们大学毕业时留下的呢。

“话说回来，那网站要求每个购物者要有个购物单，我呢当时就想买点冰激凌。”劳伦一边吃着意大利宽面，一边给纳特讲述她是如何从购物网站被引到巫师聊天室的。

“让我想一想，看看是否听明白了你在讲什么。”纳特喝完了通心粉汤。“你是说当你在网上选购冰激凌的时候，搜索咒语把你引到了巫师聊天室，三个自称是女巫的人觉得你是女巫？她们还打算让一个帅哥来看看你到底是不是，我说得对吗？”

“听上去像是很诡异的相亲，对不对？我总期待某个电视真人秀的家伙拿着话筒突然出现在我面前。”

纳特想了想，其实生活中还有比一个陌生的男人突然出现在你生命中更糟糕的事情。同劳伦相比，纳特更倾向于顺其自然。“我今晚也要去网购点冰激凌。你一个人玩得那么开心，太不公平了。”

“我会把链接发给你。如果她们也把你拉进了聊天室，让她们再多派一个帅哥过来。”

“那是自然。”纳特站起身来，“我还得去上课，如果那个又高又靓的巫师出现了，我想第一个知道。或许他可以帮我的生活做些小修小补。”其实劳伦的生活也需要一些改变。

劳伦拿起桌上最后一片面包：“要是他真的来了，就归你。”

纳特走出饭馆。劳伦觉得又帅又有魔法的人才不会真的出现。但事实上纳特的想法跟劳伦的可不一样。谁知道呢？其实人生充满了变数。

劳伦看到格林利夫妇朝她站着的地方走了过来。米奇看起来还是老样子，但是凯特周身散发着一种难以名状的喜悦同困惑，甚至还有一丝惊讶。肯定发生了什么事，但是米奇始终是无动于衷。

“嘿，你们俩来了？你们能来看这个房子我很开心。我说过这房子跟我们之前看的很不一样。为什么不跟我先上去看看？”

“我们一路走过来觉得还不错。”米奇说道，“夏天的时候这里也应该很美吧，尤其是到处都长着绿树。”

“这周围的树都挺有名的。还有许多的公园和绿地，距你们工作的地方也很近。这个两层建筑是重新修缮的。有四个单元。我会带你们去看主单元的那一栋。”

正当劳伦打开门的时候，一位有活力的年轻妈妈推着婴儿车过来，“你能帮我开一下门么？你们是准备去看爱德华兹那儿的房子吗？穿过大厅就可以到我们那儿。这幢楼很不错——楼上的住户真的很友好。我叫金妮。这个可爱的小家伙叫诺兰，他很快就会饿了，所以我们正赶着回家。我希望你们也能喜欢这房子。”

大家都还没来得及说上一句话，金妮就推着诺兰进去了，她挥了挥手，冲着大家笑了笑，然后不见了。

米奇笑道：“我猜在这儿认识邻居应该很容易。那可爱的小家伙。”

劳伦打开了房间门。“她把这称为‘公寓’？这至少有两平方英尺

(一平方英尺约为0.093平方米)吧。尽管近期改造过,但是还是很有历史感。进来感受一下吧。"

凯特从劳伦身边走过,走到客厅中间,转了两圈,又去看别的地方。这跟她平时看房子差不多,但是这次就像是被按了快进键一样。劳伦觉得他们可能不太喜欢这房子,但是她还是能觉察到凯特的感觉有些不同。

米奇似乎对他老婆如此快速地看房很困惑,但是他还是到处看了看。劳伦觉得他可能是由于没有购房要求在手上,所以有些困惑。"米奇,你第一感觉怎么样?"

"它确确实实跟我们之前看的房子很不一样。我挺喜欢的。古老的木地板,高高的屋顶都不错,壁炉那块儿简直棒极了。我也喜欢这儿的景色。我觉得住在公寓大楼里真的不容易看到窗户外面有棵树。"

劳伦想,头开得不错,至少米奇不排斥。

凯特回到房间的时候,米奇和劳伦都抬头看着她。劳伦看了凯特一眼就知道,这事儿成了。这房间看起来似乎并不适合他们,但是很明显他们很中意。

劳伦知道当客户要下决心的时候她应该干什么。她退了出去。

"米奇,"凯特抓着米奇的手,"这儿有彩色玻璃窗,主卧里还有壁炉。另外还有两间温馨舒适的卧室。我觉得我们可以拿出一间作为办公室。厨房里还有早餐座,另外还有一个玻璃走道,甚至还有个小院子。"

米奇一脸惊愕:"你要彩色玻璃窗同小院子?"

"我也不知道,直到我看到了我才知道我很喜欢。劳伦,你真是个天才。这就是我们的家,我想它成为我们的家。房间里还有一个淋浴同一个大浴缸。"

"啊,那些至少是我们单子上的。"米奇挖苦道。

劳伦一直仔细观察着凯特。她情绪似乎要爆发了。

"我们需要一个新的购房要求,我们要有孩子了。"凯特一动不动地看着她老公。

米奇先是很震惊,继而又欢天喜地。

劳伦从房间里退了出来，她眼里噙满泪水。她觉得整个房间都洋溢着温情，新生活与新生命又会让爱延续下去。一切都明白了。怀孕可以改变一切，尤其是对买房的要求。一个院子，一所好学校，一个良好的环境，加上稳定的生活，这个地方有他们要的一切。

房产销售只有在签字盖章的那一刻才算结束，但是值得肯定的是劳伦已经为格林利夫妇找到了理想的家。

CHAPTER 4 第四章

有谁会在二月份去芝加哥吹寒风？特别是对那些曾享受过温暖的加州阳光的人而言肯定是不太会想去的。当杰米从机场走出来搭乘出租车的时候，他真希望他带了比皮夹克更厚的衣服。

他爱内尔，但是如果她能把他派到气温再高80°k（80°k约为26.67℃）的地方，那将是多么美好啊。住在这种地方的人一定是疯了。天寒地坼，寒风刺骨。

杰米把手缩回口袋里，口中喃喃自语，然后点燃了几个小火球。但是这几个小火球对他那仿佛快要冻僵的脸来说真是无济于事，但是也许能让手指暖和一点，这样他也能再有足够的力气跟时间再想几个咒语。

内尔这次可欠杰米一个大人情。也只有他的姐姐能想出在网上搜索女巫这样的主意，他们还"劫持"了一些善良无辜的人，也许她们压根儿就不是女巫。

作为巫师王国这款游戏的共同开发者，杰米对内尔编写复杂代码同咒语的能力极为赞赏。但是人无完人，有时候也难免会出点小差错。杰米回想起最近出的一个乱子：三个β测试员被变成了青蛙。他们熬了个通宵才把那些人变回来。

跟莫伊拉姨母同索菲认为劳伦是女巫不同的是，如果劳伦只是一个善良的女孩而且并没有什么魔法天赋，杰米都不会觉得吃惊。

非世袭女巫并不常见。更有可能是因为劳伦在错误的时间出现在了错误的地点，然后被内尔的咒语带到了聊天室。劳伦居然平静地接受了这一切真是让他大跌眼镜。不是每个人被带进聊天室，并被告知自己是女巫时都能从容面对。

通常情况下杰米是很敬佩内尔的创造力的，但是现在他觉得自己的创造力已经被冻住了。可恶的城市，出租车又都死到哪里去了？他又饿又冷，还得去找劳伦。她可能啥魔法都没有，但是内尔说得对，他们应该弄清楚。

一个小家伙正在慢慢爬向寿司传送带，至于爬不爬得上只是时间问题。劳伦看着在她隔壁间的小家伙爬上爬下，等着他进一步行动。她先是从他眼睛里看到了他的下一步行动，然后他小小的身体快速地移动着，那速度真的让人吃惊。

他爸爸很快就把他拽了下来，连眼睛都没有抬一下。劳伦摇了摇头，有点好笑。父母对这种小麻烦应该习以为常了吧。那个小孩儿冲着劳伦笑了笑，坐了下来，至少暂时乖乖地坐在那里，开始吃他的日本青豆。

劳伦从寿司传送带上拿了天妇罗，然后情不自禁地尝了尝日本青豆。

“如果这些就是你吃的东西。那和你约会真是太便宜了。”她的耳畔传来一个男人开玩笑的声音。劳伦转过身来，看着偷偷溜进她吃饭的单间里来的男人。“我是杰米，我快饿死了。我希望你不要介意我一边吃一边说。”他抓了几个盘子，然后把天妇罗塞进他嘴里。

劳伦惊讶得合不拢嘴。这种男的你肯定不想错过。但是今天下午她还有客户要见——糟糕！不愧是经受过训练的房产经理人，她一下子就进入到了名字回忆模式。昨天晚上的那群女巫中的一个，她的弟弟也叫杰米。天啊！她们真的把一个男的派来了。

杰米抬起头，一定是看到了劳伦脸上惊愕的表情。他一边吞咽食物，一边伸出手，笑道："不好意思，请允许我再自我介绍一次：我叫杰米——内尔的弟弟。你叫劳伦，对不对？我的吃相不是很雅观，见笑了。我是七个孩子中最小的，所以从小吃饭就得抢。这些东西可比我在飞机上吃的椒盐脆饼干强多了。"

"不好意思，我真以为她们闹着玩的，我是说她们要把你派来，还有其他的一些乱七八糟的事情，没想到还真认真了。"这真是太诡异了。杰米举起他的手："听我把话讲完你再开火，好不好？昨晚同你聊天的那些人都很了不起，但是她们真的不知道会找到一个连自己是不是女巫都不知道的人。"

越来越诡异。"我不是女巫，你到底怎么找到我的？"

"别害怕。内尔有你的名字，她上网用谷歌搜索了一下。你的同事克洛伊说你可能在这儿，让我来这里找你。我希望你愿意花几分钟跟我聊聊。"

啊，克洛伊肯定会干那样的事情。劳伦坐下来。她的大脑先前一片空白，但是劳伦可是个身经百战非常称职的房产经理人。杰米真心是男人中的极品。他轮廓清晰，绿色的眼睛，迷人的笑容，外加一头蓬松的黑色卷发。

她选择相信她对杰米的第一印象，她的第一直觉是杰米就是那种长得坏坏的但是又充满魅力的男人。他也没有说什么危险或恐怖的事情，因此这顿美好的午餐还是应该吃下去。真是的！《女巫2.0版》第二部分。但这个再差，也不可能比上周别人劝她参加的闪电约会差，再者说劳伦她自己也很饿。

她想了想，准备说点正常的话题："七个孩子？你的妈妈一定是圣人。"

"我父母原本有四个孩子，打算再要一个，结果生了个三胞胎。"

"恩，那你怎么就成了最小的了？"

"我是三胞胎中最晚出生的一个，她们比我早了七分钟。所以我是最小的。"

劳伦笑了笑。那绝对是"坏男孩"才具备的魅力形象。"而且怎么说呢,我们家对这个利用可是相当充分啊。内尔也有三胞胎。我想都不敢想,但是我有听说多胞胎是可以遗传的。”

“这在世袭巫师家庭来讲很正常。”

好吧,劳伦觉得和帅哥正常的见面算是结束了。现在开始进入帅哥认为自己是巫师的阶段。她叹了口气。“所以内尔当真了?你们都觉得自己是巫师?”

“我是巫师。”

劳伦不知道该笑还是该走:“你看起来很正常啊。”

“我本来就很正常。我喜欢吃东西,打棒球,喜欢玩电脑,骑摩托车。”

“正常的男人不会觉得自己是巫师。”

杰米看着劳伦:“你的豆子冷了。”

劳伦看着她的青豆,当她看着盘子里跳跃的火苗,她差点忍不住叫出声来。几秒钟后,火苗消失了。

“现在吃吧,它们已经是热的了。”

她伸出一根手指,果真豆子变热了。天呐!“这很容易。”

“你可真难伺候。”杰米耸了耸肩,然后示意劳伦看寿司传送带。这次他说的话只有劳伦能听见。

接着传送带上的盘子都飞了起来。劳伦满是怀疑地看了看餐厅周围。

难道真的只有她一个人注意到了这两百个飞起来的盘子?

“人们通常会看到他们想看到的东西。”杰米说道。他冲身后的小男孩儿笑了笑,那孩子也正愉快地看着盘子。“有时候小孩子例外。”

盘子又回到了原处,除了那个原本应该在那小孩儿眼前的盘子。

短短十分钟之内,劳伦就觉得她的大脑已经短路两回了。这次她甚至都不知道什么时候能够恢复平静,什么时候可以恢复思考。这家伙让盘子飞起来了。上百个盘子,就靠着念叨听起来像“加倍,加倍,

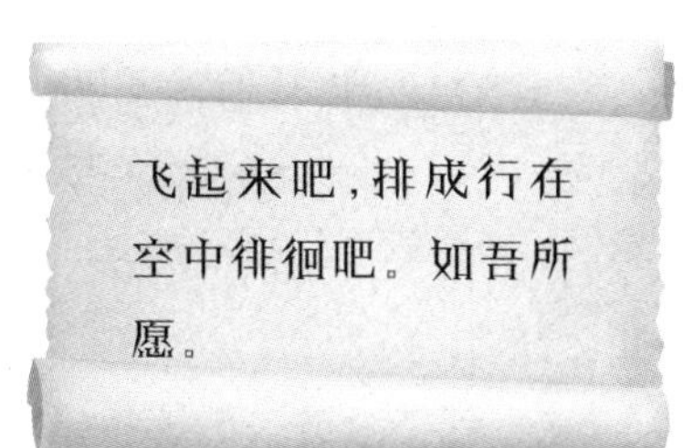

烦恼,劳累”的东西。

劳伦从传送带上拿起一盘糕点。当她有疑惑的时候,她就会吃些巧克力。她觉得自己是个非常理性的人,但是这些盘子刚刚真的飞起来了。“这就跟意念一样,或者什么类似的东西。你怎么做到的?”

“这确实是某种意念。其实有很多方法去认识力量。科学家们倾向于从结果考虑,所以如果你靠意念来移动物体,他们就给它起一个好听的名字叫:心灵传动。在巫师世界里,我们更强调‘怎么做’。我把空气作为力量输送的导管。我也可以靠空气来刮阵风,或者吹灭蜡烛,但是我可不想太吸引人眼球。”

让盘子飞起来就不吸引人眼球了?劳伦努力让自己从这些不可能的事情中找出头绪。“你念叨的那些词儿——是咒语?”

“是的。有的巫师可以不用咒语直接施法。但是对我们大多数而言,魔法的威力还是取决于咒语。不需要说得很大声,但是念出来只是为了让你注意。”

“你到底是怎么学会这些东西的?”

杰米笑道:“魔法学校。”

劳伦突然想到一群骑着扫帚的孩子,然后笑起来。排在前面的那孩子端着个冒着热气的坩埚,用怀疑的眼光看着杰米。

“内尔好像已经给你讲过我们不再用坩埚了吧。”劳伦突然愣住了,笑容也完全消失了。“等等,我没有那么想。你又没说。我怎么看到的?快从我大脑里滚出去!”

杰米举起手:“别嚷嚷。我没有在你大脑里。我只是施了点法投射了一点我的想法。你读到了我的那些想法。不是所有人都可以做到的,即便我把音量调高。”

“你是说我可以读到你的想法?”

“差不多。你可以读到我放出的观点,这和读心术还是有点不同的。欢迎你试试看看能不能找到其他的东西。”

劳伦乐了,在这种情况下常常不会生太久的气。她忍不住偷笑。“我敢打赌,你对所有女孩儿都用过那句话。”

她看到杰米被一群泳装模特包围着。虽然她觉得很好笑,但是也有些生气。“嘿，别闹了。”

“不好意思，杀伤力有点强。”杰米低下头去看了看劳伦的手，劳伦自己才意识到她像握着武器一般握着筷子。和女巫派来的花花公子作对。是啊，那将会有用的——劳伦，干得好。

杰米拿起另外一块奶油泡芙，递给劳伦。很明显她已经把第一块给毁了。至少这一次他没有让它飘过去。他坐了下来，看着她。

“干什么？”

杰米耸了耸肩：“等着看看你到底被吓到什么程度。”

吓得不轻。“我又不是每天都能碰到能让盘子飞起来的男人。”

“对，我的意思是你自己可能是女巫这件事。我知道你不太可能相信我，但是很明显你肯定有某种意念魔法。”

她可能会在好好睡一觉，美美吃了许多冰激凌以后才有心思琢磨杰米到底是不是真的巫师。但是她非常肯定自己永远也不可能让盘子飞起来，也只能在微波炉里热东西。

“我不知道究竟什么是意念魔法，但是你是我知道的第一个把想法强加到我脑海里的人。如果你是巫师，那么应该是你有意念魔法才对，而不是我。”

面对劳伦的反驳，杰米没有退缩。确实是个勇敢的男人呐。“我是故意让你很容易地就读到那些想法的，如果你接受训练，你可以不需要我帮忙就能读到它们。意念魔法可能会比较微妙。你可能会觉得它们像良好的直觉或者类似的东西。”

劳伦摇了摇头。“真是不好意思杰米，”劳伦很明显还是不相信，“直觉不是魔法。”

“直觉当然不能总归结为魔法。但是一些拥有良好直觉的人或许真的有意念魔法。你是房产经纪人——工作起来也挺得心应手的，对不对？有没有在客户做决定之前就感知到他们可能会做什么的时候？”

劳伦不再是自动回复“不对”。一天前，她同纳特吃午饭的时候就预测到格林利夫妇将会买那幢他们没有见过的房子。

该死，难道那不是一个优秀的房产经纪人的直觉么？真的不是？

她摇了摇头：“飞起来的盘子，可能是魔法。好的直觉——我只想说那就是好的直觉而已。”

杰米久久地看着她，然后又开始叠盘子。“我觉得我说什么你都不太可能相信。我们可以试试其他的方法，或许能找出你的天赋到底在哪里，但是这地方不太适合做那些测试。附近有公园什么的么？最好是人少一点。”

她最后还是忍不住笑了。“大冬天的，公园里都没有什么人。你要是想去就一个人去吧。我要回家了。不好意思，这对我来说越来越奇怪了。”

劳伦知道杰米一直盯着她直到她走出寿司店。为什么同她相亲的男的居然可以让盘子飞起来？老实说，这概率到底有多大？

莫伊拉姨母：好啊，姑娘们。

索菲：你好，姨母。内尔，最近有杰米的消息么？

内尔：没有，但是他的飞机晚点了，所以他现在应该还没有多少时间在芝加哥走动。他临时借住在大学同学纳什那儿。他说过一到纳什那里就会登录。噢，等等，他给我发了即时信息。我会告诉他加入我们这儿的聊天室。

杰米：我是杰米，现在报告受命“第一次接触”的情况。

内尔：自以为是的家伙，你还好吗？你找到劳伦了吗？

杰米：是的。

索菲：然后呢？

杰米：她的腿真的不错。

内尔：我知道对你而言那就值回机票了，但是我们这群成年人更想知道你有没有机会在挑逗她之前测试一下她？

杰米：有点。

内尔：额！！

杰米：对不起，对不起。我在吃比萨，一个手在打字。答案太长了会影响我吃比萨。

莫伊拉姨母：小家伙，你可以用悬浮咒语啊。我记得你挺在行的呢。你肯定能让比萨飘起来，然后你就有两只手打字了，你行不行？

索菲：莫伊拉姨母，你兴奋过度了吧？杰米，你听到了——一心多用嘛。你遇到劳伦以后又发生了什么事情？

杰米：好吧，我先把比萨放一放。我希望你们尊重我所做出的牺牲。首先我要说的是：内尔，我并没有挑逗劳伦。没有干过相关的事情。我和她之间根本就没擦出那样的火花，即使有，我也得等到我把她交给其他人训练之后。

莫伊拉：这么说，她就是有力量了。

杰米：她确实有。我同她第一次握手就对她进行了基本的测试。她所拥有的力量还不小呢。

内尔：废话。我的咒语才不会出那么大的错。

杰米：真的吗？我好像记得有些β系数测试员几周前被你变成了活蹦乱跳的小青蛙呀。

内尔：那又是谁忘了校对那个代码？

莫伊拉姨母：好了孩子们，那留着以后再吵了。杰米，你说劳伦有力量。她的力量到底有多大你能说得更确切一点么？

杰米：对不起，真的不是很清楚。她力量到底有多大，到底是哪方面的力量，我都不是很确定。她对她自己有力量这件事可不怎么高兴。她很确信她不是女巫。她都不觉得我是巫师，当时饭馆里有很多人，因此我也没多少选择。

内尔：天啊！那你都干了什么？

杰米：放松点，其实也真的没什么。我让一些盘子在半空中待了几秒钟。除了劳伦以外，只有隔壁桌的一个小孩儿看到盘子飞了起来，但是他还不会说话。

莫伊拉姨母：人们只是看到他们想看到的东西。

杰米：我也是这样跟她讲的。

索菲：所以盘子飞起来的时候——顺便说一下，那招不赖——她有没有相信你是巫师？

杰米：我是巫师，或者至少有一些隔空取物的本事——我想她是相信的。我真心希望她相信了。我一整天就吃了点椒盐脆饼干，用那个咒语可真的不是那么容易。

内尔:好弟弟,苦了你一个,幸福全家人呢。

杰米:让她相信我是巫师那个就算了,但是其他的你欠我的。我觉得在芝加哥聊天应该还是合法的吧。

内尔:不是吧,什么其他的?

杰米:嗯,我和她聊天的时候用了一些其他的咒语。在我让盘子飘起来之前她并没有察觉到什么,我故意把事情弄得很夸张。所以她的基本的力量应该是比较弱,但是她能读到我发送给她的意念图像,而且我也没有故意把它弄得很明显。

莫伊拉姨母:那她就是会读心术的女巫咯?

杰米:我也觉得是,但是你同我一样都知道在人群中鉴定一个人是不是会读心术是相当复杂的事情。

莫伊拉姨母:确实如此。我也知道那种力量更不容易鉴别。会读心术的女巫也许不会防火,但是她可以操控周围人的意念。

杰米:我也知道会有那样的风险。关键是我们得说服劳伦。

索菲:她对她能读到别人的想法是怎么看的?我猜她是读到了你发给她的信息,所以她应该觉得不对劲才对?

杰米:如果一个怪人出现在你面前,耍了几招魔术,然后你又看到了他脑海中的一些画面,你会怎么想?

内尔:不会吧。她觉得那是你干的。

杰米:对了!她可能觉得我是巫师,但是要让她相信她自己也是又是另一个棘手的问题。她不配合我也真的没有办法。

内尔:该死。我希望至少在某种程度上能引起她的一些共鸣——我们大部分的受训者或多或少都知道自己有一些不一样的天赋。

杰米:我很肯定她说她没有什么天赋的时候是相当肯定的。移情术不是我的强项,但是我并没有感觉到她在撒谎。但我肯定在我问她有关直觉的问题的时候,情况稍微有了一点转机。她可是她们办公室里最好的房产经纪人。

内尔:我觉得也是。如果会点读心术对房产经纪人来说那是相当有用的。

杰米:我希望我还有希望,但我还是觉得对我这种能让盘子飞起来的家伙她会敬而远之。

索菲:嗯,第一次接触总会有些小摩擦,但是这也是我们创立巫师聊天室的原因之一。我们也没想到这么快就找到一个没有经过训练的女巫,但是谁又能料到呢?

莫伊拉姨母:是啊,我们这儿可是有责任的。没有经过训练的女巫是很危险的。

索菲:莫伊拉姨母,不是我不相信你,但是这又能有什么危险?

杰米:最大的危险就是莫伊拉姨母刚刚前面提到过的。劳伦可以操控周围人的意念而她自己却不知道。

索菲:听上去可不太妙。

莫伊拉姨母:还有,同其他天赋一样,在情绪泛滥同巨大压力下会变得更为强大。我奶奶还小的时候就遇到这样的情况。当时有位女士直到她快生产的时候才知道她会读心术。那次生产真的是太困难了。那时在屋子里的人,包括刚刚出生的小孩后来都有些精神不正常。

索菲:太糟糕了,真是不幸。

杰米:现在我知道为什么你们所有人都让我去拜访她了。多谢!

内尔:拜托,勇敢一点!她也不太可能想出其他受训者在你身上用过的新花样来。

杰米:你那么说我可真没觉得欣慰。

莫伊拉姨母:又不是命中注定的。没有受过训练的女巫应该小心对待才是。杰米,你需要再找她谈谈。

杰米:我觉得她现在可对我没什么好感。其他人想来芝加哥么?天气还不错!

莫伊拉姨母:也许她只是需要一些时间考虑。她只是有点被吓到了。

杰米:基本上她表现得很淡定,但情况还是不容乐观。我需要和她单独待着,这样才能好好地评估她的力量到底有多大。其他人在旁边会有很大的影响。

内尔:去公园试试?或者其他类似的地方?

杰米:那儿冷得跟北极一样。

内尔：不是吧！嗯，你今晚可以先跟纳什呆着，明天早上再去见她。也许她睡个好觉之后会改变心意呢。

杰米：出现在她门口真的很诡异。她可能已经觉得我在跟踪她了。

莫伊拉姨母：杰米，你别无选择。你真的不太可能在一个拥挤的餐馆里测出她的力量。希望你今天已经赢得了她的信任，她会让你进屋。要是不行我们就再想别的办法。

莫伊拉从电脑面前站起来，去端她的茶。

没有经过训练的女巫的确是一件麻烦事。没人想侵犯劳伦的隐私，但如果她真是会读心术的女巫，以后类似让陌生人去她家拜访这样的情况还会经常发生。

她也不能不想这特殊形势的转变意味着什么。命运有时真的很复杂。

今晚也许会吃掉两品脱冰激凌，劳伦看着快要清空的冰激凌架子想着。和一个巫师吃午饭的遭遇应该值得让自己多吃掉一品脱冰激凌了。

她慢慢地窝进她心爱的沙发。沙发周围的整个室内装饰都是自己一个人搞定的，而且弄得很"黏"。这就是她的窝——软软的、暖色调的枕头，材质也非常有趣。

劳伦靠着靠枕，深呼吸着。当你度过了很奇怪的一天，不想理任何人的时候，没有比窝在沙发里更好的了。

如果不是见到几百个盘子飞起来，她可能就会把杰米划到她所见过的最奇特的见面了。但是，盘子飞起来真的没办法让你印象不深刻。她想那也许就是他要做的。如果你想说服某人你真的是巫师，那施点小魔法还是挺有效的。

但那真的不是问题的关键。劳伦叹了叹气。如果你都不能同冰激凌坦诚相待，那你就麻烦了。

劳伦喜欢古怪的人。老天，她还有收藏古怪的人的癖好。隔空取物是最离奇的，如果仅仅是那样，她也许就把杰米加到她的有趣朋友收藏栏，然后看看他还能干些什么稀奇古怪的事情。

但是为什么他非得觉得她也是女巫呢？那真的阻碍了那种既轻松又奇特的关系。

她又叹了口气。要拒绝一个让盘子飞起来的男人也是很困难的。也许一个巫师的力量能够感知到另外一个巫师的力量？内尔的搜索咒语觉得已经找到了一个女巫。几乎所有人都相信她的咒语。

天，难道她真的要坐在这里想是不是自己的肾下面藏着什么什么力量，还是怎样？劳伦张开腿，从沙发上站起身来。肯定得再吃一品脱！

CHAPTER 5 第五章

杰米用咒语解开了劳伦外门锁。没必要告诉她他来了。他希望自己带的咖啡和百吉饼能够赢得劳伦的好感,放他进去。这大冬天的,任何人都会觉得一杯热咖啡是很贴心的。

昨晚他和纳什待在一起,做的都是男人们爱做的那些事——比萨、啤酒、侃大山、看体育频道。如果他走运的话,劳伦昨晚应该做了任何一个多疑的女人都会做的事情,所以今天早上有可能心情会好一些,更容易接受他说的话。

有三个姐姐的男人深谙怎样应付女性的情绪。当然,一个有三个姐姐的男人也知道什么时候应当寻求掩护。

内尔可欠他大大的人情。几周来不断地帮阿尔韦恩处理那些瞬移术所带来的麻烦已经够糟糕了,但是有她的照顾至少他还过得不错,加利福尼亚也很暖和。他在想是不是魔法被冻住了。

这女人非得住在四楼吗?况且连电梯都没有。这种地方是谁设计的?杰米一边抱怨,一边爬着最后几步楼梯,接着他敲响了劳伦家的门。

他太及时了。她看起来似乎一副没睡醒的样子。他敢肯定,跟一个完全清醒的劳伦讲那些事情是不会有什么进展的。

她真的有想过当着杰米的面关上门不让他进来。他尽量让自己看起来没那么可疑,也没那么像个巫师,而且尽可能避免了让自己发出平复劳伦心情的讯息。这样劳伦就能不受干扰地做她的决定。

“先把咖啡拿来吧。有什么事情晚点儿说。”她接过咖啡,走回公寓。杰米深深吸了口气,跟着她走了进去。她没有把咖啡倒在他身上。至少现在还没有。

认识到劳伦是一个爱喝咖啡的人,杰米没有做任何评价。他掰开百吉饼同鸡蛋三明治,递了一半给劳伦。接下来的几分钟,他们就站在厨房的一个角落在相对友善的沉默中吃着东西。

“我很感激你的咖啡同早餐。但是你为什么周六一大早就在我门外呢？我都不想问你是怎么知道我住哪里的。”劳伦拿出一个很时髦的绿色的罐子,开始给她的植物浇水。

“没什么好奇怪的。我用谷歌搜了一下。强大的谷歌。”杰米顿了顿,劳伦转过头,杰米接着说道:“抱歉昨天让你觉得很不自在。”

“你现在让我有点不自在了。”

杰米试着用幽默同劳伦讲话。昨天在餐馆的时候那招还挺有效的。“通常情况下,我喜欢听女士对我那样讲,但是我猜你的紧张并不是因为我太有魅力或太帅了吧。”

劳伦偷偷笑起来:“我不知道自己是该开心还是该沮丧,但是我觉得我俩之间还真没有那种火花擦出来。”

“多谢。我觉得不是那样的话还会好一些。要是一不小心喜欢上你,这样评估就不准确了。我们需要知道你到底有没有力量。如果有的话,你需要接受一些训练。”

劳伦瞪了他一眼。他不得不让她相信,可是劳伦又不会轻信。“你有点得寸进尺了。我在想我是不是不应该放你进来。用咖啡贿赂我这招挺有效,但是我觉得我不能让你留在这儿。”

她继续浇水。杰米都觉得她快把那些植物淹死了。劳伦说道:“昨天,你很肯定我有力量,怎么今天的故事又不一样了？”

哎,天呐！杰米以为那能够让她舒服一点,然后她自己就能明白到底是不是女巫了,但是现在的情况是昨天发生的事情让一切都失控了,他像没头苍蝇一样不知道该怎么办。很明显在那一点上,她不太会轻易放过他。

“我们能不能别老是提那件事情?如果我们现在开始做一些基本的评估,答案自然会在很短的时间内揭晓。给我一个小时。如果在一个小时之内你还是觉得你不是女巫,那么你就是对的,我不会再烦你。”

劳伦的眼里写满怀疑。“到底是怎样的评估。我可不想你进到我的大脑里面去。”

“好。我想内尔已经告诉你,我,事实上我和内尔两个人,有时会帮年轻的巫师们做些训练。最开始的时候会做一些简单的测试,从而找到魔法到底是属于哪个领域。”

“关于巫师的天赋有七个基本的分类。一部分女巫只表现出其中的一种力量;偶尔有女巫全部都有。我们大部分是有一两个强项,还有一些弱一点的天赋。测试很简单,也尽量不会入侵你的大脑。我们通常只在孩子身上做测试,因为他们无所畏惧。”

“你说得倒轻巧。”

杰米决定冒一次险:“你放我进来,我觉得至少你也有点相信我可能是对的吧。”

劳伦坐下来,望着杰米,很明显内心在斗争中。

杰米并没有急着想要进入她想法的外层。首先,那有点不道德。其次,昨天劳伦已经表现出一些意念方面的力量,她可能会察觉到自己在那么做。如果那样,他猜肯定不好收场。

还没等劳伦开口说好,杰米就已经意会到了。咖啡同百吉饼的力量看来是不容小觑的。

“好吧。”劳伦回答道,“现在,我暂且相信你。你有一个小时的时间来让我相信我的那些良好的直觉并不是直觉那么简单。”她叹了口气。“我会尽量配合的。”

现在杰米只需要在测试的时候小心一些。上次接受他测试的还是一个掉了三颗牙的七岁大的小女孩儿。当杰米在她脑海里让彩虹跳舞的时候,小女孩很是着迷。劳伦看起来没那么好对付。

杰米带着劳伦进到主起居室。那地方看起来真的很舒服,很明显那也是劳伦在家的时候经常呆的地方。

她觉得越安心，测试就会越顺利。劳伦坐在沙发的一端，杰米选了另一端，还故意在他们中间塞了些枕头。没有肢体接触是好的，至少现在是这样。

“我觉得这样对你而言会不会简单一点，我先给你讲讲我要干什么，我们要看到什么样的结果。”劳伦点了点头，杰米接着讲下去。

“过去，女巫们的天赋分类都是基于测试结果的——有天气女巫、烹饪女巫，还有一些女巫擅长符咒同魔药。最近几年，要知道那些魔法是怎么起作用的很费力气，所以我们现在的分类也有点不同了。”

“相比你上次念叨的‘双倍、双倍，烦劳，劳累’而言，这个听上去挺科学的。”

杰米笑道：“这件事情上，莎士比亚同哈利·波特一样都对我们没太大帮助。不好意思，你要是不愿意听，我可以跳过那些细节。”

“不，挺好——我喜欢不同的信息。所以，你们是怎样归类现代女巫的呢？”

“首先我们会弄清楚你的力量到底是从哪里来的。有五种力量源泉。你用魔法的方式，魔法的种类，都取决于你的力量来源。”

“像大地，空气，火或者水？”

“那些是基本元素，也是魔法来源的一种。许多巫师都能运用其中的一种或两种元素。索菲的力量就来自土，因此就很擅长用植物或药草施法。那些运用空气和水的巫师真的可以影响天气。我有一个堂兄，他就是靠追逐风暴为生。会用火的巫师在过去经常出现在战争中。那些在这些年都不太常见了，可能那时候的巫师还没能够生儿育女就已经死了。”

“你是说魔法跟基因有关？”劳伦看上去似乎对那个问题很感兴趣。那太好了。

“也不总是这样。”杰米回答道，“我有个堂兄是研究巫师家谱的。一些家庭，继承魔法真的很明显；而另外一些完全不能那样解释。还有一部分像索菲那样的，同魔法家庭没有任何关系，但是却有很强的天赋。”

劳伦吃完了百吉饼:"好,我目前还能听懂你在讲什么。其他的四种力量源泉是什么呢?"

"意念力量是其中之一。"

"比如说心灵感应?"

"对,心灵感应。那些都是接受性技能,当你能读到其他人的话或者情绪的时候。很多时候会意念术的巫师也可以进入其他人的大脑里。"

劳伦扬了扬眉毛:"听上去可不太友好。"

"像许多魔咒语一样,可以用来做好事,也可用来做坏事。莫伊拉姨母其中一个女儿就在医院帮助那些即将接受手术的孩子。她把积极安慰的情绪传递给那些孩子们。让一个即将接受可怕手术的孩子平静下来真的是一件很酷的事情。"

劳伦慢慢地点了点头:"我记得把我扁桃体拿出来的那次,真的很恐怖。"

杰米心中盘算着,然后说:"医院有很多被吓坏的受伤的人。你也许比那些孩子感受得更多一些。"

劳伦又扬起眉毛:"有趣的理论。你还是继续科普吧。除了那两种,还有什么?"

"生命力。通常情况下运用生命力的巫师都会治病救人。许多有治愈术的巫师其魔法都受到他们要治愈的生物本身生命力的限制。像索菲那样,可以将治愈术同基本的元素结合起来,而又不会过多地消耗它们。"

"对有治愈术的人来说会有危险吗?"

"可能会有。"杰米说道,"所有的魔法都有危险。因此才要接受训练,降低风险。"

"好。你还有什么要告诉我的?"

杰米还真不习惯有人居然想听他讲这些东西。"最后的两种并不常见。有的女巫擅长所谓的同动物有关的魔法——同动物讲话,甚至是变形。很多萨满教巫师都会那种魔法。我们还在学习和测试阶段,但是力量源泉好像是我们自己的基因,史前一些共有的进化。"

劳伦的眉毛越扬越高。杰米希望那是件好事情。变形都能接受，意念魔法听上去就还蛮正常的。“一些巫师能从星际获得能量，有的是从来生获得能量。有很多时间旅行者啊，算命者，还有预言都跟那有关。但是那样的人很少。”

劳伦笑着说：“不多了。我可以打开电视，一分钟之内两美元你要多少有多少。”

杰米苦笑道：“他们对我们而言也没什么帮助。大部分都是些骗子。”

“如果我假装我已经疯了，那我还可以想象一下天气巫师或者是那些会读心术的巫师。但是时间旅行，变形——不好意思，我接受不了。我第一次接触这样的东西，对我而言有点过了。”

杰米咧嘴笑道：“可不是。我有个叔叔会变形魔法。真的太诡异了。第一次我见他变形的时候，我才四岁，我做了一周的噩梦。”

“他为什么要在孩子能看到的时候做呢？”

他也希望自己能向劳伦解释在他们家那些恶作剧都算不上什么疯狂的事情。“他也不是故意的，我当时正同我的兄弟们玩蛇战。我们让那些塑料蛇飞起来，然后砸向对方。”

“我叔叔恰好转角过来，然后被塑料蛇砸到。他当时上了年纪，眼睛不太好使，很明显他也很怕蛇。出于自卫，他一下子就变成老鹰。真的把我们三兄弟吓惨了。”

劳伦摇了摇头：“听上去那像你自找的。你的兄弟们也是巫师？你的父母是怎么活下来的？”

“我妈妈也是女巫，而且还挺厉害的。她有能预测一点未来的法术。我们不太容易逃脱惩罚。但是我现在都搞不清楚有多少是因为魔法，有多少是妈妈的直觉。”

“你们七个都是巫师？”

“不是。直到我们三胞胎降生前，内尔是家里唯一的小巫师。我爸爸不是巫师，他是一个老派电玩程序员，妈妈是插画家。他们大学时相识，然后共同开发了巫师王国这款游戏。现在由我同内尔共同开发。”

“他知道他娶了个女巫么？”

杰米笑起来。“我们住在布鲁克林。爸爸总说妈妈是他还算正常的约会之一。但我觉得妈妈并没有用魔法把爸爸拴住。”

“他说得有道理。芝加哥也有些怪人。我绝对不会让他们进自己家门的。”

“谢谢。”

劳伦耸了耸肩:“目前为止,还算有趣。所以所有的女巫都能施魔法咯?”

“大部分会一些基本的,但是也有一些会复杂的魔法。妈妈同我还有内尔都会施法。但是我们的咒语远远不能同阿尔韦恩的相提并论。他是内尔的儿子,今年才四岁,可别小看他,年纪虽然小,力量却很强大。”

“四岁的孩子也能念咒语?”

杰米想了想,好像也没有什么方法能阻止阿尔韦恩。“力量是需要训练的。他的天赋很早就表现出来,而且他的力量又很强大,所以我们打小就开始训练他。他不乱用力量的时候真的是个挺正常的孩子。”

劳伦打量了一下杰米:“他对你很重要。”

“那是自然,他是我的侄子,也是我的训练生。那家伙可是人见人爱,你没办法不爱他。”

“为什么他的力量那么强大?”

杰米耸了耸肩:“我们也不知道。施法在我们家族已经延续了好几代,也许是基因的关系或者其他什么吧。我们只是需要找到能够和他沟通的人。”

“沟通?”

“不好意思,这可能并不是你想听的。我们已经说了五种力量了对不对?最后的两种力量是有关力量的用途的。

“大多数人的力量都局限于个人使用或者在一个团队中分享。没有几个巫师能够作为沟通者,因为这不仅要感知到力量,还要为其疏导。单独来说并没有什么用,但是对一个圈子来说,沟通会让他们整体力量更为强大。

“会施法的人很擅长组织力量,并让它变得有用。他们通常会把一个圈子里的力量集合成一股强大的力量。内尔也很擅长施法，跟妈妈一样，妈妈可以把五到六股力量集合在一起，然后变成很复杂的咒语。我们都觉得阿尔韦恩会追随她的脚步。”

劳伦的眉毛又扬了扬：“一个小孩子拥有那么强大的力量听上去是不是有点疯狂？他自己能感知到力量还是只是会用咒语？”

“啊，他自己也有基本的力量，同时有很强的读心术。”聪明的小甜心，杰米想到。她能够顺利通过巫师分类测试，即使她都不相信那是真的。

他希望劳伦至少能相信他讲的话有一部分是真的。这样接下来就好办多了。

“所以当我们碰到一个女巫的时候，通常我们会弄清楚她同力量源之间是什么关系。当然也并不是所有的都需要那么做。目前，我们猜你不会时空旅行，也不会驾着老鹰飞行。”

这周还不会。劳伦冷冷地想，但是杰米还是听到了。

你觉得好玩总比害怕要好。“我会用一连串的咒语来加强你的天赋，然后我们才能鉴别它们。我是没有办法创造不存在的东西的，如果你没有接受过训练，我也不会让你变得更强大。只是让你那些没有受过训练的力量更明显一点，这样我更容易掌控。”

“没有你的同意我不可能这么做。在测试的任何一个阶段，你都可以退出或反对。你相信我吗？”杰米真的好想劳伦同意，说真的要是劳伦拒绝，他真的没有其他办法了。

劳伦坚定地盯着他的眼睛看了好一会儿，然后耸了耸肩，点了点头。

杰米接过她的咖啡杯，把它放在一边。第一课：不要让训练生的手里有热的东西。

那我们接着昨天的来吧。我会在你脑海里制造一些画面，我会以不同的力量将它们送入你脑海里——你就把它想象成音量控制就行了。

“首先，你肯定会知道我在想什么。我有足够的力量让别人听到或看到我创造的画面，不管是不是巫师。然后我会调低力量，我们看看你还能不能感觉到。你只要放轻松，然后告诉我你的大脑里出现了什么画面就可以了。”

杰米一边说，一边在脑海里画了一个简单的训练圈，其实是为了保护劳伦的家具。如果他关于劳伦的基本的力量判断有误，那么就得防止力量烧到圈子以外的东西。

劳伦靠在枕头上，试着放空自己：“我朋友纳特老是跟我讲要我想想开心的地方。比如说海滩或者是在海边高速路上骑着摩托车，等等——”她的眼睛一下子睁开了。“那是你？还有那蜿蜒的高速路，湛蓝的天，摩托车？你骑着摩托车在蓝天下沿着蜿蜒的高速路飞驰？”

杰米点了点头：“那是在卡梅尔小镇外围，我最喜欢骑车去的地方之一。要是哪天你来加利福尼亚了，我就带你去兜一圈。”

“看上去很美。也许值得一试。所以这个就是心灵感应？”

“不全是。真正的心灵感应需要你自己运用力量去感知而不是我故意把这些画面强加给你。现在，我们要测试一下你对这个到底有多敏感。我们再试一次。把眼睛闭上，告诉我你想到了什么。我会不停地给你输送画面，所以接着说，不要停下来。”

杰米接着向劳伦展示卡梅尔高速路的画面，还骑着摩托车围着高速路绕了几圈。很有趣。她可以感觉到风、热浪，还有摩托车的震动。很多人都只能感受到画面。

他加入了一点感觉。是的，她马上就感觉到了那种自由同放松。肯定有一些意念上的天赋。

慢慢地，围绕这些大脑中的故事，杰米把力量调到不同的位置。太好了。现在她已经看不到画面，而只能依靠感觉了。杰米认定劳伦真的是很特别而且很敏感的意念女巫。

他打开了第二个，小心为上。慢慢地，他结束了第一轮的测试。

劳伦的眼睛一下子睁开来：“好吧，很有趣。我以前从来没有坐过摩托车。我现在都有点迫不及待了。”

“芝加哥的风寒比加州的要厉害。”杰米说道，“很有趣。你也感知到了那些没有画面的东西。真的不寻常。”

劳伦眼珠转了转：“现在我就是女巫了？如果大白天的看到骑摩托

车就完成了对我天赋的测试,那也没什么大碍。”

杰米当然不会笨到告诉劳伦她错得有多离谱。“现在我们只是肯定你对很低力量的意念画面的感知力还是很强的。”

劳伦假笑了一下:“那听上去有点讨厌,我会把那东西印到自己名片上去。”

杰米把一个枕头砸向她。为什么他的训练生一个个都那么不成熟。“闭上眼睛,我现在要试试基本的力量,就像我昨天在餐馆里给你演示的一样,只是这次你看不到。我要你告诉我你是否有感知到什么东西。”

杰米运用力量织起一个力量网。开始时他很温和,慢慢地把力量向劳伦坐的地方靠拢。一个训练有素或者敏感的女巫是能感受到这些温和的触摸的。

为什么她没有反应,他加了把劲。然后他把每个基本力量都依次分开,然后慢慢地将这些魔法力量像倒水一样浇过她的头顶。在几分钟的时间里,他真的觉得劳伦面对基本力量丝毫没有反应,真的无异于聋子或瞎子。

“我想你知道你自己不是基本元素女巫你会很兴奋。”

劳伦睁开眼:“你是说我就不能制造风暴了?”

“差不多。那是最常见的天赋,但对大多数而言也是最弱的。对我们这些训练和测试女巫的人来讲,有时候会很不幸,因为他们中真的有些力量很强大,但是又控制不好。现在我觉得你应该不会放火烧我,或者让密歇根湖来场海啸之类的了。这是好消息。”

劳伦还是不太相信,杰米真的好想点一把火让她相信。但是这沙发真的很舒服,烧焦了太不划算了。

“接下来的测试我要你跟着自己的感觉走。闭上眼睛。”

劳伦又靠在枕头上:“这差不多跟睡午觉一样。”

“我们先来点简单的,扭扭你的指头。为什么所有的女士都会涂脚趾甲,是规定么?没关系,你不用回答。你最喜欢的颜色是什么?”

杰米慢慢地就不再讲话,然后用意念告诉劳伦:劳伦,睁开眼睛,如果你最喜欢蓝色,为什么你的指甲颜色是红色?

“指甲油跟心情有关。”

杰米看到她的涂指甲的小盒子按照颜色整齐地排列着，静静地躺在抽屉里。他用胳膊碰了碰她。“哇，一个女人需要多少指甲油？你是不是衣服也是按颜色分类，还是只管指甲油。”

劳伦突然意识到自己是一个人在自言自语，杰米看到了那一刻。不幸的是，意念女巫真的会把不满发泄出来，她的确是有些恐慌。

这部分是杰米需要非常留心的。暴躁的巫师是很敏感的生物。

“我告诉你不要进入我大脑里，快出去。”

杰米退缩了：“你不需要大喊大叫，相信我，你的意念已经发出了足够的声音。我并不在你脑海里。实际上，我是很小心翼翼地远离你的脑海。”

“那你怎么知道我抽屉里的指甲油是按颜色分类的？那我为什么能听到你在我脑海里讲话？”

“劳伦，是你自己让我知道的。即便你没有接受训练，你还是能让我接受到那些画面。肯定是感觉。你现在想要发火就发火吧；现在它让我头痛了。我敢担保你真的有很强的意念魔法。”

劳伦还是火冒三丈：“也许你就是出气筒？”

杰米笑起来，“才不是。我的意念天赋很弱。但是也不像你的基本元素力量那么弱，但是绝对没有你刚刚指责我的那么敏感。你要是没有发送给我，我是真的不可能读到的。”

他听到了她没有说出来的话，也想平复她。“劳伦，记住，我是故意把这些咒语强化的。不是所有你在大街上遇到的人都能听到你的想法。这只是测试你经过训练能做些什么，你也能更好地掌控。”劳伦只是盯着杰米，退后，大家伙。她需要时间和空间，那就意味着你需要一个快速逃离的计划。“我们可以晚些时候再谈这个。现在歇会儿吧。”

他看着劳伦睁开的双眼。糟了，这次又搞砸了。他测试过的很多人其实都还挺愿意是巫师的。“我知道这并不容易。慢慢来，好吗？现在，我要同一个朋友吃饭，一起吧。”

劳伦终于笑了一下：“我想我要一个人待会儿，但是谢谢你了。”

杰米希望自己知道怎么安慰她：“没关系，你今天下午晚些时候能让我进来吗？我可以给你一些基本的意念女巫训练。”

这次劳伦咧着嘴笑道：“我考虑一下。”

她终于平静一些了。很好。要是她还是对自己是女巫这件事半信半疑，那接下来就有得玩了。

杰米有些抱怨起来，但是他还是试着理解了劳伦强加到自己脑海里的一条信息。她在希望一个叫纳特的人出现。“要是能有人陪着劳伦，情况也许会好很多——你有没有那种很开放并且愿意试试读心术这类的朋友？就是我们刚刚做的那种，骑摩托车啊什么的，不是什么很猥琐的事情，也没有什么侵略性。”

劳伦慢慢地点点头：“有个后援总是件好事。我的朋友纳特会过来吃晚饭。她总是那么从容不迫，而且真的是我所有朋友中为数不多会觉得盘子飞起来是很酷的事情的人。”

“我觉得你应该不会飞什么东西，但是有个你信任的人在身边就太好了。我会提前一个小时到，这样我们就可以做些准备。你们吃中菜么？我负责买晚饭吧。”

“好呀，我喜欢捞面，她喜欢生菜卷。要是有冰激凌就可以给你加分了。”

杰米离开了，劳伦坐在她沙发的一角，抱着枕头。杰米拿出手机，想要连接无线网络，可他还没有走出公寓大楼信号就没了。需要后援的可不只是劳伦，他自己也真心希望有人帮帮忙。

CHAPTER 6 第六章

杰米:内尔,那个登录咒语真的有点烦人。它两次都提示说我密码错误。

内尔:好兄弟,那就是为了防止那些制造麻烦的人。

杰米:坏姐姐,对我好一点。只是又还有点好消息要告诉你。

索菲:那就是说劳伦让你进门咯?

杰米:我给她带了咖啡和百吉饼。而且是大早上突然袭击,我觉得她刚刚睡醒那阵办起事情来或许容易一点儿。

莫伊拉姨母:杰米,你没必要那么做吧?很不礼貌呀。

杰米:姨母,其实我不知道我还能怎么办。在这件事情上确实我做得不是很礼貌。但是她还是让我进去了,我觉得还不算特别坏的选择吧。

索菲:你试过她了吗?

杰米:对啊,这次实实在在地测了一下。她对基本元素魔法完全没有反应,但是对所有的意念魔法至少都能有反应。我今晚会再回去找她,然后教她一些基本屏障的东西。

内尔:没有基本元素魔法么?——那太奇怪了。她感觉怎么样?

杰米:我走的时候她还是没怎么缓过来。我们测试的大部分人都想成为巫师,至少很开心他们自己与众不同。我可受不了给别人带去不受欢迎的消息。

莫伊拉:怎么了?不受欢迎么?还是她需要一点时间?

杰米:我不知道。她所传送给我的那些情感真的有很大的冲击性。她很受伤。说老实话,我也不能怪她。通常情况下我们不会从意念女巫开始,因为那太有侵略性了。

内尔:那个嘛,通常情况下是基本的魔法才会让初学魔法的人陷入麻烦。

杰米:是的,那也会。但是比起点燃蜡烛或是让花朵开放,涉及到读心术的时候就涉及到更私密的事情。

索菲:我学会的第一个魔法就是帮助花朵绽放,但是你是对的——我那时候都不知道莫伊拉姨母在暗中相助。

莫伊拉姨母:我还记得当时你好开心。

杰米:实际上她在做接受者测试的时候是很放松的。只是当我测试投射的时候她反应很强烈。她觉得我侵犯了她的大脑空间。

莫伊拉姨母:我觉得你肯定不会那么没礼貌。

杰米:确实,不过她可不相信。

索菲:什么,现在?

杰米:今晚她的好朋友会过来吃晚饭。我想晚上同她俩一起做一些基本的练习。一旦劳伦会一些基本的屏障控制,她自己也能慢慢实验一下。

内尔:她还是觉得这一切都是你做的?

杰米:那是最合理的解释,不是么?如果你不相信巫师的话。

内尔:告诉她你的意念魔法其实是很弱的。

杰米:我有说,但是还是说服不了她。她需要用她的魔法自己做点什么,否则没有其他办法解释。

莫伊拉姨母:聪明。有个朋友在旁边她也会觉得安心点。

内尔:听上去好像挺麻烦的,但是老实说,我觉得那是我们能期待的最好的开始了。我觉得除此之外,没有比那更容易的办法把那样的消息告诉她。

杰米:还有一件事。你们或许该想想如果她比一般的女巫要强大得多,下一步该怎么办。我觉得那个可能性还是很大的。

莫伊拉姨母:意念力量起初真的很难测量。

杰米:我知道,但是她连最温和的都能接收到——连情感或者是那些压抑了的感触——她都还没有经过训练呢。

莫伊拉姨母:啊,天。那她的力量肯定很强大了。

内尔:好,但是我觉得基本的训练你还是可以搞定的。

杰米:我可以。但是扔下一个超级敏感的女巫不管,而只是教她一些基本的屏障训练技巧可不是什么好主意。

莫伊拉姨母:如果那真的发生了,我们不会的。小伙子,慢慢来。慢慢了解她,然后我们再想个计划。

杰米:谢谢。其实她有那种力量我真的很吃惊。你会觉得有人已经注意到了。

索菲:杰米,她又不在女巫圈子里。许多会读心术的人如果没有经过训练,会无意识地对能力进行了一些拙劣的修补,也许那就是为什么她感觉不到自己的力量吧。如果她真有基本元素魔法,基本元素魔法才是让年轻的巫师们最头痛的事情,那么也许慢慢地她就会意识到自己的力量。

杰米:我知道你讲的那些,但是她还是很强大。我知道我现在还没有真实的数据可以那么说,但是我觉得是那样。通常只有比较弱的力量才不会被发现。

索菲:她有治愈术方面的天赋么?

杰米:还没有测到那一块儿。如果今晚有机会我就试试,但是我还没有跟他讲。我觉得要是她既会感应,又会治愈术的话,她应该很容易就感觉到别人的痛苦,而不会像现在这样过得挺正常的。

索菲:那样的组合通常会产生强大的治愈力量。

杰米:确实是——但是你能想出哪个会治愈术的人到成人了都还没有被发现的么?

莫伊拉姨母:没有。我们有很多会治愈术的。他们还是孩子的时候就超敏感了。但我也见过一些会读心术的人不像巫师一样生活的。那种东西很容易隐藏或被忽视,如果她想要那么做的话。

内尔：可能她也是靠咒语吧。那样的组合也好。这样在配合训练圈的时候就能向每个人的大脑发送力量所要去的方向了。

杰米：但是现在还没有办法知道。当然，在我们评估之前她还需要一些训练。不好意思我再问问：我们怎么训练？

内尔：你到底怎么了？

杰米：现在只是一种感觉。我会从最基本的屏障训练开始，比如清理或者建立屏障。但是我觉得几节课过后我就可能没辙了。如果她真如我所想象的那么强大，只有她稍稍打开那些渠道，她就需要更多的训练，而且是越快越好。

莫伊拉姨母：你说得对。如果她真的很敏感，基本的障碍训练根本不够。

杰米：她住在芝加哥市中心——到处都是人。如果她的敏感度超常而障碍又很不可靠的话，那可真不是我们能应付的。

莫伊拉姨母：真的。我们得考虑到她同周围人的安全。

杰米：确实如此。我不希望伤害她，更不希望让她不稳定而殃及无辜。

内尔：如果真发生了那样的事情，我们会想出办法的。你现在只是打前站而已。

杰米：说得好。我需要一些时间来缓缓，然后我会去找劳伦她们吃晚饭。就让中国菜同冰激凌帮我们的忙吧。第一次接触汇报完毕，我下了。

内尔也退出了聊天，然后漫无目的地滚动她的鼠标。杰米的担心不无道理。毕竟他训练过许多女巫。天呐，他还是阿尔韦恩的启蒙导师。力量，即便是像阿尔韦恩拥有的那么大的力量，都没有让杰米犯怵，而这次他却很神经质。

也许是因为劳伦的大腿太具魅力了吧。内尔太了解杰米了，她想那或许才是真正令杰米担心的原因。

没有比周六下午在最舒服的沙发上打个盹更惬意的事情了。劳伦心满意足地伸了个懒腰，想要再睡个回笼觉。

今早上可把她累坏了。拿着咖啡的巫师进到自己的大脑里,还远距离地窥探自己收集的指甲油。

而且很有可能一切都是杰米捣的鬼。他的意念魔法,很明显他是有魔法的。她肯定相信那样的观点。

但是,如果一切都是真的,那就意味着加利福尼亚州聊天室里的三个女巫同那个男的搞了这么个阴谋来说服一个神经正常的女性,让她相信她自己是女巫。她还没有自负到认为自己是某个诡异的猎巫目标。

夏洛克·福尔摩斯怎么说的来着?排除那些不可能的,不管剩下的有多奇怪,都可能是真的。大致就是那么说的。

所以,她也许真的会点读心术。在杰米看来她就是女巫。在劳伦自己看来,那只是让自己成为了一名很好的房产经纪人。劳伦又窝回了沙发,打算将回笼觉继续下去。

纳特在劳伦所在的街边手舞足蹈。今天上了三堂瑜伽课,人山人海啊。精神瑜伽现在越来越有名了。没有比给一群人带去平静与安宁更让纳特高兴的事情了,他们都比刚来的时候要从容和专注得多。

从小到大,她可能都没有想到生活会让她如此开心。或者说——就像她自己笑话自己的一样——同斯麦思家族所期待的多么格格不入。教瑜伽对某些家庭而言也许不算什么,但是对她的家人而言,即便是去做礼拜或到当地酒吧唱卡拉OK都是难以想象的。

更别提意念瑜伽了——很明显她现在还要去同一个巫师吃晚饭。这在他们家人眼中已经是非常不合时宜的行为了。也许是很肤浅的行为吧,也许是的,但是她觉得自己还是挺喜欢与家人所信奉的因果报应不一样的地方。

并不是说她需要更多的理由来解释为什么她要去吃晚饭。劳伦邀请她去,那就够啦。

她对劳伦的巫师很好奇。神奇的意念魔法加上会飞的盘子。还有一些读心术的训练。那样的晚餐铁定很吸引人。

“好点了。你还是需要更放松，然后让你的渠道打开，但是已经比以前好多了。”杰米身子动了动，尽量不想有那些稀奇古怪的想法。他同劳伦已经在地板上坐了超过一个小时了，他们在进行最基本的训练——试着开启和关闭意念的渠道。

“你的屏障还是很僵硬。不要把它们想象成墙壁——把它们想象成一个软软的、有弹性的气泡。当你想要屏蔽大多数东西或者不愿意去碰别人的情感同想法的时候，你就让气泡变大。要是想让自己更敏感一些，你就把气泡变小、收紧，这样你就能更清楚地读到外界的信息。尽量别让气泡远离你，那样的话你会变得很脆弱。”

“我活了28岁算是奇迹了。”劳伦挖苦道。

“啊，你现在的屏障还算有效。你不太想去听很多。但是真的要用意念魔法的话，你还得需要能够选择什么时候去打开，什么时候去发送讯号。但是以你现在这么僵硬的屏障可不行，你需要更精致的工具。”

“砖头，气泡，粉红色鸡毛掸子。我想我还是不明白你在讲什么。”

“你的朋友纳特到的时候就有意义得多了。我会在你向她发送或接收信息的时候帮你控制屏障。相信我，你能很明白地体会到砖头同气泡的不同，相信我。让我们再试一次气泡。”

杰米耐心地将劳伦带入了一个深度平静的大脑，然后往她的心灵屏障输气，让气泡因进入的气不断地变化。安静的心灵接触，他鼓励她慢慢地收缩气泡。好——这次她做得很好。

不同的学生需要不同的可视化教育。对一些而言，砖头就够了。气泡并不是他最喜欢的——他总是想象它们会突然爆开——但是它们对劳伦似乎很有用。

他俩全神贯注，完全不知道纳特已经从前门进来了。杰米最先感觉到她，她出现在了他设置的训练圈边缘。

不想劳伦在这么暴露的时刻被打扰，杰米给纳特发送了一个信号让她停下来。纳特并没有因为大脑里突然出现的声音而感到不舒服，这让杰米很感激。他想劳伦或许应该从纳特身上学点东西。把他的能量撕开，他同劳伦仍然平稳地联系在一起，然后把训练圈子打开让纳特进来。

杰米睁开眼第一次见到了纳特。

劳伦觉得自己头快炸了。头脑里像是一场风暴。震惊，欲望，恐惧，接受，爱，夹杂在一起。

当听到劳伦倒在地板上的时候杰米感受到了他大脑里的联系中断了。劳伦倒在那里一动不动。糟了！

纳特立马来到劳伦的身边，她睁大眼睛问杰米："救她！怎么回事?"

他看着纳特。他的控制更紧了，所以劳伦头脑里的风暴没有以前那么强烈。但是他知道，绝对知道，她是他后半辈子的全部。他也很确定他的反应对劳伦打开的渠道来说是很致命的打击。

有了30年的训练，杰米又让屏障重新坚固起来。他把监控指令发给劳伦，然后松了口气。"有点过度了。没什么大碍，但是她需要睡一会儿。她的床在哪里?"

杰米抱起劳伦，跟着纳特来到走廊。他把劳伦轻轻地放在床上，坐在她旁边。他的腿也不是很稳定，他也不能怪劳伦，毕竟她还是新手。

杰米深深呼吸，慢慢闭上眼，靠近劳伦的大脑。他不会治愈术，但是所有的女巫训练者都会一些小咒语来让用脑过度的症状平静下来。做完之后，他让劳伦平静地进入深度睡眠。

当他睁开眼时，纳特正坐在劳伦床的另一头，她盘着莲花腿，而且可以看出这种姿势是经过长期训练的。

"她没事——她只是需要休息。"

他们坐了一会儿，听着劳伦安静地呼吸。

纳特的大脑很平静，也很开放。她的想法对杰米而言是一目了然的。每个人的命运都有转折点，她的最亲密的朋友恰好就遇到了这样的情况。

杰米想到："就是了。她也不是唯一的一个。"

他安静地对纳特讲:“你可以过去同她坐——那样她会很平静。她醒来的时候会很饿。我们先让她睡一个小时左右,然后她大概就想吃东西了。我去叫中国菜。”

杰米走进厨房,拿出手机,然后坐进椅子里。他现在也很虚弱,那出乎意料的预知的天赋真是挑了一个绝佳的时间显现。

看一眼纳特,他就能感觉到自己将同她度过的未来生活的片段。他们可能的未来生活。但是预知只是显示了可能性而不是确定性。

该死。真的感觉很真实。

在伯克利沙特克跳舞,纳特的脸上充满了笑容同引诱。圣诞节早晨同他家人一起度过。日出时一起做瑜伽,实际上这一切不太靠谱的感觉他都挺享受。

纳特圆圆的肚子里怀着他们的第一个孩子。

同看起来像阿尔韦恩一样大的孩子在前院里堆雪人。但是该死的,伯克利不会下雪,芝加哥才下,他同纳特住一起,还有一个很可爱的孩子同雪人。

那儿他将深深地爱着纳特同那个小男孩。

当他同其他人的心理渠道联系起来的时候,他一下子就感受到了这一切。太不可思议了,太不是时候了。

通常情况下,对于训练中发生的事情他都很淡定。但总会有意外,当你训练女巫的时候,那些意外更是经常发生。收拾残局,治疗小小的受伤,把那些无辜的路人弄出去——都是训练者的工作之一。

杰米把头靠向墙。他可以装作那只是训练中的误会,但是真的,劳伦只是一个无辜的路人。任何意念巫师在一英里范围内原本都可以感受到那么巨大的未来片段。劳伦恰巧在原爆点,而且没有屏障。

但是那又回答了一个很重要的问题。只有一个拥有超级强大意念力量的巫师才能够吸收那种意念力量相对薄弱的巫师的力量波。劳伦会是一个很强大的女巫。她的渠道已经被他完全打开了。

CHAPTER 7 第七章

劳伦走进厨房,纳特紧跟其后。“我觉得自己可以把一半芝加哥都塞进肚子里,我的头感觉像被大巴撞了一样。我他妈的到底发生什么事情了?”

杰米,精通女巫训练生的需求,把一盒吃的塞到劳伦手里。“吃吧,那能减缓你的头痛。我们过会儿再谈。”

纳特从橱柜里拿出一个盘子,然后吃惊地看着劳伦开始像吸尘器一样吃着盒子里的捞面。杰米也吃惊地看着她的反应。很明显劳伦平常是不会像一个饿慌了的十几岁的孩子。

杰米也递给纳特一盒。“吃点吧。相信我——你应该在劳伦开始吃之前吃点儿,不然一会儿就没了。”

杰米看着这个他将会爱上的陌生人还有刚刚开始接受训练的女巫。现在他到底该做什么?

他先前同她俩的对话已经够复杂了,他自己也不确定是不是准备好应对她俩中的任何一个。杰米咬了口鸡蛋卷,然后觉得内尔这次真的不知道该怎么补偿他了。

他想,就把这当成复杂的咒语来处理吧。慢慢来,不要把太重要的东西搞砸了就好。

“劳伦,头痛觉得好点了么?”

"嗯,"劳伦满嘴都是捞面,这已经是第二盒了。"吃了东西觉得好多了。你这个天才是不是点了够十个人吃的东西?"

"对啊。女巫训练生总是很饿。"

"真聪明。你打算分享这些鸡蛋卷么?"

杰米快速扫描了劳伦一下,刚好及时地捕捉到纳特的想法。他叫她女巫,她眼都不眨一下。

"纳特,说来话长。"

纳特皱起眉头。"我的想法很明显么?"

"糟了,我真的能听到你在想什么。"劳伦朝杰米看了看,脸上充满恐惧。"我能听到她在想什么。我到底怎么了?"

杰米尽可能平静地回答道:"你的渠道超负荷了。输入太多。发生这种情况的时候,一段时间内人总会变得很敏感。就好像以前很难化解你的心灵屏障一样,现在得花些功夫把它们弄回来。但是在此之前,你能够接收到至少你周围人的外层想法和情感。"

"好吧。"劳伦慢慢地点了点头,但是看上去还是很疑惑,"我怎么就听不见你?"

"我自己有屏障啊。在你超负荷之前我们一直在练那个。"他转向纳特,"经过你的允许,我也可以加强你的屏障。如果有太多游离的想法,对劳伦来说太困难了。"

纳特点头同意后,杰米悄悄地进入了她的大脑。他只花了一小会儿就进入了她无比平静的大脑,温和地加固了她的屏障。

"几个小时内那都应该可以派上用场。不是完全的屏蔽;只是缓和了进来的东西。劳伦,我们吃好以后将把你的渠道关上一点。"

劳伦舞动着手上的筷子,仿佛那是一件武器:"不,不。我才不要同你再玩那个游戏,除非我弄清楚了第一次到底发生了什么事。那感觉就像我头要爆炸了。"

杰米叹了口气:"那是我的错,对此我深表歉意。训练者的责任之一就是要确保能量流能处于可控范围内,而我完全没能控制好。"

"那可不仅仅是'没能控制好'。"

杰米还是能看到她额头的纹路。"头还是很痛,对不对?你要吃点布洛芬还是其他什么吗？那有用。”

劳伦走出了房间，手里拿着第三盒捞面。

终于吃饱了：三盒捞面，四个鸡蛋卷。劳伦平躺在自己的沙发上，靠着纳特，眼睛盯着杰米：“现在，回答我，刚刚到底发生了什么事情？”

“我有一些想法。”杰米回答道，“但是我想先收集点数据，我需要你回想一下，然后准确地告诉我你到底记得什么，感觉到了什么。”

“我当时正全神贯注地想要收缩我的气泡。”她看着纳特，“你肯定比我在行。那跟你的呼入呼出和冥想什么的很像。”

纳特看上去很困惑：“气泡？”

杰米在她还没发问之前就开始解释道：“那是意念女巫的第一课。目的就是要创造一个灵活的屏障，劳伦能控制自如，方便进出。”

“劳伦是意念女巫？”

问得好，纳特。劳伦想道。意念女巫，微弱的心灵感应，管他什么。如果可以让她晕倒在地板上，那她肯定有某种东西，但是她一点也不开心。

杰米点了点头，平稳地看着纳特：“我觉得是这样。我们今晚会做一些测试确认一下，但是如果劳伦不是女巫的话，她不会出现超负荷现象的。”

纳特朝劳伦笑道：“哈哈，你的生活挺有滋有味的嘛。”

劳伦看得出杰米很明显松了口气。那很有趣。可能也不是那么有趣。许多友情可能都会受到此类事情的影响，比如有人跟你讲“嘿，你的朋友是个女巫”。她用肘部碰了碰纳特。“我觉得杰米是担心你可能会弃我们而去。”

杰米看上去很震惊：“你听到了？”

他觉得我用了读心术，真是个笨巫师。劳伦抱起一个枕头。“不需要什么读心术。我敢打赌你打牌肯定老输。你不该担心纳特是不是会因为整件事而离我们而去，你该担心的是我。”

杰米扮了个鬼脸：“对，你说的对。那我们再回顾一下发生的事情。你当时正在收缩你的气泡……”

“感觉像是比上几次好了。我能感觉到你在那里,像是稳稳地拿着什么东西,那是我第一次从你那里接收到的……”

劳伦生气地看着杰米:“等一下。我猜我又要超负荷或者失控了。但是都怪你。那巨大的意念波浪是从你那里来的。到底怎么回事?”

他平稳地看着劳伦:“你是对的,确实不是因为你做了什么。我那时有点失控,不幸的是,我们当时正处于关键时刻,然后那股意念波浪就朝你打过去了。就如我之前所说的,那不应该发生,我很抱歉。”

“我觉得内尔派你来是因为你很在行。”劳伦很害怕一个半吊子巫师进她的大脑。即便是有她的允许,也不行。

杰米叹了口气:“我是不错。那不是问题。你还记得我之前跟你讲过的那些魔法种类吧。我的天赋是运用最基本的能量,但是我还有一些其他的天赋。那也让我成为一个很好的训练者——我什么都会一点。不幸的是,我的其中一项很弱,而且时不时地会有预知未来的魔法显现。”

“预知未来?”

纳特把身子伸向沙发:“你预见未来了?”

如果他们中真有谁要做女巫的话,应该是纳特才对,劳伦这么想着。她似乎已经充分准备好了。

杰米耸了耸肩:“预知不是那么清楚,所以那项天赋真的很让人失望。你只是看到可能的未来,但不是最确定的未来。通常我只会看到一些零星的片段。这次的更长、更强大一些。一年之内也只会发生一次、两次。太不是时候了。”

“你可以预见未来?那太恐怖了吧。所以你是说我的大脑是被完全无关的事情给弄晕的?”

杰米叹了口气:“不,不是完全无关的。预知事件常常都有诱因的。”

劳伦沉默了好一阵。杰米看上去很不自在。“你要告诉我吗?诱因是什么?”

纳特打破了沉寂:“我觉得是我。”

劳伦摇了摇头。纳特不可能跟这事儿摊上关系。“那讲不通啊。我们都不知道你到了。你是自己进来的啊。”

“我知道。”杰米说，“我的责任之一就是监视训练圈周围的环境，确保其不被打扰。”

纳特看上去受惊了：“我打破了训练圈吗？那就是为什么劳伦超负荷了么？”

杰米伸出手握住纳特：“绝对不是。根本不是你的错。我让你进这个圈子是因为劳伦相信你，而且你的气场很平静。我们下次训练的时候会把你包含在内的。”

杰米站起身来，进厨房拿了两品脱巧克力冰激凌。天啊！劳伦想道。你知道要是男的拿冰激凌讨好你就没好事儿。然而，也许有用。她又觉得饿了。

杰米坐回地板，看着纳特：“你没有对劳伦做什么。你对我做了点事情。所以我才看到了一点未来。”

劳伦开始笑起来：“天，你们巫师还真喜欢乱开枪。首先我碰到了搜索咒语，然后纳特引发了你的预知。”

劳伦突然一下冷静下来：“等等，你是说纳特也是一个女巫了？”

杰米，那个问题问得好，我也想同你做做刚刚同劳伦做的那些基本测试。

“到底什么时候发生的这个涉及到隐私的事情？”劳伦问道。

“劳伦，饶了他吧。”纳特说道，“如果他先问你，你会让他那么做么？”

纳特真的一般不那样跟劳伦讲话的：“不会。”

纳特严肃地看着劳伦：“如果这部分是有关你的，那还是知道的好。那是一种天赋，我们也有责任需要接受天赋同时好好培养它们。如果杰米可以帮助你做到的话，就让他试试吧。我不想你因为我就平白无故地昏倒在地板上。你需要知道你到底有什么样的能力。”

杰米看上去很感动：“将来你会成为一个伟大的母亲。”

纳特脸红着说：“不好意思——我通常不说教的。”

劳伦说：“本应如此，你那样说给人的印象才更深刻。”

纳特看着杰米：“所以，我需要接受自己刚刚讲的建议？我不觉得自己是女巫。我不是女巫，对不对？”

“不，你只是头脑比较灵活，想法比较清晰。你可以很好地运用力量，但你不是女巫。”

劳伦问道：“你怎么那么快就确定了？你不用拿那些测试试一下吗？”

杰米摇了摇头：“不需要。我可以很快地感知到力量的来去。当你碰到的是力量源的时候，不管有没有接受过训练，都会留下痕迹，就像一种共鸣。很难出错的。纳特没有那种力量。”

“那这因缘也太诡异了。她比我更适合做女巫。”

杰米笑道：“她会成为一个很好的训练者的助手。她意志很稳定，情绪也很稳定，那些都非常有用。”

劳伦翻了翻白眼：“你只是希望她能让我配合。”

“当然，那也算。但是，我们今天做的已经够多了。休息一下吧。明天我们再继续。”杰米看了看纳特。“你到时候能来么？”

纳特点了点头。

“我跟你一起走。”

[illegible]特在劳伦所住公寓前门的入口停了下来。“我的瑜伽室离这儿就[illegible]们得谈谈。你想顺道喝点咖啡么？”

[illegible]她。啊，复杂的对话第二部分终于来了。鉴于先前她[illegible]，很明显纳特并不是那么容易说服的。他在想如果她知[illegible]，她会怎么办。

[illegible]伽室里有茶喝就可以了。”

纳[illegible]看了他好一会儿。“好吧。但你得告诉我关于我的生活你都看到了些什么。”

“还在纠结那个，嗯？我会告诉你的。但是我们还是赶紧离开这个冷死人的地方吧。”他们沿着街走着，一路上没说一句话。杰米哈着气，思考着究竟应该告诉她多少。

沉默直到纳特让他进瑜伽室才得以打破，纳特为杰米泡了杯茶。他走进瑜伽室主空间，四处看了看。这真像她的风格。

纳特几分钟后端着两杯茶走到他面前。

杰米想她也太冷静了吧。“你知道吗？劳伦真走运。不是所有的朋友都能像你今天那么表现。她现在已经意识到她的意念力量不一般了。”

“你是说她是女巫。”

“是啊。你今天本来可能会让她更艰难，更不舒服的。但是那种在任何情况下都接受你，支持你的朋友，真是如金子一般珍贵。好像你俩都知道。”

纳特笑起来。“我们上大学第一天就认识了。我们还被分到了同一间宿舍，我想我们只花了五分钟就建立了那种长达一辈子的友谊。等到我们毕业，我想开个瑜伽室。我家人完全不同意。那根本就不符合斯麦思家族的风格，也不是斯麦思家女儿应该做的事情。”

“真的吗？”在杰米的预知中没有半点关于纳特家庭的东西。也许不是巧合。“你的家人觉得你该做什么？”

“那就说来话长了。不管怎么说，我在21岁的时候继承了一笔遗产，两个月后我们就毕业了。我把那个地方租下来，装修了一下。很明显，我老爸蓄意让我的瑜伽室开不了。

“要不是劳伦从她新办公室里的同事那儿收到风声，老爸也许就成功了。她威胁老爸说要把某些不光彩的细节公诸于众，然后老爸就没再插手。直到两年前我才听说了此事，也不是从劳伦那儿听说的。”

当纳特讲话的时候，杰米一直看着她。他想把自己在预知中看到的那个女人同纳特自己描述的无助的富家女联系起来，在预知中她可是在堆雪人，在大清早放声大笑。

他有一个大家庭，粗暴、爱争吵。他们中的任何一个试图破坏他的梦想都是无法想象的。

纳特又说话了。“不要怜悯我。我有我自己热爱的生活。事情并不总是那样糟糕，先前发生的一切才造就了今天的我。”

“这种转变有点太疯狂了。你能接受么？”

"劳伦的生活从来没有无聊过。"纳特喝了口茶，想了一会儿，然后给了杰米一个很严肃的回答："有时你知道你会同某个人共度余生。有个伴儿，有孩子，还有朋友。一生会有很多的惊喜——必须会有。如果劳伦真的是女巫，那么我就是女巫的朋友。"

她很坚持。杰米想在那样一个环境下长大的孩子怎会那么坚持。他觉得是时候看看她还有没有空间容纳另外一个。

"你能接受两个巫师朋友么？"杰米那样讲是觉得提到劳伦也许更能让纳特接受自己，然后他就闭嘴了。是时候谈谈纳特和自己了。只有他们两个。

纳特慢慢地笑起来。"如果你要做我的朋友，你就得告诉我你看到了些什么。我的未来你比我还了解，这看上去真的不公平。"

好吧，就开门见山吧。杰米也不清楚他该让纳特了解多少。"你知道其实那种预知很不可靠。有时候会显示一点未来，有时候只是可能性。而且见仁见智——看到的东西不一定就是那么直接。"

纳特皱起了眉头："你不喜欢拥有那些天赋，对不对？"

"对，很糟糕。能看到未来当然很好，但是如果只是闪现一两秒钟，又不明白到底是什么意思，或者会不会发生，那就真的没什么好的。"

"不，这可不是你普普通通的预测到的未来片段。"杰米停了下来。她有权知道，也许给她讲了会更容易一些。但是天晓得跟她讲那个他是有多难为情。

"我可以把我看到的告诉你。预知会留下很强的印记，就好像我有一盘录好的录影带可以播放给你看一样。但我需要你向我敞开心扉。我的意念魔法很弱，如果你帮我的话我还能还原好些细节。"

纳特又喝了口茶："不要误会，但是那样做刚刚不是让劳伦晕倒了么？"

真的不好应付。"算是吧。这里有两个很大的区别。预知冲击力很大，而且这个比先前的要强烈。但是情景重现不会像第一次那样强烈。第二，你不是意念女巫。劳伦超负荷只是让我明白她真的很敏感，而且有一天她会很强大。现在，只是让她变得很虚弱。"

"所以，如果是我坐在她的那个位置，我就不会受那么大的影响？"

“就是这个意思。而且这次我也不会出什么差错，我能够将自己的反应控制住。”他这么希望。

杰米对于同故事里的女主角讲述这个故事并没有很兴奋。分享这个真的需要一些严肃的技巧，但是把所有的情感都留给他自己。他的想法也都变得严肃起来了。

“你练瑜伽，对不对？所以你会冥想，把大脑放空？”她当然可以。拥有像纳特那样平静的大脑绝非偶然。

纳特去拿了几个舒适的长枕，递给杰米一个。她优雅地坐下来，盘着莲花腿。杰米没有笨到要学纳特的姿势。“要是有身体的接触就更容易一些，如果你没有问题的话。”

“没关系。但是你没有同劳伦那么做啊？”

“不，我没有，那个有点悬，所以在早期的训练中我们尽量避免了。一旦她学会运用精神的联系，她可以通过身体接触来提高敏感度。既然我们不是在训练，那我就选了个更容易的办法。”杰米膝对膝地同纳特坐下来，握住她的手。

“闭上眼睛，就按你平常的方式放空大脑。我会在几分钟之内就看到画面的。”杰米快速地想了想，肢体接触可能会让事情变得容易一些，他下决心放空了大脑。

他听到了纳特平缓的呼吸，她的大脑也慢慢放缓。她真的很厉害——他很羡慕她。也许她能教给他的训练生们一两招。

先试试说话，然后再意念接触，他打开了他们之间的渠道。那是他同训练生之间经常做的事情。

但是这个完全跟训练不一样。

慢慢地，杰米将预知的印记一点一点连接起来。他把那些记忆弄得跟胶卷一样，慢镜头播放着。

纳特在俱乐部跳舞，脸上充满诱惑。他可以觉察到音乐声在召唤她，即便是很模糊。

圣诞节的早晨，纳特同他的家人在一块儿。这次他的反应猛烈地冲击着他。困惑、羡慕、欲望、想要有种归属感，还有小女孩的忧伤。他非常需要安慰。那是我的家人，他温和地把讯号传递给纳特。我会带你去见他们。

在草地上做瑜伽，晨光洒在她的脸上，闪闪发光。他可以感觉到她如何安慰那个伤心的小女孩。瑜伽让她很集中。慢慢地，吃惊的是，她意识到她不是一个人。他意识到她看不到他。那是他的预知画面，他未来的记忆。她只能感觉到他。

纳特大着肚子。他觉察到了她的微笑，满心欢喜地期待着新生命的到来。

雪人，蹒跚学步的孩子。杰米感觉到纳特想要抱抱那个孩子。然后联系就断开了。杰米的眼睛猛地一下睁开了。纳特的脸惨白，眼睛睁得很大，脸上挂满泪水。

“那孩子看起来像你。那个孩子，他看起来像你。”

杰米紧握着她的手。他俩都有点颤抖。“他是我们的孩子。那就是为什么感觉如此强烈。我看到了我自己的未来。”

“他很美。”纳特又开始流泪了，“他叫什么名字？”

“我不知道。”杰米有点心碎，然后温柔地说，“纳特，预测到的未来并不确保一定会发生。我也不知道他到底会不会存在。”

纳特的脸变得更惨白了。“他很真实，我爱他，我不知道该怎么办。”

杰米抱起纳特，把她放在自己的大腿上，顿了顿。“我也不知道。”

慢慢地，他的世界停止了震动。纳特觉得很冷。他运用了点力量，把热气灌进屋子里。不是很灵巧的策略，但是也可以了。他可以在其他时间让她瞧瞧他的魔法。

等她温暖一点了以后，杰米把有关雪人同蹒跚学步的孩子的画面关掉了。那是目前他面对自己的未来唯一能做的。

“饿了吗？我知道有一家寿司店不错。”

端着茶和一碗百思乐，劳伦走回她最中意的沙发。都什么日子。她的头还是跟有个洞一样，胃也有同样的感觉。如果她继续这样吃，那购物单上的东西肯定都能加倍。

好吧，自己是女巫。有点意念魔法，或许还会点心灵感应。听上去也不是那么诡异。有的东西还是留着明天想吧。现在想想都疼。

劳伦什么也不想，就想要睡觉。她仿佛觉得梦就在她大脑里。在某个俱乐部跳舞。圣诞节早晨纳特被一群人包围着。那不是纳特的家人——那群人看上去可正直多了。纳特怀孕了。纳特同一个看起来像杰米的孩子在堆雪人。

劳伦坐起来，但是速度太快了，打翻了她的百思乐。纳特同杰米？她闭上眼重新回忆了那些画面。不，纳特、杰米，还有长得像杰米的孩子。他们是一家人。看着他如此爱他们，她有点心疼。

那不是梦。这些都是从杰米大脑里传过来的。他的预知是关于他同纳特的。难怪她自己会受到如此巨大的冲击——杰米的感情。老天！她最好的朋友要嫁给一个巫师，还要给他生孩子？

劳伦端起茶。现在她可睡意全无，有很多事情去想。她试图相信她看到的未来。也许她并没有希望要什么魔法，但是也许她也不是唯一一个生活遭受如此巨大转变的人。

然后一个很离奇的想法差点让滚烫的茶洒到了劳伦的大腿上。杰米预测的未来缺少了一个东西。

纳特的母亲估计知道以后头都会炸掉。光凭那一点，她就得给杰米加油了。即使他是一个巫师。

CHAPTER 8 第八章

“妈妈，那位漂亮的女人是谁？”内尔抬头看了看电脑。

她最小的孩子一边啃苹果，一边好奇地看着她。“阿尔韦恩，哪个女人？”

“同杰米叔叔一起玩的那个。”

“杰米叔叔在芝加哥，宝贝儿。”

“我知道，妈妈，他们那儿下雪了。”那对住在加利福尼亚的孩子来讲是很了不起的一件事。“他在同那位女士堆雪人，还有一个长得像我一样的男孩儿。”

哈？内尔想。阿尔韦恩的魔法很强大，但是也不可能通过大半个洲同杰米分享想法啊？

“宝贝儿，那个漂亮的女士长什么样？”

“她有金色的头发，笑的时候眼睛有点斜。她很喜欢笑。杰米叔叔真的很爱她。就像他爱我一样，有时候他又有点心痛。”

芝加哥到底发生什么事情了？劳伦的头发是赤褐色的，内尔从她的房产经纪人的网站上看到过。杰米动作也太快了，两天内就跟一个完全不认识的人陷入热恋了？她的弟弟——那个快乐的单身汉？阿尔韦恩力量是够强大，但是他只有四岁。四岁的孩子能懂些什么呢？

“我真的不知道她是谁。等杰米叔叔回来了我再问问他？你想要读书么?”

“我们来玩魔法吧。”阿尔韦恩把他的苹果变成了一个闪闪发光的银球,将它悬在他和内尔之间。他最喜欢玩那个。然后要把球从你手中传到爸妈手中,再传回来。这个游戏可以教年轻的巫师怎么控制力量。

内尔打算要作弊,要向阿尔韦恩的肚子使点小魔法。她也只能靠那个赢他了。

她没有留意到她使的魔法打中的是他的肋骨。好狡猾的小家伙!他什么时候学会挡咒语了?肯定是杰米捣的鬼。她肯定得同杰米好好谈谈。

慵懒的星期天早晨总是如此宝贵。劳伦在被子下打着盹,直到肚子饿得咕咕叫。是时候吃百吉饼了。也许她还能做点意大利面。在线购物真是太方便了。要是纳特和杰米来的话,她还能同他们分享。也许不可以——她实在太饿了。

穿上厚厚的长筒棉袜、套头衫、靴子,然后匆匆忙忙走下楼,到第四台阶的时候她才意识到自己没有穿大衣。她思想斗争了一会儿,觉得自己不太想回去拿。自己小跑一下就到了,最近的卖百吉饼的地方离她只有半个街区远。

劳伦走出门,马上就后悔了刚才的决定。这时候在芝加哥不穿大衣简直就是疯了。她推开卖百吉饼的店门,很感激地走了进去。

她的大脑又开始有反应了。太多声音,太多感情,太多了。她觉得自己的胃翻江倒海,然后关上了店门。她觉得自己需要控制一下,那也是唯一的办法。走出店门的那三步对她而言简直就像是场马拉松。门关上的时候,她自己瘫跪在地上。

“劳伦!”纳特马上奔向她的朋友,杰米紧跟其后。劳伦立马感觉到了杰米打开了她的屏障。真是神奇的礼物。劳伦慢慢地站起来,双手抱住头。

“你跑大街上来干什么?你还没有屏障!”

“你等会儿再吼她吧。”纳特扶住劳伦的手臂。“等我问问为什么二月份大冷的天出门都不穿大衣，你再朝她吼吧。但是我们得先把她送回屋。”

走的时候可不可以不要动你的头？每走一步劳伦的头都发出咯咯的声音。这就好比吃了兴奋剂之后的那种眩晕感，但是一点都没有那种兴奋感可言。她牵着纳特那只没有扶着她头的手。也许那样就不会摔倒了。

他们扶着劳伦上楼，爬上四楼真不容易。每走一步劳伦都深恶痛绝。但是只是略微想了想，如果想太多就会让她头痛。

纳特把她从前门拽到了沙发上。“笨蛋！”她说道。然后给劳伦盖上暖和的毛毯。“我会去泡点茶。”

杰米坐下来。劳伦还是觉得头很痛：“哎哟！”

“放松。如果你不让我进去我没法儿帮你。”

啊，当然。那真是她所需要的——来个人把她一团糨糊的脑袋再弄乱一点。想想也没什么好担心了，劳伦还是试着放松下来。

温暖的感觉太美妙了。让她那饱受折磨的大脑觉得有些放松。劳伦睁开眼。

“多谢，真的好多了。”

纳特端着茶走了进来：“劳伦，到底发生什么事情了？”

“不敢肯定。我想去买点百吉饼。但是当我推开店门的时候，像昨天那样的情况又出现了。”劳伦看着杰米，“我是不是又超负荷了？”

“这次不是，但是如果不是我们及时赶到，恐怕又得像昨天一样了。你发出了很强烈的求救信号。所以我们很快就赶来了。”

劳伦突然停止了窃笑。去买点儿百吉饼不应该会发出求救信号才对啊。“为什么现在是这样？我每周都去。肯定发生了什么事。”

“是啊。昨天你的意念渠道打开了，你又没有能力把屏障装回去。每次你出门待上一小会儿，你就需要将它们调整到合适的位置。否则，今天在百吉饼店的事情就会一再上演，因为你没有屏蔽掉你周围人的想法或情感。”

“那还用你说！”劳伦冷淡地说道，喝了口纳特泡的茶。

杰米有点抽搐：“对不起，昨天确实有点疯。忘了给你女巫操作指南了。”

“还有?”

“对啊。今天我们会弄完。”

劳伦又喝了口茶。自从杰米出现之后,她一点都不想要发生在她大脑里的变化。要宿醉的方法多得去了,可比这好玩多了。

她喝完了茶。杰米刚刚帮的小忙已经让她的大脑觉得正常多了。时间正好,他俩该来的时候都来了。说到他俩……

劳伦记起有关杰米大脑里的片段。那可比自己练习那什么气泡重要多了。首先,纳特需要知道,杰米需要告诉她。

劳伦抬起头,意识到他俩早就知道了。其实她都能感觉到杰米同纳特之间的能量。觉得像北极光照到了她的房间。她入迷地看着眼前的颜色跳舞。

杰米看出劳伦走神了:“劳伦,你看到什么了?”

“你们之间有彩虹在跳舞。”她盯着杰米,“你,说话。”

杰米有点局促不安:“你是不是看到我昨天留下的那些画面了?但是具体内容你不可能知道得很详细吧。”

劳伦没有反驳。小心翼翼地,她组织好了脑海中的图像——杰米、纳特、草地上做瑜伽。当她把画面发送给杰米的时候,图像有点摇晃,但是他的反应却是无价的。看一个大男人脸红真的是件很可爱的事。

她开始把另外的图像也发给他——孩子,雪人——又一次让他感受到了自己对纳特的感情和对未来的憧憬。他可能的未来。预知的内容又不能确保一定会发生,他自己也是这么说的。

相反,她自己有了个想法,然后发送给杰米。“同她相处要小心翼翼的。”

杰米似乎有点心不在焉:“你比我想象的知道得多得多。很好。我们吃完早饭再继续练习。”

“你听到了。我做得应该还可以。”

“我听到了。”杰米走向厨房,回头朝劳伦笑了笑。她朝纳特点头。“她做得很好。”

“我又不是玻璃,劳伦。你知道的。”

“你能听到我讲话?”

纳特笑道:“很清楚,很明白! 这招不错。”她又恢复了平静。“你对这一切是怎么看的?”

“是‘我是女王’的这部分呢,还是‘我最好的朋友要和巫师生儿育女’这部分?”

“那只是可能,劳伦,可能。并不一定会发生。”

劳伦想了想。他们都是10年的好朋友了。杰米的影像给了从来没有家的温暖的纳特一个家。她握住纳特的手,轻轻挤了挤。“纳特,你想要什么?”

纳特的眼里噙满了泪水。她看着她们紧握的手,轻声说道:“我希望那是真的。”然后她深呼吸了一下,抬头看了看。“但是那也是我这一辈子都想要的东西。这只是意味着我可以有机会实现它。不是承诺,只是一个机会。劳伦,是一份礼物。”

劳伦摇了摇她的头。她一点也不意外。纳特的想法跟希望从来都是坚如磐石的。“是不是说你要同一个巫师约会?”

纳特咧着嘴笑了笑:“可能是吧。”

“这个二月简直太诡异了。”

杰米走回房间,拿着三盘培根同鸡蛋:“你们现在可以不用谈论我了。”

好吧,她有点吃惊:“你还会做饭?”

“我会。我猜你们肯定饿了。”

“是的。你是不是偷听了?”劳伦突然觉得他也许真可以那么做。

“不。用我妈妈的话说,‘虽然我们巫师可以做,但是不代表我们应该做。’”

纳特仰起头:“所以,你有可能听到了?”

“没有。但是是的,那很简单。劳伦很快就能学会了。心灵感应在短距离内很有用。对我来说,更容易的还是基本咒语。我可以让空气流动得足够远,这样我就能听到了,当然,我并没有那么做。”他又笑了。

劳伦笑道:“撒谎。”她从杰米手上接过两个盘子,然后走向她那小小的饭桌。

“每个巫师在小时候都试过一次。我俩过了好长时间才被逮到。在一个都是巫师的家庭,要想出点新招真的不容易。我妈妈可以施反向咒语,能让我的耳朵红上好几天。自此以后我就不敢再偷听了。”

劳伦对巫师家庭的关注突然变得有点私人化。“是不是巫师的孩子都会有力量?”

“那也不一定。魔法是有遗传。我在我家也就算中等。其他的有很多天赋——也不能做些什么,最多只是几声回音罢了,但是他们也更倾向于生有魔法的宝宝。其实因为他们是魔法的承载者,即便他们自己都不知道自己有魔法。”

劳伦想了想自己的家人:“是不是我的父母中有一个是巫师还是什么?要不我怎么会是女巫?”

杰米摇了摇头:“那也让很多遗传学家有点抓狂。没人知道是怎么回事。也许你的家人有隐蔽或者不为人所知的魔法,但是百分之二十五的巫师家庭都没有家族史。也许你就属于那一类。”

纳特一句话都没说。劳伦暗示了她一下。劳伦自己不是唯一一个对女巫家族感兴趣的人。同巫师约会是一件事。生儿育女可是有许多东西需要考虑。

劳伦掐了一下纳特放在桌子下面的手:“那么接下来的巫师训练加强版又要做些什么呢?”

“我们需要把你带到一个安静的地方,那样你的大脑就不会超负荷了。最后,你能够学会控制你的屏障,自觉地输入输出。现在,我们还是需要用些‘砖头’。”

“怎么不用气泡了?”

“当我把你渠道打开的时候,那还可以用。但是你如果想明天能去上班的话,你就需要用砖墙。一旦你有了那个,我们再回到气泡练习。我们就把纳特作为测量的工具。我要你建立一个屏障,收缩,直到你感知不到她为止。如果你今天能成功屏蔽掉一个人,那么你离屏蔽掉一群人就不远了。”

“我现在听不到她了。”

杰米开心地拍打着劳伦的手。“那是因为我现在在你脑海里建立了一个足够屏蔽她的墙，就像我在百吉饼店外面做的一样。到起居室里来，我们从那儿开始。”

内尔真的迫不及待想要知道杰米的消息。她知道自己的亲弟弟在短短的几个小时之内都会惹一身麻烦。她这个做姐姐的在关键时刻得拉他一把。

或者拿漂亮女士同雪人的事儿骚扰一下他。姐姐的职责可以说是很广泛很灵活的。内尔拿起她的手机，给杰米发了短信。快来聊天室。她又在短信后面加了“请”，当她给索菲同莫伊拉姨母发短信的时候。

内尔：是时候了，老弟。

索菲：杰米！我们等你的消息等得都快死了。劳伦那儿进展怎么样？

杰米：我刚离开，我觉得她会恨我老长一段时间。我们整整花了三个小时在训练怎么加强屏蔽。

莫伊拉姨母：那是不是有点过了？你是不是有点操之过急？

杰米：我没办法。昨天她超负荷了。

索菲：啊，怎么回事？

杰米：我的错。我们正在练习屏蔽。她终于有了点进步，但我却看到了自己的未来。去年我也只有过两次，而这一次恰好出现在我训练劳伦的时候。

内尔：那一定是很多画面才让你失控吧？

杰米：恩，是的。然后力量回流的时候她受到了冲击，她的渠道就超负荷了。本不应该发生的，但是她真的很敏感。她肯定会是个很强大的意念女巫。

莫伊拉姨母：你确定？

杰米：她今早去买百吉饼，然后被面包房的那些声音同情感冲击了。我在两个街区外就听到了她大脑里发出的求救。

莫伊拉姨母:那样的范围对一个未经训练的女巫来讲真的不寻常。

杰米:是啊。我都不可以,我觉得珍妮姨母才能那么做吧。

莫伊拉姨母:如果她的敏感性同她发送信号一样强烈,那你面对的挑战就大了。

杰米:那也就是为什么我们花了三个小时屏障。在我们训练屏障控制的时候,她现在需要的是一些好的、好用的并且足够厚的墙。

莫伊拉姨母:那样会让她的大脑一片空白的,杰米。她一点信息都读不到,即使她没有注意到。

杰米:我知道,但是总比大打开的强。现在她只需要几秒钟就能让那些东西到合适的位置。她学得很快。我也跟她解释过她有可能会觉得同外界隔离开了。但是在她意识到自己的力量有多强大之前,我觉得她明天会有点意外。

索菲:我们能做些什么吗?我可以送一些水晶还有洗剂,这样可以减轻一些她的敏感度。

杰米:那当然好。但是她现在需要她能用得上的工具。最大的问题是她需要训练,并且是越快越好。我可以同她训练一段时间,但是我觉得她进步太快我很快就教不了她了。

莫伊拉姨母:我们理解,但是我们中都没有读心术特别厉害的啊。

内尔:把她带到这里来。珍妮姨母很明显适合。我们还不知道劳伦会不会施咒,但是如果她会,珍妮姨母应该能应对。

杰米:我也是那么想的。

内尔:问问她什么时候来,我会跟珍妮姨母谈谈。

莫伊拉姨母:我觉得那是明智之举。我们可不能扔下劳伦不管,她力量如此强大,又只受过那么点训练,是很危险的。杰米,谢谢你的汇报。我现在要睡觉了。从爱尔兰飞回来差点把我这把老骨头弄散架了。

索菲:晚安,莫伊拉姨母。我也下了。我炉子上还炖着药呢。

内尔:杰米,你等一下,我有别的事情想问问你。

杰米:说吧,怎么了?

内尔:那个金发美女是谁?

杰米:???

内尔:阿尔韦恩说你在和一个金发美女堆雪人。

杰米:啊!他肯定也看到了我未来生活的片段。他还好吗?

内尔:他有不好过吗?那家伙学会了魔法风暴,吵着要零食。他只是想知道那是谁。细节,老弟。到底发生什么了?

杰米:很长很长的故事。

内尔:那就快点说。

杰米:饶了我吧。我过几天就回来了。回来再告诉你。放心。

内尔:阿尔韦恩说你爱她。说还有一个跟他长得很像的小男孩儿。快说。

杰米:啊,天!这丢人得丢多少次。我看到了我的未来。只是是一个可能的未来,同劳伦的一个金发朋友,还有一个像克隆版阿尔韦恩的孩子。

内尔:啊!你还好吧?

杰米:老实说,真不好说。

内尔:回家吧。我可以慢慢弄你。

杰米:内尔,我也爱你。

内尔:阿尔韦恩也很想你。

杰米:很明显,千里之外他都接收到我的讯号了。那太可怕了吧。我都不知道他的能量如此强大。

内尔:相信我,我也没有很开心。我觉得是因为你俩之间联系很紧密吧。除此之外,我其他的什么都不想去想。

杰米:你知道他是家里除了珍妮姨母以外,最强大的巫师。他肯定很乐意同劳伦训练的。也许他也能学到使用魔法的礼貌。

内尔:好吧。好运。她真的那么强大?

杰米:反正我是那么觉得。

内尔:那就把她弄到这里来。

杰米:我会试试的。告诉阿尔韦恩我爱他,让他从我脑袋里出去。我也爱你。

CHAPTER 9 第九章

周一早晨,劳伦走进她的办公室,感觉今天肯定是很美妙的一天。

格林利夫妇来签书面买房合同。她的大脑也很平静,多亏了脑海中那些厚厚的“墙”。

为了不重蹈覆辙,杰米已经训练了她很多次,直到纳特同她向杰米求饶。杰米虽然像个工头,但是今早在他离开她公寓之前,她就“看”到厚厚的保护墙,很快归位了。她进步了,虽然杰米也加了些很小的额外的增强咒语来提升她自己的能力,以防万一。

满面春风地向几个同事打完招呼,劳伦溜进会议室,同格林利夫妇打招呼。“你们好。我刚刚经过办公室,来拿几份意向书。待你俩的亲笔签名后,我们就完事儿了。几周后你们就能搬进去。”

凯特靠近米奇,然后笑道:“我们太幸福了,真不知道怎么感谢你!”

那也是劳伦最喜欢的部分——一次成功的合作。她握住凯特的手。“邀请我去参加孩子的洗礼。我最喜欢看到自己的客户住在新家里。”

她感受不到。凯特很明显洋溢着幸福,整个房间都洋溢着幸福,但是一旦把脑海里的“墙”立起来,他们就是完完全全的陌生人。

劳伦沉着地带领着他们办好了手续。劳伦有些想哭。担当房产经理人是很严肃的一份工作,有时候也很让人失望,工作还相当繁琐。得到报酬的决定性因素就是她总结的三点——合意、合同、成交。

当客户相中自己介绍的一套房子时，那是最美妙的时候——没什么比那更美妙。但是完成交易，交钥匙同样也很重要。她就是为了那样的时刻努力工作着，现在她是他们中的一员，回想起那些美好的一切。她知道格林利夫妇很开心，但是，该死，她自己也想感受到那份喜悦。

真的好想诅咒杰米！在他出现之前，这一切都不是问题。她自己没有想过要成为女巫。她的生活在没有这些讨厌的魔法事件唤醒她神经兮兮的意念魔法之前都挺好的。

好了，抱怨够了，劳伦想道。发都发生了，她还能应付。也该停止自怨自艾了。她又加紧控制了那些“砖头”。

她回忆了一下杰米的说明，然后在“砖墙”内弄了一个糖果粉的“气泡”。然后快速地弄开了几块“砖头”，看到一个“洞”打开了。

就跟洪水泄闸了一样，想法跟情感从那个“洞”里快速地挤出来。一个绿色的屋子，墙上的色差，摇篮里熟睡的婴儿。要做的事情上又少了一样，但自豪感同对未来的担忧也油然而生。有规律的鼓声，咚咚、咚咚。如此平静的担忧。

“劳伦，”米奇将一只手放在她肩上。

“怎么了？”劳伦觉得分不清方向了。背景里有杂乱的鼓声，还有从米奇同凯特那儿传来的忧虑。

不要惊慌。劳伦重新把“墙”加固了。好的，“洞”被补上了。

“不好意思，我周末过得有点累。”

凯特笑道：“我希望他是个帅哥。”

要是那样简单就好了。劳伦最后检查了一下书面材料，然后确定了交钥匙的时间。等格林利夫妇走出房间之后，她灰心丧气地坐回椅子。

上周五，当她帮格林利一家找到那所房子的时候，她以为是自己的直觉。现在才周一，自己就变成了女巫，还有一个超级敏感的大脑同一些自己控制不了的“砖头”和“气泡”。

到底怎么回事？很明显，在“砖墙”上开了一个“洞”伤害的不仅仅是她的脚趾头。一次性有点过了。那些脑海里闪过的要做的事情肯定是米奇的想法。而绿色并且墙壁有很强色差的婴儿房肯定是凯特所设想的婴儿房——婴儿床里的婴儿看起来像米奇缩小版。

接下来就是鼓声。当劳伦意识到那是什么的时候,她慢慢站了起来。温暖但又模糊的水,还有鼓声。她和那个婴儿有了心灵感应。

当她记起刚刚有过的感觉的时候,眼泪就快掉下来了。如此平静,如此安全。她想停在那儿。好幸运的孩子。

劳伦伸手拿了材料,站起身来。她或许是个新女巫,但是她还是有工作要做,糟糕的是她还得带着这样一个脑袋工作。她深呼吸了一口气,集中精力在她的"砖头"上。把它们变小了一些,中间留了一些空隙,或许还会有"苔藓"长出来。好多了。

她睁开眼,笑起来,她对自己把"砖墙"变形和弄出些"小气泡"来颇为满意。走出办公室,还是听到周一早晨同事们喋喋不休的声音;马克辛看上去很开心,她一定是达成交易了。詹娜有点无聊了,在结婚网站上逛来逛去,但是谁也没留意。

糟了。她意识到自己并没有看到詹娜或者看到她的电脑。也许改良的"砖墙"让其他的东西也进来了,但是她还是正常的。对今天而言,够了。

索菲走进仓库——她的第三间卧室,真的,但是多了些架子,桌上堆满了海运物资。根本没有办法睡觉。这个中世纪的农场房花了许多时间才被修缮好,但是对她同现代巫师之间的生意很有帮助。

主卧同浴室是她休息放松的地方,当她筋疲力尽的时候,躺在安静而平和的绿色空间让她的心灵放松,土系魔法得到恢复。第二间卧室是药草屋,在那儿她可以准备洗剂的配方同要放上网卖的东西。这个屋子里还有其他的东西,比如水晶、书和她储存的基本的给养。

她走向放水晶的地方,边走边整理一些没放好的物件。这段时间太忙了,她不光要建立那个聊天室,还要管理。她的储存室也需要她打理,而且不能一拖再拖了。

考虑到她的储存,她开始挑选水晶。——劳伦在训练结束之前也许会再次超负荷。白色月亮石可以用来帮助她平衡。最重要的是备好用来帮助净化同心灵联系的青金石。

索菲将一块大的蓝色青金石水晶,放入用银线做成的包装纸里。她喜欢给这些水晶加些精美的手工装饰。工具有美的东西相伴的时候往往更好用。她把交缠的青金石放到一条银色的链子上。这礼物对意念女巫来说正好。

她将连夜把礼物送给劳伦,同时还有水晶的使用方法。也许还加点薰衣草洗剂;那对放松和清理交流渠道很有用。

拿着青金石,索菲摸了摸自己脖子上戴着的苔藓玛瑙,开始聚集力量。

大地之神以吾之名召唤前来,聆听吾之祈愿,回应吾之召唤,化作力量助劳伦不辱使命。如吾所愿。

当劳伦推开房门的时候,杰米和纳特两个人都抬头看着她。她看了看桌上的食物,有气无力地笑了笑。

“嗯,请随便。吃的闻起来好香啊。”

纳特把一杯茶递给了她:“杰米做的。我是试吃的——挺好吃的。过来坐下吧。”

劳伦瘫坐进椅子里,喝了口茶,做了个鬼脸。“天,纳特——你是不是把一罐糖都放进去了?”

“你需要加点这个。你的血糖很低。”杰米拿来另外两杯茶,在桌子旁边坐了下来。他发送了一个微弱的信号,想要看看劳伦的屏障是不是还有用。糟了,没用。

他发送了一个更强烈一点的。那个加强咒语丝毫没有起作用,她的“砖墙”好像不一样了。加点“苔藓”是不错,但是那又减低了“墙”的抵抗能力。女人总是想让东西看起来好看一点。难怪她那么累。

劳伦喝光了她的茶:“好恶心,但是你是对的。确实有用。杰米,这些真的是你做的?”

纳特点点头:“是啊,南瓜同鳄梨绿咖喱。看上去真棒,还有巧克力蛋糕做餐后甜点。”

劳伦尝了一口,然后满足地闭上眼睛。“你愿意嫁给我么?”

她的眼睛猛地睁开了:“好吧,你俩,我不知道你们在搞什么鬼,但是我也没有力气问了。但是你俩在说‘结婚’两个字的时候吓到我了,能不能不要让我听到。”

她揉了揉前额:“杰米,我真的不想问,但是我的屏障真的要崩溃了。你能不能像昨天那样再帮我弄回去?”杰米为没有留意到那个而自责,特别是当她无意间提到“结婚”这种东西的时候。有趣的是他不是唯一一个提到那个的人。一次搞定一个女人就够了,现在他要帮这个女巫训练生解围。

他为劳伦支起了屏蔽,然后松了口气地看着她:“今天过得很累么?”

“是啊。我都觉得血快冲到我耳朵里了。”

“相信那是不是跟你重新弄了那个‘砖墙’有关?”

劳伦有点羞愧。是的,他肯定不会觉得那是意外。

纳特看起来很困惑,他解释道:“昨天的‘砖墙’是我们教新女巫的第一步。很笨重但是很有效——能屏蔽掉一切。然后我们再慢慢改良,让它变软,变得更容易控制。从劳伦‘砖墙’的现状来看,她今天应该做了些改良。”

劳伦看上去很吃惊:“你能看到?”

“你为什么这样做?如果你今天不那样做,就不会过得这么辛苦了。”

“为了让我的大脑运转得更容易一些吧,也许,但是那些‘砖’真的让我的工作更困难了。格林利夫妇今天早上来过。”她看着纳特。“你记得上次他们吗?——他们是要买市中心的那套公寓的那对夫妇,我把另一套褐色砂石的公寓卖给他们了。”

真是趣闻。杰米想道。是时候了解一些他的训练生是怎么把魔法运用到日常生活中的。“你是怎么说服他们买那个的?”“我不需要说服他们。我带他们参观了市区所有的房子,但我知道他们都不满意。一个好的经纪人能够感觉到那些东西,而且我又很擅长那个,很相信我的直觉,然后我就带他们去看了那套褐色砂石的公寓。结果他们将要有孩子了,那房子对他们而言再合适不过了。”

这个女的还觉得自己不是女巫。杰米摇了摇头,身子向前倾了一些准备开始说话。纳特从桌子下面碰了碰他,他停了下来。

纳特咬了一口咖喱漫不经心地说道:“劳伦,你是在知道他们要有孩子之前给他们介绍那套褐色砂石公寓的还是之后?”

“之前。我那天早上带他们到那套公寓大厦的时候,我就觉得凯特看褐色砂石公寓的时候会发生什么。她好像很开心,然后又刚刚看完医生。”

杰米朝纳特感激地微笑了一下。她是个精明能干的女人。“好长一段时间里,其实你都用了一部分的意念魔法。”杰米对劳伦讲。

劳伦看上去很震惊。“你怎么知道?”

杰米开始说起来:“首先,通常你都可以判定你的客户是不是感兴趣。其次,你相信你的直觉,而且你把他们带到那些不合常理的地方,但是那些地方通常又很管用。再次,你在客户知道她怀孕之前你就知道了。”

“我并不知道。”

杰米直直地看着劳伦:“真的吗?”

她开始想反驳,然后又不再说话。杰米给了她一会儿去想想他刚刚说的话。“也许我真的知道。我只是没有说出来而已,但是在那天之前,我们看公寓的时候,她就已经不舒服了。我觉得肯定有什么事。他们打算买,但是那地方好像突然之间不是他们想要的了。他们应该买的——过了一段时间以后你感觉是应该那样。”

杰米点点头。“我敢说你整个一生都不费力地从别人的生活中获取那些零碎的东西:你不知道那就是魔法,你只是觉得那是直觉。我觉得你应该是个很优秀的房产经纪人。”

“我是,但是……”劳伦的声音开始变小。

纳特轻声说道:“劳伦,那不是作弊。你帮助人们找到合适的家,那很好。”

杰米看到劳伦眼里充满了泪水。那是哪里来的?对一个不是女巫的人来说,纳特可以不可思议地读懂人心。算了吧——她可比他知道的大多数女巫都感觉敏锐。

“用魔法得要有些道德标准才可以,尤其是对那些意念力量而言。但是你所获得的那些只是简单的皮毛的东西。其实真的同房产经纪人普通的好直觉也没多少区别。”

劳伦慢慢地点点头:“其实不止那样,对不对?格林利一家今天来签书面协议了。我很难过,因为那样一个开心的时刻,我因为大脑里有屏蔽什么都感受不到。”

杰米想,现在她终于有些明白了。“所以你做了些改变?”

她脸红了。“我往‘砖墙’上打了个洞。先在里面吹了个‘气泡’,但是我觉得并没有很结实。”

杰米笑道。生气的女巫总是难以预测的,不管他们是8岁还是28岁。“当你打了个洞之后,你就将加强咒语短路了。加强咒语就不管用了。单那一个就能让你的屏蔽更难控制。然后呢?”

“感觉就像把自己的手指从堤坝里抽出来一样。我知道了凯特同米奇的想法,”劳伦停了一下,“是有关孩子的。”

纳特睁大了眼睛:“凯特肚子里的孩子?劳伦,凯特她才刚刚怀孕。”

“我知道,但是我确定就是发生了那样的事情。纳特,能感受到那个孩子真的很美妙,很平静,我都能听到凯特的心跳。我的一部分都想一直待在那儿。”

哦,老天。杰米又为他训练中所犯的错误自责。这次来访真是折磨她们了。也该是时候结束了。

“劳伦,”他等她俩都看着他的时候说道,“你需要跟我一起去加利福尼亚,你现在就需要。你要的训练我给不了。我的姨母是一个很强大的意念女巫,她会同你一起训练。”

劳伦摇着头:“杰米,我不能,这儿有我的工作。也许这个夏天吧,等房产生意到了淡季再说吧。”

杰米也摇了摇头:“导师否决。等待并不安全。作为意念女巫是一件很危险的事情。你会同其他人的大脑联系起来,然后你会迷失,出不来。你今天同那个孩子就是很好的例子。”

纳特脸上苍白。“你为什么不警告她?”“因为我不想吓死她。”“你必须要有很强的读心术,而且还有另一个好的引导者才会同另一个大脑相联系。劳伦现在还不能那么做。当一个经过训练的女巫那么深的联系的时候,她们会知道什么时候让自己出来。”

劳伦又开始摇头。杰米上下打量着他。“不要存侥幸心理了。劳伦,你是一个很强大的女巫。我们需要珍妮姨母彻底测试一下你到底有多强大然后训练你——至少不会让你自己或别人身陷险境。这是巫师第一条——不作恶。”

劳伦脸上变得跟纳特一样惨白。“我可能会伤害那孩子?”

杰米,恭喜——现在你把每个人都吓死了。“不,我不那么想。你本来也可能伤害你自己的。作为你的导师我已经两次搞砸了,我不会再冒险了。我明天就去买票。”她让她的屏障崩溃了好长一阵,她会被这种严重的情况伤害,还有就是纳特的担忧。不公平,也许,我也要把她弄去加利福尼亚。他需要帮手。

劳伦默默地点点头。

纳特握住劳伦的手,看着杰米的眼睛,说道:“订三张票。”

CHAPTER 10 第十章

“劳伦,快醒醒。”纳特在她房间里干什么?劳伦眯着一只眼。

“走啦,很累。”

“我们还要赶飞机。我是来帮你收拾的。坐起来——我给你买了咖啡。”

劳伦从被子下扭动着站起来,然后接住咖啡。“谢谢。现在告诉我,怎么回事?”

纳特笑起来,再说了一遍:“我们今天中午要飞去加利福尼亚。杰米已经订好票了,他过几个小时会来接我们。你需要收拾一下东西,然后请几周假。”

劳伦哼哼了一下:“好吧。我只要挥挥魔术棒。等一下,你离开一周?那你的瑜伽室怎么办?”

“我今早同陶德还有卡瑞莎讲了。他们会在我离开的这段时间代我教课。”

“也就是说我不得不去了。”

纳特歪着头:“不,这不能怪我。也不能怪杰米,即便他一直在逼你。”

劳伦叹了口气,有时候现实就是很糟糕:“老实说我也不想这样。如果我可以让盘子飞起来什么的话,也许挺好、挺酷。但是对这个世界过分敏感对我来说真的是个大麻烦。”

“现在是这样。”

“现在走在街上真的是太痛苦了。头痛得都抬不起来。”

纳特耸了耸肩：“这就跟刚开始练瑜伽一样。可能是会痛一段时间。”

劳伦做了个鬼脸。纳特总是能让自己笑起来。“你的这番解释正是我所需要的，让我更痛苦吧。你能做好。”

她握住纳特的手：“说到女巫，真的很感激你心甘情愿跟我去。你真的不必去的。我们昨天都有点被吓到，都有点动摇了，但是到时候我会有一群真的女巫陪着。她们应该可以帮我解困。”

纳特笑道：“对啊。你还是不要惹麻烦的好。我同你一起是因为你是我的好朋友，你一个人去陌生的地方，陌生的旅途，我觉得你需要旁边有个人陪你疯，陪你聊聊天，还需要人在你想吐的时候帮你扶扶脑袋。”

“当然，我去也是为了我自己。”

劳伦慢慢地点点头，喝了一口咖啡。“杰米。”

“是的，我喜欢他。”纳特耸耸肩，“我是很相信命理的人，如果他看到了我们的未来我觉得自己至少应该给个机会试试。”

“纳特，他是巫师。第一步是不是迈得太快太疯狂了？”

“我最好的朋友也是女巫。这已经很疯狂了。只是一周。好啦。”

劳伦摇了摇头：“我们俩花了不到一周的时间就成了一辈子的朋友。不要说我没提醒你。”

纳特从床上起来：“你就当我听进去了吧。现在快点起床。我知道你收拾东西很慢的。噢，等一下。”劳伦走出房间，一会儿又回来了，手里拿了个联邦快递的盒子。“这个是今天在你门口发现的。你肯定是错过了收邮件的时间了。”

“我们黎明时分都没有起身去做瑜伽。谁寄来的？”

纳特读了读包裹上的标签：“新时代女巫——索菲·德拉尼。是不是巫师聊天室里的一个女巫？”

“应该是吧。她经营一个专卖洗剂和水晶那类东西的网站。”

纳特看上去很吃惊:“你定了洗剂和水晶?”

我这辈子都没有那么做过,劳伦想着。她转念又想,过去的几天真的过得很不可思议。她打开盒子,看了看里面的东西。真的有水晶,一个用银链锁着的很大很漂亮的蓝色水晶,另外还有一瓶洗剂,一些闻起来很香的放松茶,还有一封手写的信。她拿起信读了起来。

亲爱的劳伦:

距离遥远让我无法在你身边帮助你,但我可以想象过去的几天你的生活一定发生了翻天覆地的变化。杰米说你遇到了麻烦,超负荷了。对于意念女巫而言那很常见,至少我听说是那样的。我的魔法同你的不一样。我对草药和水晶了解更多一些,所以我给你寄了些,希望能有所帮助。

洗剂是薰衣草的,其他的几样也是我自己做的。我还施了咒可以让你的“渠道”平静一点。你睡前用效果会更好一些。茶叶是绿薄荷,可以帮你沟通和联系“意念渠道”——你什么时候觉得有点受不了了用用都行。那个没有咒语,只是加了点药草让它们药力更强了一些。

青金石吊坠是在你运用能量的时候用的。大部分意念女巫都会觉得青金石吊坠对心灵链接很有用。你戴上的时候就会知道合不合适。如果合适,就当是我这个新朋友送你的礼物吧。

祝好!

索菲

劳伦把信递给纳特,然后开始从衣柜里把衣服拿出来。水晶同洗剂,她拿那些东西干吗使?她刚刚接受自己是女巫的事实。她的意念像是很特别的直觉一样。咒语同水晶球看上去更像是巫师用的东西。跟尖尖的女巫帽和坩埚倒是很接近。

她看到床上堆的一堆衣服:“你觉得我需要带三双以上的鞋吗?”

“去加州待一周?不需要。但是如果是去训练,那我就不知道了。”

看到劳伦满脸愁容,纳特笑起来,然后把青金石吊坠递给她。“给。”

“很漂亮,但是不是我的风格。”劳伦说道,“天呐,看起来更合适你,试试吧。”

纳特轻轻碰了一下她的手臂:“不是给我的,劳伦,快戴上试试。”

“你真的相信水晶什么的?”

纳特叹了口气:“我觉得对我来说可能更容易一点。我在瑜伽课上也会用香氛、音乐来让我集中。要说认同水晶同洗剂也有用就一点也不难。”她又将青金石吊坠递给劳伦。

劳伦想,你要是单看纳特的外表,你真的想不到她会如此的固执。杰米可能要有惊喜了,不管是不是预知。纳特将吊坠戴在劳伦的脖子上。

“我什么都没感受到。”

“也许那是好事。等一下。”纳特从口袋里掏出iPod,然后刷了几次屏幕。“现在感觉怎么样?”

“那是什么?等等。我怎么能听到你的想法?不要,我不想收拾些薄的东西。为什么我先前听不到?你叫醒我的时候是不是我还没来得及把‘墙’立起来?”

纳特把iPod递给劳伦。“这是杰米的小发明。他编了个程序放到iPod里,我也不是很懂,像是力量场上一样。我带着它这样我的大脑就可以很平静。杰米说我们坐飞机的时候你也可以用。这样就没有东西可以进你的大脑了,否则机场的声音可能会把你弄疯。他弄了大半夜才弄好的。”

“真的吗?”劳伦看着这个有点像来自星际迷航一样的小玩意儿。“你怎么知道的?”

纳特摇摇头笑道:“你觉得呢?他今天很早就过来了,拿过来让我试了一下是不是好用。”

劳伦看了看这个小玩意儿同青金石吊坠。难道这就是现代女巫要用的工具?

内尔:早上好啊,女士们。

索菲:有杰米的消息么?

内尔:恩。昨晚敲定一切的时候很晚了,我们不想吵醒你,所以我告诉他今天我会把消息告诉你们。他要把劳伦带到加州来。应该很快就出发了吧。

莫伊拉姨母:那是个好消息。她答应接受训练了么?

内尔:我觉得是杰米坚持要劳伦做的。对了,杰米还有些事情想要我问你。劳伦昨天去上班,然后训练了“砖墙”。他说她很神奇地把它加固了。

莫伊拉姨母:很明智的选择。

内尔:很明显劳伦觉得那样太过了——干扰了她的工作——所以她做了些调整。

莫伊拉姨母:对一个新人来讲真是难得了。

内尔:不幸的是,她的调整还不小。当她同客户在一起的时候,她在砖墙上弄了个洞。

索菲:啊。她又超负荷了么?我今天给她寄了些东西,但是他们应该今天才收到。

内尔:那倒没有。但是有一点把杰米吓到了。她是同一对即将有孩子的夫妇在一起的。

莫伊拉姨母:对啊,有孩子买房挺好的理由。

内尔:那正是杰米要我问你的。劳伦从夫妇的谈话中知道他们的想法,还知道了未出生的孩子的印象。他们才刚刚得知会有孩子,所以孩子应该还没有成形才是。但是劳伦好像就陷入其中出不来了。

莫伊拉姨母:天啊。内尔,那是很危险的。

内尔:那也是杰米的反应。所以我觉得杰米在登机之前会给劳伦很多选择。

莫伊拉姨母:我觉得我还是比较喜欢自由选择,但是这个情况需要有点压力才是。她真的很敏感,而且又没有经验,没有经过训练,而且本人还不那么愿意努力去做。让杰米测测她是不是也能联系——如果她也能联系,那么对她的意念魔法也是有帮助的。杰米的担心也是有道理的。她需要训练,而且不能耽搁。

内尔:他听你这么说应该会很开心的。

莫伊拉姨母:他做事有时候很冲动,但是还是很聪明的巫师。他做得对。

索菲:如果劳伦真那么敏感,她来加州了又怎么办?她在飞机上还得同其他人呆好长一段时间呢。我给了她一个青金石吊坠,还有祖母绿跟白色月亮石,希望有所帮助,但是……

莫伊拉姨母:都是不错的选择。但是怎么启动吊坠呢?

索菲:莫伊拉姨母,我已经那么做了。我还是受过训练的啊!(笑脸)

内尔:杰米自有办法。我们在巫师王国这个游戏上已经做过类似的训练,他写了一些代码,启动劳伦的屏蔽。

索菲:她自己的力量场?真是太像星际迷航了。

内尔:我也是那么说的。不过都还在试验阶段。他昨晚才弄好的,但是希望能管用吧。

莫伊拉姨母:女巫力量场。内尔,我可真的不敢想象。

内尔:好吧,要是那个不起作用,我觉得他也可以用传统一点的办法,自己把屏蔽弄起来。

索菲:那很累人吧。他能一直持续四五个小时吗?

内尔:我们还是静观其变吧。我会把阿尔韦恩带去机场接他们三个。他应该可以稳住劳伦。珍妮姨母现在同她的曾孙在圣迭戈,但是她今晚回来。

索菲:三个?

内尔:是的,露西亚有个三胞胎了。太可爱了。

索菲:恭喜,那真是太棒了。但是我说的是机场接三个人——劳伦,杰米还有谁?

内尔:纳特也会来。

莫伊拉姨母:那是谁?

内尔:不好意思我忘了说了,索菲在杰米告诉我之前就下线了。纳特是劳伦的好朋友。很明显她出现在了杰米的预知里面。

索菲:啊啊啊啊啊啊啊啊啊!

内尔:真的。我都不是很清楚,但是听上去好像是认真的。严肃到未来会结婚生孩子什么的。

索菲:啊啊啊啊啊啊啊啊啊。

莫伊拉姨母:你俩都知道那东西不可靠。也许他看到的未来根本不会来。

内尔:我们也知道,他也知道。但是他好像这次没有往另外一个方向逃走。我也很想见见纳特。

索菲:应该有机会了。我们也希望经常听到消息。

莫伊拉姨母:告诉劳伦欢迎她的到来,祝她好运。

"阿尔韦恩·艾得力克·沃克,别闹了!"内尔在他击中目标之前将咒语转向。不幸的是,那家伙把一个秃头男人的假发掀起了,大概高于头顶三英寸。

内尔解开力量流——该死,现在这家伙的咒语越来越难解了——然后把男人的假发弄回了原处。她看了看到达口处没有人的头发再是竖起来的了。好吧,那个粉红色头发的家伙,但是看上去好像是自己故意弄的。

"阿尔韦恩,我知道你无聊了,但是你不能那么干。人又不是玩具。杰米叔叔飞机晚点了,但是很快他就会来了。"

"我可以让他的飞机飞得快一点,妈妈。"

内尔真的希望她听错了。这孩子越长越大,力量也越来越大,有时候真的让你惊讶。最近的食量也是不断增加。内尔希望真的是他长身体需要的。他的裤子穿不久就磨坏了,尤其是他学会新魔法的时候。

她把阿尔韦恩拉近身边:"记得,当你用很厉害的魔法的时候,会有不好的事情发生哦。推飞机那是很厉害的魔法,但是用的时候需要非常非常小心。"

"我可以用风,我可以弄些小风暴。我可以让它们只比杰米叔叔坐的飞机大一点。"

“那样飞机会颠簸不平的。”

阿尔韦恩陷入了思考中:“杰米叔叔可能会喜欢的,但是那个漂亮的阿姨可能不会。那个新女巫也不会。我不想让她们晕机,她们会吐在杰米叔叔身上。”

内尔听阿尔韦恩说呕吐是不好的事情她不知道有多欣慰。这个小家伙用魔法的道德标准正在逐步确立起来。她记得内森在他这么大的时候施咒让他的姐妹放屁。

阿尔韦恩眼神有些朦胧:“妈妈,他可以看到机场了。那个新女巫在睡觉,但是他会把她叫醒。”

“孩子,他知不知道你在他脑袋里?”

他一定从姐姐那里学会了翻白眼。“我想他知道。我敲门了,他给我留了条缝。他跟你说那个小玩意儿有效果,劳伦在飞机上没有出什么差错。妈妈,那个小玩意儿是什么?”

“杰米叔叔在他iPod上写了一串施咒代码,然后给劳伦建立了个屏障。记得我告诉你她是意念女巫么?跟你一样。”

“她为什么不自己弄一个?”

“她还不会。刚开始的时候很困难,所以杰米叔叔要在像飞机场这种拥挤的地方帮助她。”

“为什么她才刚开始?她都长大了——我看到她了。”

“不是每个人生下来就知道自己是巫师的。她几天前才知道。”

阿尔韦恩前额皱起来:“为什么其他女巫不告诉她呢?”

“也许她从来没有碰到过其他巫师。她的家庭跟我们的不一样。她也不认识很多女巫。”

“她现在会认识很多了。那是不是为什么她要来呢?来见我们?”阿尔韦恩开始问一些其他的问题,然后看看到达口。“他们来了,妈妈。杰米叔叔先吻了那个漂亮的阿姨。”

宝贝弟弟,你真的让一个四岁的孩子进到你的大脑,就不要搞得少儿不宜。内尔想让阿尔韦恩离开杰米的大脑,但是又很好奇,真不容易,尤其是你想做个模范女巫的时候。她等会儿再去盘问杰米。有时候姐姐跟弟弟谈心比魔法有用。

她从出口涌出来的一群陌生人中看到了杰米黑色的头发,她抓起阿尔韦恩的手:“宝贝,等等啊。让他们过来我们这边。”

当他们只有几码远的时候,阿尔韦恩猛地一拉:“妈妈,让我过去。她需要帮忙。”内尔的读心术很弱,即便如此她还是能感受到劳伦的沮丧。从那些突然转过来看着他们的人的表情来看,机场大半的人都可能是那样。

阿尔韦恩在劳伦面前停了下来,手指在空中舞动着。内尔知道他是要弄一个巨大的魔法,而且速度非常快。通常情况下他并不需要什么实际的咒语。

劳伦的沮丧消失了,整个身子都得到了放松。杰米慢慢地把自己的手从劳伦手中挣扎出来——很明显劳伦握得很紧——杰米的眼神让阿尔韦恩很困惑。然后他把手伸进劳伦的包里,拿出一个内尔觉得是他的小装置的东西。

杰米反感地摇了摇头,将他们带到内尔身边:“有没有 iPod 充电器? 该死的又没电了。”他看着劳伦。“真的很抱歉——应该很痛。”

劳伦正握着阿尔韦恩的手:“太痛了! 但是真的很感谢你帮我加固了屏障。”

杰米摇摇头:“不是我,我自己都不确定是不是可以在这么多人在场的情况下做到那样的事情。是阿尔韦恩做的。是他在帮忙。我猜是的。”

“杰米叔叔,我可以。就好像雪人。我在她的大脑周围弄了一个大的冰墙。很好,对不对?”

内尔愉快地想道,捣蛋鬼。然后她突然记起阿尔韦恩的咒语通常都有些漏洞,她仔细地看了看劳伦。糟了,劳伦的牙齿在打颤。

“宝贝,那可是个很强大的咒语。我想冰墙对劳伦来说有点冷了呀,我们还得花上一段时间才能到家呢。你可不可以换一下,也许换成砖墙之类的?”内尔看了杰米一眼。万一他需要帮忙,也好提前做好准备。

阿尔韦恩站得直直的,说道:“妈妈,我不需要帮忙。”

糟了,她忘了他同杰米的大脑还是连着的。她看着自己的儿子。

砖墙。现在。有时候不需要其他理由,只要你是妈妈就够了。

“砖墙太无聊了。”阿尔韦恩说道。他眼睛闭了一会儿,这次没有挥舞手指。“好了,现在她不会觉得冷了。不好意思劳伦,我没有打算让你的大脑冻住。”

劳伦朝着这个小小的骑士微笑着。“我也喜欢雪人。伙计,真是一个不错的咒语。我长大后也要成为一个像你一样的巫师。”

阿尔韦恩咯咯地笑:“你已经长大了。你喜欢火柴盒车子么?”

“很喜欢。杰米只是教我弄了无聊的砖墙屏障。我觉得我现在也会用火柴盒车做屏障了。中间的大消防车真是太棒了。”

“我家里有一个。你也可以玩。我们走吧。”阿尔韦恩开始拽着劳伦的手。他也拽着纳特的手。

内尔完全忘了纳特和那个雪人。这就是杰米的漂亮女士。真的很美,而且对一个四岁大的孩子来说都超有吸引力。

阿尔韦恩看着纳特,“我可以和他玩吗?”

纳特看起来有点困惑。“和谁,小宝贝?”

“那个看起来跟我一个样的男孩儿。当你同杰米叔叔有宝宝的时候,我能跟他玩吗? 它可以玩我的消防车。妈妈说我会很愿意分享的。”

内尔可真希望把这一幕拍下来。杰米看上去像撞到了墙上一样。好啊! 阿尔韦恩真的让她这个三十岁的弟弟下不来台了,也算是为自己“报仇”了。

劳伦看样子快忍不住笑了。看看内尔的脸色,她真的忍不住笑出声来。

纳特一直看着阿尔韦恩:“我不知道是不是会有宝宝。但是如果有,我肯定希望你们会是朋友。”

“她认真地回答了我这个淘气包的问题,而且答案并不简单。”内尔很为感动。这位漂亮的女士同她有相同的地方。很好。要想成为家庭的一员就得需要这样的东西。

CHAPTER 11 第十一章

内尔把珍妮姨母领进她弟弟的起居室。杰米和纳特正坐在沙发上,阿尔韦恩在旁边玩杰米的旧火柴盒小汽车。他们选择把姨母带到杰米家,是因为杰米家比较大,而且也没那么多小家伙碍手碍脚的。

“打我们一进入飞机场开始,劳伦就一直在睡觉。”内尔说道。

杰米点了点头,把她的摄影包放好。“我敢肯定要她长时间待在那样一个吵闹的环境里肯定是件非常不容易的事情。”她把头转向杰米。“内尔把劳伦的事情都告诉我了。有关她的能量,你有什么想要跟我讲的?”

杰米耸了耸肩:“说实话,关于她的能量,我不知道自己的认识是不是清楚。今天早些时候在机场,我做的那个小玩意没电了,可是有很多人都转过头来,接着劳伦说她听到了很大的声音。在这之前,我们并没有花太多的时间训练传递信息。”

“关于接收信息,我第一次给她做测试的时候,她就已经相当敏感了。她是我接触到的最为敏感的一个,敏感度甚至比阿尔韦恩还要高。昨天她还接收到了一个未成形的宝宝的信息。真的快吓死我了,所以我把她带到这里来。”

“我可不是纪念衫。”劳伦的声音从门道里传了进来。

“太好了,你终于起来了。”内尔从杰米又大又丑的扶手椅中站起来。“劳伦，这是我们的珍妮姨母。她是位非常出色的导师，也是我们这个家庭最出色的意念女巫。我想让你俩单独聊聊。我和纳特、阿尔韦恩都出去。到厨房帮我的忙，或者去别的地方待着。”

我一定要学会那招，当纳特他们一下子从屋子里出去的时候劳伦那么想。她看着坐在同扶手椅一样丑的沙发上的女士。这就是那个要训练她的女巫。希望她还不赖，并且希望她反应够敏捷。如果又要一个四岁大的孩子帮自己的忙，那真的有点丢人。

“很高兴认识你。”

“劳伦，坐过来。我给你讲讲我刚出世的曾孙。我真的情不自禁，然后你再给我讲讲你的感受。”珍妮示意劳伦坐过去，将桌上的茶递给劳伦。“多亏内尔。我觉得，要是你坐下来，很快就会有一杯茶送过来的。”

劳伦眨了眨眼。欢迎来到女巫世界。“你也可以瞬移么？”

“不，我倒是希望自己可以。那我这辈子可就不怎么发愁了。我是摄影师，所有的东西都死沉。如果我会瞬移，那岂不是想把它们搬去哪里就可以搬去哪里？”

劳伦又眨了眨眼：“你用魔法棒么？”

珍妮姨母笑着端起茶：“通常情况下不用。只是用水晶，没有魔术棒那么花哨的东西。那些工具对意念女巫来讲也不怎么管用。”

她示意劳伦喝茶：“瞬移术，从另一角度来讲，通常都会靠一些铃铛或者口哨什么的来发挥更大的作用。它需要借助很强的外力，魔术棒可以用来集中精神，也可以聚集力量。”

劳伦皱起眉头。以她大脑现在的状态要想好好想一件事情真的很困难。“不好意思，我刚刚睡醒。如果你不可以瞬移这杯茶，那你从哪里弄来的？”

“我觉得是杰米或者阿尔韦恩送过来的，在加州也只有他俩可以毫无防备地把茶或者其他如茶杯大小的东西瞬移到其他地方。也许是阿尔韦恩——杰米应该不需要在漂亮女孩儿面前玩这些花样了。”

“一个四岁大的孩子会瞬移术？正常吗？内尔一家肯定都疯了。”

珍妮姨母翻了翻白眼：“你是不知道，五个孩子，两个是巫师，其中一个是本世纪最强大的——阿尔韦恩的力量是超乎寻常，四岁就掌握了大部分巫师毕生才能掌握的魔法。"

"所以，那么说起来他在机场为我做的，大部分巫师孩子都做不到了？"

"把一个超级敏感的大脑从人群中隔离出去？我年轻的时候也许可以撑个一两分钟。杰米相当确信他自己做不到。但对阿尔韦恩来言却可以在毫无准备的情况下就做到了，而且不需要联系其他的力量。能够做到那一点的，活着的巫师当中也就应该只有阿尔韦恩，而且他还撑了那么长的时间。"

"他出现在那儿帮我的忙，我真的很感激，但是我觉得对内尔来说负担一定很重吧。"我想自己就不用再担心要一个四岁的孩子救自己有多丢人了吧，劳伦一边喝茶一边想。绿薄荷，她意识到大脑里有人翻了一下白眼。很明显，索菲不是唯一一个想依靠茶叶来稳定她大脑的人。

珍妮姨母笑起来。"这茶效果可比你想象的要好。但是孩子，我没有在你大脑里。你只是想得太明显了，任何一个意念女巫都有可能听到。"

哎。还有一群同内尔在厨房里呢。"那我应该怎么做？怎么才能阻止呢？"

珍妮姨母拍了拍她的手："今天先不要想了。我们明天再开始，我会教你怎么控制那个东西。现在，杰米和阿尔韦恩将把你的想法从他们那头屏蔽掉——这对大脑的敏感度很高的巫师而言是最基本的礼节。我们一起训练的时候我会对你打开得多一点，也仅限于此。相信我，你所想的我基本上都能听到。"

"还有其他人能听到么？"

"不，这一点我已经让杰米保证了。他把你的渠道打开，至少他能确定别人能不能听到。通常情况下，你接受训练以后会变得更敏感，但是你的力量一点点增加，控制力也会增加。杰米只是让你的大脑通道短路了。"

劳伦反抗道："他不该碰那个。而且据我所知，他所谓的预知未来来得真不是时候。"

"没人责怪他。但是硬要怪谁的话，杰米肯定会第一个站出来说即便是无心之失他也是有责任的。你是他的责任，现在你也是我的责任。我很高兴承担这份责任。”

劳伦有点感动。要是在芝加哥的话，你更可能是要单打独斗、自生自灭。但现在有好多人都愿意帮你。还是从网上来的陌生人。

“孩子，我们都不图什么回报。”珍妮姨母笑道，“今天，我只是想对你多一些了解。你要跟我讲讲你是怎么做到这一切的么？还是你想先看看我的曾孙们？”

她真的有点儿魅力十足到让人无法抗拒。就好比魅力祖母同饶舌的邻居变成了一个人。“给我看看你的曾孙们吧。你说过你是一个摄影师——有照片么？”

“还真有。”珍妮姨母从摄影包里取出同劳伦的电脑一模一样的电脑。点击了几下，然后递过去。屏幕上放着幻灯片。

想象一下魅力祖母还是个电脑达人，多不可思议。劳伦看着照片，起初她只是礼貌性地感兴趣，然后真的就像孩子一样深深地入迷了。三胞胎多难得啊！那些宝宝都超级可爱。照片真的太棒了。

劳伦抬起头：“你拍的照片好极了。曾孙们都好可爱，你拍照的技术真的不错。肯定很专业。”

珍妮姨母朝咖啡桌上的一本书点点头：“是的，我现在差不多退休了。现在大多做肖像画，通常我都不拍曾孙们的。”

咖啡桌上放着书，书封面的肖像画真的很明显。劳伦对它很熟悉。她在芝加哥博物馆见过，当时看到那幅肖像画的时候她还哭了。现在她又想哭了。

照片上是一个小女孩，不需要外人讲也知道那是小女孩最后一次拥抱她的妈妈。

劳伦抬起头，眼泪充满了泪水，试图把那个艺术天才同坐在对面的女士联系起来。“你是J.W.亚当斯？我都不知道那里展出的作品的作者还有健在的。你的作品让人警醒。每一个人你都能感受到。”

珍妮姨母的脸突然绽放出光彩：“多谢你的赞美。是的，我是Jenvieve Whitney Adams，缩写J.W.亚当斯，但是这里所有人都叫我珍妮。”

“你是女巫，但是你毕生都献给了这些无与伦比的照片。”

“正因为我是女巫，我才能拍出这些照片。”珍妮姨母说道，“一个好的肖像画家只是展现了一个人的外延；而真正伟大的是展现人的内涵。其实作为意念女巫要读懂一个人的内心更容易一些，也知道自己的照片要表达怎样的思想。”

劳伦听后问道：“你在拍照之前会先读他们的想法么？”

珍妮姨母笑道：“没那么简单，不仅仅是在别人的大脑里进进出出——其实中间有很多可能性的。如果你完全待在外面，你和任何人都没有联系。但是有一些道德的底线，但不管怎么说，每个意念巫师都要知道他们的极限同平衡点。我从讲述别人需要讲述的故事中找到了平衡点。”

她停了下来，然后朝咖啡桌上的那本书的封面看了看。劳伦看到了泪水。“那个小女孩名叫敏雅。她让我很心疼。唯一能纪念她的悲伤与爱的方法就是拍下那张照片，然后确保我对那些情感的表达准确无误。”

内尔站在炉子旁边，搅动着闻上去很神奇的东西。是不是杰米的家人都会做法呢？纳特正在想着，还是到目前为止她都还算幸运？

“我弟弟是个胆小鬼。”内尔说道，然后看着纳特站的地方，“他知道怎么把你放在显微镜下面观察，现在他弃船逃跑了。”

纳特笑起来。内尔能听出来她是在开玩笑。大概是玩笑。“也许我该去同阿尔韦恩玩沙盒。”

“较量不分高下，但是我有巧克力，那总是让我能扭转乾坤。”

“如果是黑巧克力，你怎么考我都可以。”

内尔笑道：“黑巧克力同橘子或薄荷怎么样？如果你答应我乖乖合作，你两样都可以要。”

“你是想直接进入我的大脑还是问20个问题？”

内尔哼哼了一下。“我的意念天赋可不强。我们还是来点传统的好。现在告诉我，某个奇怪的巫师看到你的未来，同你在一起是什么感受？”

在斯麦思家里，纳特想道，那个问题得谈好几个小时。哈。可能还不知道什么时候能停下来。她的家人肯定不允许谈论巫师这么不合时宜的话题。

她看着内尔,想了想:"有关预知,杰米告诉了你多少?"

"我觉得比我希望你告诉我的要少。"内尔最后搅拌了一下锅,然后坐在桌子旁边。"不好意思那么直白。嗯,其实在我有五个孩子之前我这人还是挺委婉的。"

纳特扬了扬一只眉毛:"你这么直截了当该不是你烦人的弟弟随时都有可能回来吧?"

内尔脸红道:"那倒是真的。那么你是打算说还是不说?"

纳特觉得自己挺喜欢内尔的。她一点儿都不拐弯抹角,而且很明显她很爱杰米,她同劳伦在一起也很友好。忠诚与慷慨是她最喜欢的两件事。是时候交个朋友了。

"杰米让我看了看他看到的一切。我直到最后才意识到那是我同他。但是他并没有在那里面,如果说得通的话。"

内尔皱起眉头:"你没有看到他,你只看到你自己?"

"是的,就跟透过他的眼睛亲眼看到一样。起初的一些看起来像最初的约会。"纳特还是忍不住向内尔打探。"他喜欢瑜伽吗?"

内尔瞧着纳特,笑着摇摇头:"杰米,瑜伽?他才不会练瑜伽。"

纳特咧嘴笑起来。也许让一个巫师看到你的未来也没有那么坏。"我教瑜伽。我同你打赌……赌一个月的巧克力。"她希望预测到的未来是按照时间顺序来的。

"我觉得我弟弟总算是找到一个聪明的女人了。好,我跟你赌。"内尔摇了摇手,假笑道。然后领悟到。"等等——他看到了这个,对不对?他未来会练瑜伽?难怪他会有那么大的反应。"

纳特觉得很好笑:"我喜欢黑巧克力,不要花生。"

杰米同阿尔韦恩从后门走进来,身上都是沙子。

"别进我的厨房!把沙子带出去。"内尔向他们挥手,让他们出去。

"嘿,大姐,这是我的厨房。我也不介意有点沙子。真正的男人总是有点脏兮兮的。"

内尔都不想回答他,只是看了他一眼。然后朝纳特眨了眨眼,说道："看着。"

纳特看着杰米同阿尔韦恩集中精力。她看到他们面前的空气开始缓慢地移动，慢慢把沙子抬了起来。空气开始加速，开始旋转。阿尔韦恩点了点头，空气像龙卷风般快速运动着，形成了一条沙子通道。

这俩家伙的魔法太不可思议了，但是让纳特真正感到惊讶的是他们之间这么容易就建立联系。那种关系似乎说明很长时间在一起的开心日子。她看到杰米同阿尔韦恩打闹的样子。沙子龙卷风向内尔飘过去，从那些笑声中可以知道，那些沙子正挠着内尔的光脚趾头。不一会儿，沙子朝着门口的方向飞去，然后又回到沙盒中。

"都干净了，妈妈。我饿了。"

内尔摸了摸阿尔韦恩的头："你上完魔法课后总是很饿，没用的小家伙。杰米，你觉得劳伦可以来这么一堂课么？我打算往家里打电话，让丹尼尔把大家都带过来，但是没想让她超负荷。"

"妈妈，我可以帮她，就像在机场一样。"阿尔韦恩的眼睛开始跳起来。

杰米抱起他："老兄，多谢，但是不必了。我的iPod里有新的屏障，她可以利用自己的力量场来保护自己。要是在飞机场可行的话，那也许可以应付沃克一家子[①]。"

劳伦看看杰米餐桌旁边聚满的人群。一点都不像她在芝加哥的日子。内尔的丈夫丹尼尔坐在桌子的一端，杰米在另一端。劳伦自己、纳特同杰米、内尔和一群熊孩子分享一条长长的凳子。

她觉得只有五个，但是他们都很好动——她确定阿尔韦恩又在把他的姐姐们到处移来移去的。三胞胎真的很难分辨出谁是谁。

劳伦小时候父母对她都还不错，但是也就只有小的时候，劳伦第一次同家人真正意义上的吃饭是在大学的时候。七个沃克家族成员，杰米、珍妮姨母，这些吵闹声同吃掉的大量食物并不输给任何大学的餐厅。

---

① 这里指内尔一家。

“珍妮祖母,你要教劳伦怎么成为意念女巫么?”阿尔韦恩满嘴意大利面说道,“她需要很多训练。”“阿尔韦恩!”内尔瞪了瞪她的小家伙。

劳伦笑起来:“他是对的,我总不能永远拿着杰米发明的那个玩意儿到处走吧。阿尔韦恩,我可以吗?”

他摇了摇头:“不。有时候它会没电的,然后你就不知道该做什么了。”

珍妮姨母发话了:“我们明早就开始训练。阿尔韦恩,你要是能帮忙就太好了。你也可以练习一下。”她朝着他走过去,挠了挠他的肋骨,“多练习一下你的魔法使用规范。”

“我可以明天下午把他送过去。”内尔说道,“他早上得去看西莉亚医生,还得改装一下他的助听器。他的耳朵现在长得很快。”

劳伦很震惊。她从来没有留意过阿尔韦恩有听力方面的问题。她仔细地打量了一下他的助听器,出现了一会儿又消失了。不错。

他一直很仔细地在看着劳伦。即便是如此强大的小家伙也有心神不宁的时候。她拧着眉毛看着他:“你可以教我么?我想要有六英尺高,然后像猫女一样的耳朵。”

他笑着说:“你不必那么做。杰米叔叔说你已经够麻烦了。”

劳伦想踢她小腿的人肯定是想踢阿尔韦恩。她靠近阿尔韦恩,说起悄悄话。他点点头,对劳伦也说了几句话,然后把她的手放在桌子下面。她几乎都还没有来得及理解她大脑流出的信息,就发现猫女突然坐在杰米的座位上。整个过程持续了几秒钟,阿尔韦恩笑得从椅子上滚了下去,他的一个姐姐也在笑。其他人也都笑得前仰后合的。

唯一一个没有太大反应的就是珍妮姨母。她感兴趣地看着劳伦,有点小吃惊。

劳伦突然意识到也许让一个四岁大的孩子同自己一起搞恶作剧可能触犯了这个家的一些基本行为准则还有巫师的准则。

“放松点,姑娘——那太好笑了。”珍妮姨母笑道,“也许有一天杰米要学着如何把他的一些想法藏好。”

杰米有些气急败坏:“我怎么就犯错了?”

内尔笑道:“你被一个四岁大的还穿着尿布的小屁孩儿整了。老弟,你老了。"

珍妮姨母举起手:"我是不是唯一一个刚刚看到杰米好身材的人?"

劳伦跟在座的所有人一样都一脸惊愕。

珍妮姨母看着阿尔韦恩:"宝贝,你是不是自己朝杰米叔叔施的幻觉魔法?"

阿尔韦恩丝毫都没有要包庇他的同谋的意思:"不是,劳伦也帮忙了。"

劳伦看上去还是很惊愕,但是这个屋子里的其他人看上去都应该是魔法很强的才对。"我做了什么?"

"你把猫女弄出来的,我只是稍稍推了一下。"好,阿尔韦恩居然出卖她。她从桌子下面踢他。他只是傻笑。珍妮姨母点了点头。"我觉得她是可以作为阿尔韦恩的引导者。"她转向劳伦:"杰米有没有跟你解释过那些不同种类的魔法?"

杰米翻着白眼:"珍妮姨母,我又不是第一次训练。"

直到几天前,也许自己在巫师世界还算是新人,劳伦想,但她还是很擅长回忆对话的。"他确实有跟我讲过。五种力量,两种使用方法。引导者同施咒者,是不是? 那跟猫女有什么关系?"

"好吧,你确实听过。那就好办了。阿尔韦恩才四岁,但是他已经是个很好的施咒者。或者说是一个只有四岁孩子逻辑的强大的施咒者。咒语有很强的逻辑,你只可以施那些你可以构建好的咒语。"

杰米接下去解释道:"对一个施咒者来说,要想完成一个复杂的咒语,他们需要一个力量源。通常情况下会用基本元素魔法,或者是在一个训练圈里进行。阿尔韦恩也会基本元素魔法,所以我猜想最开始的时候他一定用了那些能量来将猫女投射到我身上。"

"不,我是用劳伦来做的。"阿尔韦恩开心地说道。

"我不明白,"劳伦说道,"杰米,你不是说我没有基本的魔法力量么?"

"真的一点都没有啊。"杰米同意道,"但是你有意念力量啊。通常情况下那还不足以用来施咒,同时也会把力量源吸干。如果阿尔韦恩把那个咒语用在我的意念力量上面,我觉得我现在已经躺在地板上不省人事了。”

劳伦皱起眉头:“我觉得还好。”

阿尔韦恩反抗道:“我没有伤害劳伦!”

珍妮姨母握着他的手:“宝贝,你没有。你只是做了一个施咒者该做的事情。你只是利用了你手边能用到的力量源,而且没有伤害她。我觉得你不是简单地利用了一下。劳伦同你联系起来的,对吗?”

阿尔韦恩点点头:“我不得不告诉她怎么做。”

“你当然要,她都没有那么做过。”

阿尔韦恩看着劳伦:“我们没有搞清楚,是不是?阿尔韦恩只是施咒产生了猫女幻象,你比我想象中帮了更多的忙。我是说施咒者可以结合成一个圈进行。一个引导者,作为整个魔法圈的中心,吸收力量,然后把它传给施咒者。你把你自己的大脑同阿尔韦恩的联系起来,他施展了猫女的咒语。”

劳伦真的对这一团糨糊很反感:“我很抱歉,通常我也不是反应这么慢。我除了像阿尔韦恩展示猫女什么样之外,什么都没做。”

杰米摇摇头:“对你来说太简单了,总有一天你会明白我们大家有多嫉妒你。劳伦,珍妮姨母现在说你可能有联系的天赋,你将成为超级强大的意念女巫。你可能跟阿尔韦恩的力量一样强大。”

劳伦想那完全安慰不了我。

阿尔韦恩听懂了最后一句:“不,她会比我更强大。但是她需要好多的训练。”

CHAPTER 12 第十二章

“天啊！这太令人沮丧了。”劳伦噘着嘴，“我在芝加哥的时候设置屏障可比现在强。为什么现在反而麻烦越来越多？”

所有刚开始接受训练的女巫都是一样的，珍妮姨母陷入了沉思。不管你是四岁还是二十八岁，他们都理所当然地觉得这一切应该很简单。

“通常情况下，我们会在你旅行之后让你休息一两天。你的大脑经历过那群人还是很累，还有你昨晚同阿尔韦恩一起搞的那个猫女的恶作剧也成为了阻碍你的原因。”

劳伦笑着说：“我惹上麻烦是不是因为我教坏小孩子？”

“哈。那家伙一生下来就等着有人同他一起恶作剧呢。他有四个比他大的兄弟姐妹——你教坏他，不太可能。”

“我从来没有小弟弟，那应该还蛮好玩的。”

“有时候也很无聊。我有三个兄弟，其实我小时候不会瞬移术也许是件好事。”珍妮姨母笑道：“谁知道会把他们弄去哪里呢。你有没有听过杰米把他自己同内尔弄到唐人街去的故事？”劳伦摇摇头。

她最好现在就学习一点女巫的古怪之处，珍妮姨母想道。劳伦拥有这种力量，保不准她的孩子也会有魔法。而且小家伙最有可能干各种各样的恶作剧。

她开始同劳伦分享她最喜欢的故事之一。"内尔当时在照看她的三个小弟弟——杰米是三胞胎之一。他们正在后院里挖洞。内尔那时候大概十四岁,男孩儿们五六岁。她笑着问他们是不是在挖洞去中国。

"杰米肯定是从她的大脑里获得了图像,然后把他俩都弄到了那儿。他那时候还不能很好地控制瞬移术。幸运的是,阿尔韦恩比杰米小时候更早掌握了怎么控制。"

劳伦试着想想:"真的把他们弄到中国了? 真的??"

珍妮姨母笑起来:"很走运,不是。内尔从来没有去过中国,所以她脑海里的图像都是来自旧金山的唐人街。我们就是在那儿发现了内尔的天赋是施咒。她成功地把杰米的咒语转换过来,然后借助杰米的力量让他们回到了家里。但是那花了她三个小时,当杰米的弟弟们都认为杰米同内尔去了中国时真的是一片惊慌失措。"

讲到这儿,珍妮姨母笑起来。她的女儿们都没有那样用过力量,所以她只能听姐姐的孩子那样的故事,还是有一点嫉妒的。

"我只能想象,"劳伦说道,"我确定我要让我的父母知道,但是要让他们容易接受才会。我本来一直打算问问他们。因为好多人的天赋都是在小时候就能看出来了。我的怎么就没有?"

"嗯,我觉得应该有。可能你总是能从别人脑海里获取一些图像或者感觉。鉴于你如此的敏感,可能你小时候就学会了屏蔽那些感受或图像。如果你是在魔法家庭里,我们在早期就会给你做测试。你从一开始就会知道自己是女巫。"

"所以,你是说我的父母并没有认识到他们所看到的?"

珍妮姨母耸耸肩:"也许没有什么好看的。意念女巫的魔法通常都是很微妙的。有那种精神力量的孩子更加难以判断。你可以问问内尔,阿尔韦恩刚出世的那几周。说到他,他今天下午会同你一起训练,我们还得先做些其他的。现在开始吧。告诉我你在创建屏蔽的时候都发生了什么。"

劳伦叹了叹气:"我觉得你同我联系在一起所以你能看到。"

"我是可以,我也确实看到了。但是我想听你说说。"那些墙之间有什么东西挡住了,珍妮姨母想着。想看看劳伦自己是不是也意识到了这个问题。

“好吧。我只是像杰米和我练习时一样想象了那些砖块。那部分还算有效。但是当我想把它们重新弄在一块儿的时候,好像有些摩擦。在芝加哥的时候,那些东西只是很顺利地滑落下来。”劳伦顿了顿,“就好像我自己不太想要那部分,在反抗一样。”

现在终于有进展了。“啊,那你要什么?”

劳伦动了动:“我想要猫女。不是想象的那部分,但是阿尔韦恩和我联手的时候,我觉得很不一样。更强更灵活——就好像我可以看到我想看到的一切东西。我不想听上去那么忘恩负义,但是那些砖块好像把我困在了监狱一样。杰米的那个小玩意儿也是,让我很不自在。”

“好。”珍妮姨母很是满意。劳伦学得很快,领悟力很强,还很会思考,即便她对她自己刚刚拥有的力量不是很满意。“那些砖块是用来保护你的,当杰米的预知部分将你的渠道打开的时候,你就需要它们的保护。通常情况下,我们会选择更为温和的方式。”

“那是他的错。”

对于独生子女,劳伦好像对兄弟姐妹这种东西理解得倒挺透彻。“相信我,我知道当你在训练新女巫的时候总会有各种各样的状况出现。他能把你带到加州已经很不错了。意念魔法不是他的强项。那个小小的发明也是他受启发才做成的——他还是个很有创意的巫师。”

“他是很有创意。我觉得我也很有创意。我能不能先试试别的?我想试试我同阿尔韦恩做的那样。也许你可以告诉我为什么我会感觉同建立屏障不同。”劳伦开始集中精神。

珍妮姨母看到杰米穿着猫女的套装,照着那些飞起来的盘子挥着魔法棒。她很开心,也印象深刻。劳伦的力量还不能够控制那样的图像,尤其是在动的那部分。还是有点模糊。从她们之间的观察连接偷偷看了一眼,珍妮姨母想要弄明白劳伦是怎么控制她力量的。

在那个温暖而绿绿葱葱的阴影处有一个发光的生物。慢慢地飞了进来,她意识到那是萤火虫。当它们一闪一闪的时候,她有了一些很小的想法和感受。珍妮姨母意识到有一些图像来自她的大脑外部。好吧,好吧。她读到的比要她看的还要多。

珍妮姨母向温暖的绿光中心靠近，突然看到了一群发怒的、嗡嗡叫的萤火虫。她本可以用自己的力量一下子就把它们打跑。但是劳伦能在这个阶段召唤防御力量的本领真的很不寻常。

珍妮姨母将注意力放在一只萤火虫上面，慢慢地轻柔地将它放飞。好吧，我们等着瞧。那团云被打散了，那只萤火虫在前面引路。珍妮姨母可以看到两边一闪一闪的亮光，有点像护卫队。好，劳伦可不是那么容易就听话的。

当她来到了温暖的绿光地带的时候珍妮姨母笑了。这是劳伦的力量中心，那些砖墙很明显不是。不寻常但是它们却可以一起起作用。慢慢地，她从观察连接中退了出去。

当她睁开眼时，劳伦正看着她。"劳伦，你的大脑真的很讨人喜欢。健全而又富有创造力。谢谢你让我看到。现在告诉我有关你沙发的事情。"

劳伦眨了眨眼："我的沙发？"

"每个意念女巫都需要从一个中心出发，一个感觉安全又有力量的地方。从那个中心构建的屏蔽最有用。我的就是摄影机。"

劳伦看上去完全糊涂了："你透过摄影机看到了我的屏蔽？"

珍妮姨母点点头："透过摄影机我觉得很安全，很有力量，而且有很多东西我可以控制。我可以改变镜头，可以选择放大，可以放滤镜将光线变柔和，或者完全屏蔽掉那些光线。镜头作为我的屏蔽和渠道来发送和接收信息。"

劳伦的脸上终于露出了理解的神色："是你的视觉化了的东西在控制你做的事情。就像阿尔韦恩用火柴盒小汽车一样。"

"对。杰米没有一点意念魔法，所以他的屏障就是最基本的——砖墙同气泡。对他的大多数学生而言足够了，而且上第一堂课也绰绰有余。"

"力量稍微强一点的意念女巫都需要更好的工具，需要精度更好、更多的选择。阿尔韦恩最后可能需要比火柴盒小汽车更好的工具，但是上次我还看到他给车装上了翅膀同激光束，所以可能他不需要吧。"

"激光束？"

“保护装置是任何一个好的屏障系统都需要的。”

劳伦笑起来:“所以它用那个把坏人赶出去?”

“应该是那样。也不是真正意义上的那样干。比如说他能够去掉那些闲散又不是从他大脑里出来的想法。有效是因为那是对他的力量中心的一种延展,一个他觉得既安全又能控制的地方。对一个小孩子来说,那就是他最喜欢的玩具。对你来说,就是你的沙发。”

劳伦脸红了:“我的沙发是我的中心?那真的有点难为情。那只是我经常待着吃冰激凌的地方。”

“那是你觉得安全又安心的地方,有那样一个东西真的很好。我打赌那也是你生活的中心,也是你为自己构建的家。一个充满成长、友情、充电的地方……我说得对吗?”

“你是意念女巫——你说呢?”

珍妮姨母笑起来:“聪明的巫师可不分身形同年级。一些意念巫师只可以驾驭力量渠道,但是我们大多数都觉得图像同视觉化是很有帮助的,我觉得我们找到了一种适合你的方法。你已经用它来触发你的一些天赋了——我在你向我描述杰米把盘子飞起来的时候就留意到了。虽然是你自己随性的发挥,但是真的也很不错。你从你脑海中的沙发那里获得了力量。”

劳伦扬起一边的眉毛:“如果我是那么做的,我怎么不知道?我觉得我只是想法太明显了。”

“杰米是对的,”珍妮姨母感伤道,“如果这么容易就让你感觉到了,你会让我们所有人都嫉妒的。你很好地把那个图像传递给了我。但是你的屏障还算很弱,真的让我很吃惊。但是,现在说得通了——你没有把你的屏障从你的中心剔除去。一旦你开始那样做,也就更有效。”

“那很好。但是我的头还是会很痛么?”

珍妮姨母笑道。好不耐烦的女巫。“你昨天同阿尔韦恩联手的时候——那种又强大又灵活的感觉?我们要的就是那种感觉。现在试试。我现在想让你想想自己的那个沙发,然后从那儿开始建立屏障。”

珍妮姨母再次进入观察连接开始对训练进行观察。劳伦刚开始有些摇摆不定,但是很快就进入了她的沙发。太棒了。不一会儿,黏黏的粉红色的东西就从沙发那儿长了出来。呃呃呃，真恶心。那是什么？口香糖？傻妞！珍妮姨母把泡泡戳破了以吸引劳伦的注意力，并放出其他的意念连接，然后静静等待着。

“你真的需要把我的气泡戳破么？我可能都不能把那个东西从我沙发上抹掉。”

珍妮姨母的嘴唇动了动：“那就不要拿口香糖作为你的屏障。你的屏障的形象也是你中心的一部分，延展的那部分。”

劳伦看上去还是很困惑，然后点点头：“就像你的照相机镜头是你的照相机的延展一样。”聪明的姑娘。珍妮姨母点了点头。

“好吧，那听上去有道理，但是我怎么能够从沙发处建立屏障呢？我需要做什么，只是加些大枕头么？”

“实际上那还真不赖。那些视觉化的东西也不需要完全实实在在的存在。你也可以用一些软的枕头作为屏障，我想那应该是更好的缓冲器。但是那需要是你的形象。想想那些确确实实是从你的沙发处延伸的东西，那些你容易修补的东西。”

劳伦想了一会儿然后闭上眼睛。珍妮姨母进入意念连接静静地看着。对劳伦这样刚刚接受训练的女巫来讲，这次可以说是以光速进入了状态。

过了好一会儿，什么情况都没有发生，然后一个极为灿烂的彩虹将劳伦的沙发罩了起来。看起来很温暖、很温馨、赏心悦目，就像一条巨大的毯子。正当珍妮姨母在看的时候，那个有圆顶的东西的材质就变了。现在更像是丝绸，而且还是透明的。

她走过去，摸了一下那个有圆顶的东西，试着戳了戳。干得好！真的很好！现在我们看看我们都有些什么。

珍妮姨母退后了几步，想象着自己手里有个亮着的球，然后扔了。当球撞到劳伦的圆顶的时候，她笑着，然后又弄了一个球，这次她运用她小联盟年度最佳投手般的技巧打了一个快球。当它反弹回她的腿部的时候，她向四周跳开，然后咒骂了几句。该死，没有看到那个。她觉得自己老了。

珍妮姨母朝上看，发现劳伦的圆顶状的屏障在摇晃。天呐，那个快球真的已经造成了一些损坏了。她又更进一步地接近观察连接。

她看到劳伦正在笑她。她的自尊心输给了她作为导师此刻感受到的荣誉感。现在劳伦不仅仅有很强的力量去构建屏障,很明显她也能很快去建成屏障。早上的一切都完成得不错!

内尔:大家早上好啊！杰米马上也该到了。

索菲:内尔,你已经见到劳伦了?

内尔:是的。

莫伊拉姨母:你觉得她怎么样,我们的劳伦?

内尔:最开始我真的没有什么概念,直到她来这里我才知道她过去的那几日是多么难驯服。我喜欢她——她凡事都处理得很好。今天早上她同珍妮姨母上了第一课。其实从昨天开始就有各种状况了。

索菲:啊,快点说!

内尔:我有不说的时候么?我先说说我那小家伙吧。杰米带了一个他装在iPod上的小装置来帮劳伦渡过在飞机上可能遇到的难关,但是在飞机着陆的时候突然失灵了。阿尔韦恩在旧金山机场为她建立一个屏障。

索菲:哇！那可得同时应付好多人呢。

内尔:是啊!

莫伊拉姨母:你把他抚养大真是一件很美妙的事情。内尔,他的力量也渐渐可以用来帮助那些初学者了。真是个幸运的家伙。

杰米:他没有把你变成猫女。

索菲:嘿,杰米。阿尔韦恩把你变成了一个长着毛茸茸耳朵的性感女神?拜托一定要有人拍了照片才好。

内尔:只是一个幻象魔法。昨晚他在吃饭的时候做的——真的很好笑。但我想最让你感兴趣的应该是阿尔韦恩是同劳伦一起完成的。

莫伊拉姨母:她有施咒的本事?即便她没有,她那么快就那样也一定很危险啊。

内尔:不是计划好的。就他俩临时起兴,大家都还没弄明白发生了什么事情呢。阿尔韦恩负责施咒,珍妮姨母说他是同劳伦联手的。

莫伊拉姨母:她有足够的力量支撑起一个幻象咒语?她还好吗?那样的强度肯定让她很崩溃吧。

杰米:一点也没有。她都没感觉。

莫伊拉姨母:啊,天!

索菲:真的疯了。没人用意念魔法来驱动咒语——真的不够用来驱动咒语的。

杰米:珍妮姨母同我都试过做劳伦同阿尔韦恩做的。但是我们甚至连猫女的胡子都做不出来。

莫伊拉姨母:珍妮一定很确定了?那这么说来我们的劳伦有可能就是这一代最强的意念女巫之一?

杰米:首先她需要大量的训练,但是我觉得珍妮姨母也明白。阿尔韦恩也同意,因为值得那样做。

内尔:啊,我差点忘了很重要的一点。阿尔韦恩并不只是开发了劳伦的潜能。她同他连接起来的。莫伊拉姨母,关于那点你完全正确。劳伦真的没意识到自己干了什么,但是我的小家伙知道。

索菲:她同阿尔韦恩连接?

莫伊拉姨母:啊,内尔。天啊!

内尔:对啊。我们终于为我的小宝贝找到一个可以引导魔法的人了。

杰米:她只能在这里几周,还得接受很多训练。

内尔:放松点杰米。目前为止,那是她来这里的目的。我们也不知道未来会发生什么。

杰米:不好意思。我真的很喜欢劳伦,但是我真的觉得要我相信阿尔韦恩之外的人真的有点困难,更别说那些连意味着什么都搞不清楚的人了。

莫伊拉姨母:引导者同施咒者之间的联系是很重要的,但是也需要训练。他有一天会需要掌控很强大的力量。然后会有很多的责任交到他手上。

内尔:每个人都深呼吸。即便她很有可能是阿尔韦恩需要的那个人,也没有人要将她立马拉到这个大圈子里来。我喜欢她,她喜欢我的孩子,他们现在都在最好的导师手上接受训练。就目前而言,那就足够了。

莫伊拉姨母:是啊。要是我还小,我也希望有一个像珍妮一样的导师。

内尔:不管阿尔韦恩以后跟谁一起,都会是一个巨大的挑战,同时也都让人担惊受怕。现在,他同劳伦还能玩得很开心,劳伦同他相处得真的不错。他都把他的助听器给她看了。

杰米:真的?我都不知道。

内尔:在猫女恶作剧之前就开始了。他们似乎心有灵犀。

莫伊拉姨母:那是个好的开始。

索菲:嘿,我们能聊点别的么?我一会儿得走了,所以杰米——说吧。

杰米:说什么?

索菲:我听说劳伦不是一个人到加州来的吧。你和那位漂亮的女士怎么样了?

杰米:那是我的隐私吧?

莫伊拉姨母:当然不是,傻孩子。快点跟我们讲讲预知的那段幻觉,你看到的女孩子吧。

内尔:预知看到的不是幻觉。杰米一直对我们有所保留。

杰米:那真的不是我的隐私??

内尔:我们已经回答了你的那个问题了。我昨天同纳特小谈了一下。杰米看到的不是幻觉,而是有关未来的记忆。

索菲:我不明白。

杰米:那是因为你经常在女巫历史课上睡觉。

莫伊拉姨母:杰米,不要逗她了,否则我会说说你的草药知识,然后看看到底是谁睡觉了。

杰米:好吧。

莫伊拉姨母:索菲,大部分预测到的未来是有关未来的幻觉,有点像看电影。但预知的记忆更加亲密,对杰米而言,也许有更强的情感层面。

杰米:那可不!

内尔:不像一般预知所出现的幻觉,那种未来的记忆更加可靠。就像它们真实地发生过一样。尽管纳特还不知道那一点。

杰米:你们不觉得她现在压力也很大么?

内尔:也许吧。但是老弟说实在的你也好过不到哪里去。

索菲:你看到的那个是要和你结婚生子的,你不想她压力太大,她现在在加州? 天,杰米,你的生活可真是多姿多彩。

杰米:过去几天真的很有趣。

索菲:你现在怎么样? 听上去你预测到的未来应该很震撼啊。

杰米:我想说我很高兴我回家了。我需要好好宅一段时间。

莫伊拉姨母:小伙子,别躲太长时间。恋爱的机会可不多。

杰米:我知道啊。但是我一想到那个就觉得恐慌。我想我会好的。

她的两个乖宝宝,莫伊拉姨母愉快地想到。来到他们的生活是很有意义的时候。杰米找到了他的灵魂伴侣,对一个男人来说那很重要。她其实知道预知是不太靠谱的。但是她觉得很快她这把老骨头又得飞一回了,杰米的婚礼。

劳伦可能就是阿尔韦恩需要的引导者。那真的有点让人担心。现在"连接"天赋真的越来越少见了,大部分引导人都没有一个完整的圈子。阿尔韦恩力量越来越大,他需要一个完整的圈子,一个引导者同他一起努力。

尽管他们仍要花很长时间才能知道劳伦是不是合适,但是这样的希望也足够让一家人兴奋不已了。

劳伦同阿尔韦恩好不容易开始了。她决定打败他。跟四岁的小家伙玩恶作剧已经没什么好奇怪的了。不是她不相信阿尔韦恩的力量,而是珍妮姨母布置的任务劳伦都输给了这个小屁孩儿。

劳伦对她今天建立的屏障很是骄傲，受到纳特手工制造的彩虹装饰枕的影响。珍妮姨母也很出色——很快就该开始解开它了。

现在阿尔韦恩是珍妮姨母的小宠儿。他们在玩一个听上去很单纯的游戏“抓住一个想法”。基本上是关于意念女巫捕捉想法的游戏。珍妮姨母把他们各自的秘密藏在屏蔽后面。目标很简单——在阿尔韦恩弄清楚她的想法之前先弄清楚阿尔韦恩的想法。

现在该阿尔韦恩防守了。她可以看到他正走向她的意念中心，比他们一个小时前更清晰。他往她的圆顶扔了一些光线，就像是在宣布“游戏开始”。她静静地等着他。

那个会飞的沙盒真的太可爱了，但是跟自己的超酷圆顶罩相比来说就不算什么了。她让网纹表面生长出羊毛卷须，然后将阿尔韦恩正在飞行中的车包裹起来。她越来越快。哈哈，转到你了。

刚刚好，她记得阿尔韦恩的车有镭射，他把他的车身挂在卷须上，然后掉头。阿尔韦恩咯咯地笑，然后把激光束射了过来。

该死！她朝她的沙发边上扔了一个枕头，让阿尔韦恩悄悄派过来的消防车的梯子一动不动了。太险了。她被他的咯咯笑分散了注意力。现在该是偷袭的时候了。

劳伦把她的彩虹穹顶变成了丝质的，强到让她自己也很惊讶。看啊，阿尔韦恩——猫女！当他转过头去看的时候，她用一把卷须挠了挠他的肋骨。

她控制着火柴盒小汽车，让它等在他的屏障外面，一旦他们摇晃就跳过去。她选了个红色的，最好能管用。她猜到了燃气，然后把窗户打开，捕捉到了珍妮姨母放在那里的想法。

当她睁开眼睛，阿尔韦恩正吃惊地瞪着她。“你耍赖！但是那招真高明！”

珍妮姨母过去抱着他，挠挠他的脚趾。“你得小心那些狡猾的家伙们。顺便说一下，消防车这招真不错，劳伦差点就错过了。”

她看着劳伦，点了一下头。感觉像是一辈子都可以吃到本杰瑞冰激凌。

纳特从沙特克酒吧出来，深深地吸了口气。在拥挤的舞池待上几个小时后出来，这感觉真不错。

她看着杰米："很有趣，但是有点奇怪。"

杰米笑着说："我们做了未来记忆里的事情？是的。这亲身经历可好太多了。你真的很性感。"

同一个裹得严严实实的家伙跳舞真的棒极了。纳特不知道说什么好，只是让她的心跳动着。

杰米把一只手搭在纳特肩上："告诉我，对这件事情，你为什么一直这么平静？"

杰米也许需要很多的练习，纳特想了想。平静永远让她受益。"我觉得我们有个未来，我碰巧也看到了一些。"

她朝着杰米笑了笑，轻缓地说道："那样的可能性真的很不错。"

杰米把她抱入怀中："闭上你的眼睛，待在那儿不要动。"

纳特有一种奇怪的升降梯般的感觉，她睁开眼，看到了沙滩。一个十分荒凉的沙滩。她脱掉鞋。"我们在什么地方？"

杰米咧嘴笑起来："我觉得我俩得有些我们还不知道的东西。这是雷耶斯角国家海岸。我们周一晚上的时候会在这儿的悬崖上进行第一个完整的训练圈训练。这也是我最喜欢的地方之一。"

纳特慢慢转起圈来，远处传来轰轰隆隆的海浪声，她感受着被震碎的浪花，在灿烂的夜空下翩翩起舞。就连她都能感受到这个地方的力量。也难怪他把她带到这儿来了。

她看了看他站的位置。他等在那儿，真的是一动不动地等在那儿。整个晚上她都在同这个男的跳舞。现在是时候在一起了。

她点了点头，只点了一下。他双臂伸向天空，力量发出明亮的光，他们的头顶出现了一阵流星雨。

他深情地吻了她，她心中跳动的音符同头顶的星星一起舞蹈着。

纳特在杰米后院的草地上坐着,耐心地等着她的学生来上课。

珍妮姨母已经很安静地坐在那里了,盘着莲花腿,看得出她也是经常练的。早晨给意念女巫上瑜伽课是她的主意。

劳伦和阿尔韦恩从房子里走出来。他俩之间的感情越来越深,真的很好。珍妮姨母示意让劳伦坐在她边上。阿尔韦恩坐在另外一边。纳特点头同意。把麻烦制造者分开总是一件好事。

纳特还没能同劳伦好好谈过话,但是看起来她的朋友适应得不错。希望是因为她看到了自己新的力量带给她的积极面吧。同阿尔韦恩一起训练肯定很有趣。

杰米最后走出来,对一个成年男人来说,他看上去却像是在生闷气。他觉得意念女巫如果练习瑜伽就在珍妮姨母脑中想想就好了——真的不知道她还真付诸行动。他坐在最后面。纳特想那也不错。即使坐在后面她也有办法教。

纳特意识到看到杰米有点难受她反而很享受。她已经在他熟悉的领域呆了两天。这次,该他试试自己的东西了。没有比她站在瑜伽班上更让她踏实的事情了。

她站起来。对初学者而言,还是循序渐进的好。

根据指示,她在脑海里开始了起初的几步,一切开始了。没有语言，她的学生要读到她大脑里的图像从而跟着练习。弯曲膝盖，举起手臂，吸气。向湛蓝的天伸展，感受温暖。呼气，手臂放下，放回中心。重复以上动作。

珍妮姨母同劳伦都挺顺利。阿尔韦恩不停地咯咯笑，纳特给他发送了一个让他安静的想法希望他能听到。“乖孩子，好好享受，但是是整个身体的享受。随着你的呼吸而动。”他报以她一个大大的微笑，让她有点忍俊不禁。真像杰米看到的他俩未来的孩子。

杰米在最后一排完成了那些动作，一副听天由命的表情。可怜的家伙——瑜伽课真的不适合他。暂时还不适合。

纳特开始了拜日式瑜伽，按照顺序将每一步都视觉化。珍妮姨母同劳伦还是能跟上她。阿尔韦恩比她想象中要做得好得多。杰米还是挣扎着。

纳特突然好想杰米能够明白她对这些动作是有多么热爱。她放慢速度，让她的大脑唱起歌来。身体伸展了，柔软了，心也平静了。阳光倾泻在大地上，一直到她伸展的手指上。触地的脚，精神抖擞，心也更明亮了。

现在杰米跟上了。从刚刚生闷气的状态进入到尊重每一个动作。更重要的是——啊！对她来讲很重要——他在感受那种流动。珍妮姨母的想法慢慢地溜进来。干得好，孩子！

现在是时候增加点难度了。纳特慢慢地把那系列的动作变得更为复杂。珍妮姨母还是能很容易就跟上，但是当纳特把不同于劳伦平常练习的动作加入其中时，劳伦开始有点卡壳了。纳特在开始动之前都慢慢地将每一步视觉化，劳伦稳一些了。

阿尔韦恩真的太可爱了，而且还是个不错的瑜伽士。很明显他从那些动作流中找到了一些乐趣，如果不是从那些实际的动作中的话。

杰米只是看着她。“你好美。”当纳特发出暂停的信号时剩下的人都陷入了杂乱无章的状态。

“杰米，别打扰纳特。”珍妮姨母用她的大脑中的声音说道，“你可不能那么轻易就躲过训练。”

有了十年的瑜伽训练经验，纳特依靠她的瑜伽来让她平静下来。

她自动地进入了一个站立的姿势。那样应该可以更容易让他们读到自己的想法。按照珍妮姨母的指示，现在是时候进入第二阶段了。

纳特开始在四周走动，将那些动作视觉化。她没有发出跟着她的指示，只靠大家的领悟。阿尔韦恩这下可比先前碰到的麻烦多多了，但是他们都说他是一个很强大的巫师。

珍妮姨母仍然做得很好，但是这次她也花了更长的时间。她同阿尔韦恩一样都读到了纳特的指示，但是没有他那样快。

纳特要么是很容易很快就发现了下一步该怎样，要么就是得等着看其他人在怎么做。纳特想，那真是太美妙了。就好像劳伦捕捉到她的指示的能力是流动的，但是也会有猜中猜不中的时候。

杰米，可怜的家伙，很明显没有进入状态，事实证明他的意念魔法真的很弱。

是时候结束今天的课程了。现在纳特的幽默感上来了，她小心翼翼地将单腿康迪亚式视觉化，很“邪恶”的动作，对手臂平衡要求很高的姿势，需要将身体扭曲，整个腿分开，所有的平衡都需要依靠手臂力量。

阿尔韦恩无奈地在地上笑着打滚。作为好朋友的劳伦，尽管同纳特那么长时间的友谊，也吐了吐舌头。珍妮姨母摇了摇头，大声地说：“亲爱的，十年前我可能可以做到，但是我现在要做的话，这把老骨头非散架不可。”

杰米看上去很怀疑，然后朝纳特看了一眼，似乎是说纳特自己应该示范一下。她不需要成为意念女巫就能明白或者让自己平静地进入那个姿势——她最喜欢的姿势之一——靠着手让整个身体平衡。

然后盘着莲花腿，扬起了一只眉毛。他看上去好像很惊讶。好。也许这跟他俩到海滩约会同读到未来不能相提并论，但是她也有在行的东西。

纳特完成了课程，让他们在草地上放松地躺着，像死人一样一动不动，任何做完瑜伽的人都会以那种方式结束。

她让自己安静地进入房间，碰到了内尔。“不好意思，我不知道你在这里。”

内尔递给她一个礼物袋。“我总是想还你个人情。”

纳特困惑地打开袋子。里面满满都是黑巧克力,至少够她吃一个月的了。她朝着内尔咧嘴微笑:"我不确定你打赌已经输了。珍妮姨母逼他做的,只是为了意念训练。"

内尔也笑了笑:"继续。相信我,看到你把身体扭曲成那样杰米脸上的表情真的一切都值了。如果你能让他哪天也试试看的话,我这儿还有更多的巧克力。"

纳特笑道:"可惜不像你们,我不是女巫。"

劳伦靠着枕头躺下来,然后把电脑放在她的肚子上。内尔让她访问巫师聊天室,现在如果可以让她休息一下,她愿意做任何事。真的很难想象一周之前这个搜索咒语才找到她。

劳伦去了那个杂货店网站,在乳制品区徘徊。那样子的话好像内尔更容易找到她,但是她对冰激凌的迷恋可能严重受挫。加州肯定有地方卖本杰瑞冰激凌的。先聊一会儿然后去看看哪里有卖。

索菲:劳伦,非常感谢你加入我们。我一直都在想着你。你怎么样?

劳伦:我的头好痛。意念这个东西真的太费劲了。

索菲:你还在用祖母绿水晶吗?她能够帮助你恢复体力尤其是你太耗费体力的时候。

劳伦:你知道吗?我都忘了。老实说,我觉得我收到那个包裹的时候就跟变戏法一样,但是那个青金石吊坠好像真的有让我平静。而且索菲,它真的很漂亮——你真有心了。我起初都没有意识到那是那么用心的礼物。谢谢你!

索菲:不客气。

内尔:也是受启发才想到的礼物,劳伦有联系的天赋,还有意念力量。劳伦,周一晚上是一个完整的训练圈,我觉得珍妮姨母打算带上你。一定要记得戴上青金石吊坠。

劳伦:目前为止,每次上课珍妮姨母总是让我取下它。

莫伊拉姨母:那是她要你学本领而不是拿它当拐杖用。在你运用的时候那会增强你的力量。

内尔:你在玩“抓住想法”游戏时没有戴吊坠还是赢了阿尔韦恩?

劳伦:只有一次,还花了整整一个下午。他真的很难对付。最后一次我差点也输了。他朝着我的屏障放火,然后还把梯子竖起来了。

内尔:那么你是怎么打败他的?

劳伦:我朝他喊了一声“猫女”,然后控制了他的沙盒车,当我挠他痒痒的时候穿过了他的屏障。有点像作弊,但是珍妮姨母说那没什么。

内尔:哈,同阿尔韦恩一起,没有什么道德不道德的。除了珍妮姨母以外还没有其他人打败过他,不管我们怎么作弊。

劳伦:真的?

内尔:从一年前我们告诉他这个游戏,我们就再也没有赢过。过去的六个月珍妮姨母也就赢过他一次或者两次。有个人能挑战他真的太好了。珍妮姨母对你先前做的训练很满意。

劳伦:她没有假装。

莫伊拉姨母:孩子,她不会。那些接受训练的女巫很容易就变得自负。你自己也会成为一个女巫导师,你也会那么做。

劳伦:我不知道。但是我觉得好像自己连幼儿园都混不过去。

内尔:那是因为你同阿尔韦恩一同被送进了天才学校。我看了今天的瑜伽课——你比杰米做得好。你知道他的意念魔法一点都不强,但是他已经为此训练了好几年了。

索菲:杰米以前练过瑜伽?

内尔:就因为那个我还输了同纳特的打赌。我存起来的黑巧克力都被她赢走了。

索菲:快点说——她到底怎么做到的?

劳伦:珍妮姨母让纳特今早给我们上了一堂瑜伽课,但是没有口头的指示,我们要从她的大脑里接收图像。

莫伊拉姨母:她真的是好有创意的导师。而且那样的训练对你们所有人都有帮助。

索菲:我还是不能明白杰米居然练瑜伽。内尔,要是我,我也会打赌的。

内尔:那你就准备好巧克力吧!我的橱柜已经空了。

索菲:我觉得我可能会。劳伦,杰米同纳特进展怎么样了?

劳伦:我都没有时间好好同纳特聊聊天。内尔,你是不是知道什么事情?

内尔:男人一般都不会谈那些事情,除非你逼他,我还没有时间去拷问杰米呢。但是我很快就会那么做的。我喜欢纳特,但是如果他俩真同看到的那样发展,也很有难度。

索菲:纳特觉得同一个巫师打交道是什么感觉?对一些人来讲真的需要迈出很大一步。

莫伊拉姨母:比那深入对不对?杰米都看到婚礼同孩子了,她还有可能生了一个小巫师。如果她不是女巫,那一切肯定很难接受。

劳伦:如果有人可以接受那个的话,可能就是纳特了。我真的不知道他俩怎么会有时间去让这一切发生。我们只会在这里待上一周。

莫伊拉姨母:慢慢来吧。他们花些时间在一起真的很好,你也可以好好同珍妮姨母一起训练。但是劳伦,一周真的不够。你需要的更多。

劳伦:我知道。但是我的工作不允许我长时间请假。我同珍妮姨母谈过,她觉得我需要花更长的时间来学会你那些基本的东西,而且最好是那些周围都有正常人,相对正常的地方。我会每隔几个月回来一次,然后一起训练的。她这个夏天也有可能会去芝加哥看我。

莫伊拉姨母:我很开心听她那么讲。你的天赋真的很强大,我真的想看看到底能开发和利用到什么程度。这个巫师社区因为你的存在会变得更为强大。

劳伦:现在,我只是在和一个四岁大的孩子一起练习建立屏障,但是我真的不知道能不能超越那个。莫伊拉姨母,我真的不想不礼貌,但是我真的不知道我自己是不是真的想加入这个社区,这个大家庭。

内尔:当你在周一早上经历了训练圈你的感觉就会不一样了。劳伦,试试吧。

索菲:我基本上都是单干,但是我还是希望有机会加入那个圈子。

内尔:索菲,你周一早上干什么?来吧,来这里待几天。阿尔韦恩会施咒弄一个完整的训练圈——应该很值得留念。

索菲:阿尔韦恩要施咒了么?啊,内尔——那小家伙肯定让你很骄傲吧!

内尔:有时候我的心都在同他一起歌唱——不要告诉他。索菲一定要来哦。

索菲:我真的想来。好吧,我查查机票然后告诉你们。

莫伊拉姨母:我现在是不是应该嫉妒得要死了?好好享受你们在一起的时光吧。劳伦,打开你的心胸。训练圈,尤其是你即将看到的这个,真的会是个奇迹。

内尔:莫伊拉姨母,我们会想着你的。你会看吗?

莫伊拉姨母:当然,我会用我的水晶占卜碗看的。我可不想错过我的小宝贝的第一次训练圈。

劳伦走进纳特在杰米家的房间,两只手里各拿着一品脱本杰瑞冰激凌。"有时间同我聊聊?"

"你,还带着冰激凌?随时欢迎!"

见到纳特如此愉悦的表情,劳伦内心有些愧疚。"对不起,我们最近都没有时间好好聊聊。这几天真的太疯狂了。"

"劳伦,那是我们来这里的原因。我知道你还有许多事情要做,而且时间又不够。我很好,我昨天同内尔还有她的女儿们一起去远足旅行了,珍妮姨母今天晚上会同我练习瑜伽。"

纳特连杰米的名字都没有提到。劳伦打开冰激凌的盖子,把其中一个递给纳特。"你什么时候同珍妮姨母想出这个早晨练习瑜伽的点子的?"

"实际上,我们在这里吃的第一顿晚饭的时候。我在帮她把摄影机装到她车里的时候看到了一个瑜伽垫。我觉得十秒钟后我就已经同意教那堂课了。她可不是随便胡闹的人。"

她还要确保纳特在这个巫师家庭待得习惯。谢谢珍妮姨母。"你应该试着让她做你的导师。你那堂课上得很好。阿尔韦恩也很逗。她不断向我发送你像椒盐脆饼一样扭曲身体的图片。他喜欢你。"

“我也喜欢他。真的很难不喜欢。”

“他同杰米看到的未来的那个孩子有多像？我看到的那些东西都像摁了快进键，所以我也不是很清楚。”

纳特停下来，勺子刚到嘴边一半：“非常像。”

“你觉得那一切怎么样？”

纳特拿着勺子在她腿上随意敲着：“你认识到今天的瑜伽课了么？”

“认识到？”

“这是杰米预知中的一个场景——早晨草地上的瑜伽课？我看到了我穿的那件无袖衫，我今天早上做的拜日式瑜伽。都不太像是我平常的做法。”

劳伦试图想起杰米的预知的部分，“不是先跳舞的么？”

纳特吃了一口冰激凌然后笑道：“是啊，昨天晚上就发生了。”

劳伦扬起眉毛。

“你记得杰米预知中那个大大的圣诞节场面么？”

“那个你被一大群人包围的场面？”

“是的。就是在内尔的房间里。我们昨天远足回来的时候恰好路过。她的三胞胎——其中一个在杰米的记忆中同我坐在一起。”

劳伦想杰米应该知道的。她还试图给她的朋友找点回旋的余地。“那很简单，纳特。也许我们会在圣诞节或什么时候回来。”

纳特摇摇头：“我不这么觉得。还有吉尼亚——那个坐在我旁边的三胞胎之一——还穿着吊带。我觉得像是今年圣诞节的一个场景。我觉得这个如果是真的，一切发生得都太快了。”

纳特在接下来的一两年就结婚有孩子了？劳伦顿时觉得有点羡慕嫉妒加空虚孤独。“纳特，那可不是小事儿。你确定你准备好了么？”

“我这一辈子都在等着有这样一个家庭。你记得我们来这里吃的第一顿晚饭吗？每一个人都那么友爱。”纳特将手插在胸前，“我都怕把杰米带到我家去。”

劳伦想，纳特总是如此平静，有时你都忘了她的心里还住着一个伤心的小女孩。内尔同杰米的家庭对纳特来说有无法抵抗的魅力，那种亲密，那种爱，那种纳特从来没有过的吵吵闹闹的家庭。纳特很快也会成为其中的一员，如果现在还不算的话。杰米，你最好能好好照顾她。

也许他现在已经在开始照顾她了。“他是个好男人——我喜欢他。你们差点跳过了跳舞的那一段？快说。”

纳特突然脸又红了。“没什么大不了的。我们昨晚出去走了走。在沙滩上跳跳舞，散散步。”

“你同一个大帅哥在沙滩上散步，还没什么大不了的？真有你的。你吻他了么？”

“那倒没有。”

劳伦笑起来。“我们多大了？12岁？”

“发生什么事情了？”

纳特的脸更红了，像绽放的玫瑰。“他吻了我。”

“我们什么时候说到接吻会脸红了？”“从杰米和他的吻开始。我都不知道怎么说。你不是会读心么？你就读不出我对这事儿的感觉？”

“可不是那样的。我们不可以打探别人的隐私。”

“如果有我的允许就不算打探隐私了。我可没有什么要藏着你的。”纳特笑得东倒西歪，“就把它当成训练吧。”

劳伦进入她的中心然后开始专注起来。联系很简单，因为纳特一直是她最好的朋友。劳伦很快小心地进入了纳特的外层大脑，然后更深更深。她在那里呆了一会儿，慢慢地出来。

“啊，纳特。”她眼里的泪水说明了一切，“真的那么重要？”

纳特点点头，猛地擦了擦眼睛。

天，杰米在那个洒满月光的沙滩上肯定做了什么。她最好的朋友爱上了一个巫师。

CHAPTER 14 第十四章

咖啡馆外面满是想要吃早饭的人。珍妮姨母说这地方对旅客来说是镇上早饭最好吃的地方。当服务员把盘子放在劳伦面前的时候,她闻了闻培根和鸡蛋,什么都要点双份。她真的快饿死了。

珍妮姨母说:“你还需要更多一点的训练,然后好好维护那些起作用的屏障,就不会这么想要吃东西了。起初的时候是很消耗精力。”

“我像个小孩子一样吃东西。”劳伦试着不一口把鸡蛋吞下去。“当然,它们的存在就是为了那个。我昨天吃了一品脱冰激凌,我今天也不想苦修。”

“你同纳特好好谈了,对不对?”

“你从我脑海里知道的,还是从她那里?”

“都不是。我都63岁了,我可以用我的眼睛看。我都不需要用意念就知道你俩之间有多亲密,或者纳特同杰米之间有什么故事。问问发展得怎么样了是不是有点八卦?”

“好吧,你昨天也看到他俩之间那点儿事儿了。他真的拥有了她。我觉得他们是双方都对彼此有好感的。我喜欢杰米,但是——”

“纳特是你的姐妹。”

“是啊,她是。我的父母都很好,但是当我爸爸退休后,他们就搬去佛罗里达了。纳特就是我的家人,我不想什么不好的事情发生在她身上。”

“是个男人就能想都不用想地把事情搞砸，但是非得说点宽慰的话的话，我觉得杰米至少不能像纳特那样纠结。对她来说可能是个巨大的转变，但是她是我遇到过的最专心的一个人。”

劳伦听到有人夸她朋友她很开心，但是她还是很担心。“她是，但是她也有心，也有向往，有梦想。她的家人可不怎么好，你的家庭又真的很棒。”

珍妮姨母轻轻地摸着她的手：“你是觉得我们容纳不下她么？”

“不是。我是担心如果事情不像杰米预知所看到的那样发展，纳特会有多伤心。我们过几天就走了，我都能感觉到是把她拽到了另外一个方向。”

珍妮姨母说：“她的瑜伽室在芝加哥。”

“是的，我们从大学开始就建立的生活也在那里。她的瑜伽室就像我的沙发，也是她的中心。”

“我们都会担心我们所爱的人，但即使我们是女巫，也不能挥个魔法棒就让一切变容易。他们都不坏，会有办法的。”

劳伦希望如此：“纳特值得拥有一切。”

“那么我希望她可以得到她值得的那一切。你对下周回芝加哥怎么看？”

劳伦看看咖啡馆周围：“我几天前本就可以这么做——在一群人中像这样坐着。似乎还是在起作用，但我现在可以坐在这里，吃早餐，聊天，所以我觉得还是进步了。”

“你真的进步很大。你最基本的屏障很坚实了，但是我想你在进行这个的时候继续训练。下一步就是让你能够控制，能够让你想要的东西进来，当你想要的时候，没有其他。那是你在家的时候也要坚持练习的。”

劳伦觉得自己才刚刚开始就要离开自己的导师单独训练真的有点恐怖。“我确定如果不是你，我后半辈子就得在人群中担惊受怕了。我真的不知道怎么感谢你。”珍妮姨母看起来很高兴。“杰米本可以帮你，但是我想我们进展快点。我从来没有试过远距离训练某个人，但是我觉得我们可以想出一些办法。而且也能让你技巧大有长进。”

“但是,你不得不回来。我想看着你打败阿尔韦恩。真的很难得,我很享受在前排看着你把你的红色小车穿过他的屏障。”

“他还是一个连鞋子都会穿反的孩子,但是他却拥有如此强大的力量,这一切我真的很难想象。我会想他的。我都没有同小孩子待过,但是他真的很可爱。”

“如果杰米的预知真的成真,你有天会是他名誉上的姨母的。”

劳伦吃了鸡蛋。一次一个小巫师就够了。

“杰米叔叔,你会同纳特结婚么?”吉尼亚害羞地笑道,她新买的吊带闪闪发光。

天,杰米想,三张相同的脸正期待着他的答案。这问题还真没有什么好答案,尤其是当事人正在你的旁边吃着薯条。

他手越过桌面,偷了吉尼亚的薯条:“我觉得等你长大了我就可以娶你了啊。”

吉尼亚咯咯地笑:“我们喜欢纳特。你可以娶她,我们没意见。”谢伊同米娅都点头同意。

“结婚可是件大事。需要花时间决定的。”

谢伊,通常情况下都是三个家伙中最捣蛋的。“嗯嗯,爸爸妈妈可不是——他们一见钟情可花了不到两分钟。爸爸总那么说。你和纳特认识可不止两分钟了。”

纳特偷了杰米的薯条:“听上去似乎是个不错的故事。你的父母是怎么认识的?”

纳特真是帮了他一个大忙,三个八岁大的孩子问自己那样的问题,杰米真心要爱死她了。杰米很清楚这个故事,他只是等着看纳特的反应。

“好,”米娅开始讲故事了,“妈妈为巫师王国写代码。真的很酷的一个游戏,你玩游戏的时候可以把自己当成女巫。你也可以在线玩。而且网上有很多不同的级别,如果你是真的女巫,还有很多特殊的级别。”

吉尼亚接着讲。“如果有新的玩家加入，这个游戏会给妈妈发一封邮件，那样她同杰米叔叔就可以去看看，确认他们是合理的。”

“我觉得你想说‘合法’。”杰米更正道。

吉尼亚点点头。“是啊，合法。那就意味着你是个好巫师，你没有作弊。”

谢伊接下来讲道：“她去看那个新巫师玩。他真的很棒，有很多很好的咒语。那给妈妈留下了深刻的印象。所以妈妈看了一下他的施咒代码。”

杰米解释道：“有力量的人可以混合电脑的代码，然后创造一个网上世界。”

米娅点点头。“妈妈和杰米叔叔为那些级别写了很多代码——他们真的很擅长编写代码。我也还好，但是我不能施咒，因为我不是女巫。”

“那是好事情，要是你们三个都会，我们永远赶不上你们了。”杰米说道。他靠过去，朝着纳特高声低语道：“她们可比我同内尔八岁时好太多了，但是我可不能告诉她们。这样她们容易骄傲的。”

三个都咯咯笑起来。“那是基因。”米娅说道，“妈妈告诉我们了。”

杰米说：“继续讲故事。”

吉尼亚理了理头绪。“所以妈妈在读那串代码——她可以那样做，因为她是老大。然后妈妈发现他的那些代码根本就不算真的咒语，而是真的代码。那真的是太奇怪了，如果他不是巫师怎么会写出那么好的代码，而且没有用一点点魔法？”

谢伊从椅子上跳起来，准备进入高潮部分。“妈妈进入了游戏，开始挑战那个家伙。她想看看他到底有什么本事。他们鏖战了一个小时，妈妈还是无法打败他。所以，她让他去她的办公室。”

“我们在找一个新的程序员，”杰米说，“她觉得他应该合适。”

三个家伙交换了一下眼神，最后决定让吉尼亚来讲完这个故事。“他去了妈妈的办公室，妈妈发现他不是什么巫师，而是通过自己的努力到了巫师王国的高级别。以前从来没有人做到过。”

纳特看上去很吃惊，“他怎么做到的？”

吉尼亚笑道：“因为他是最会编码的人。他同妈妈较量的时候，妈妈是用魔法,还是不能打败他。所以,他们相爱了,相亲相爱。爸爸也在教我们写那些很酷的编码,某天我们也能同那样的家伙较量然后知道可不可以同他结婚。"

丹尼尔也是个很厉害的家伙,杰米想道。他的三个女儿也是很厉害的,而且进步神速。她们的爸爸看来是想让他的孩子们单身好长一段时间。

"所以,你的爸爸不是巫师,他是干什么的?"纳特问道。

"是的,他不是。"米娅回答道,"他只是一个受雇的黑客。他试过抢银行,偷取公司的数据,干那样的事情。公司雇他做坏人,如果他赢了他们就给他更多的钱,所以他经常赢。"

他也向他的三个孩子证明即使不是巫师,你也可以成为有所作为的人,杰米想道。特别是当自己的弟弟可能是几代人以来最强大的巫师的时候,那就尤为重要。

吉尼亚看着纳特,眼里满是崇拜:"看吧,有时候同那些不是巫师的人结婚也会很好的。"

这些小阴谋家们,杰米笑道。他还认为她们已经不记得先前的问题了呢。"有时候有的叔叔的三胞胎侄女们太狡猾了,他们不得不把炸土豆片全变成绿色的。"

三个人都摇着头看着他们的吃的:"杰米叔叔,那很恶心!"

每次都有效。有关未来的幻觉已经够烦人了。他可不想再招惹三个麻烦鬼。

劳伦同珍妮姨母在德比大街散步,星期五伯克利农贸市场的所在地,同时也是劳伦接下来要上课的地方。

珍妮姨母挑了一个很安静的时间,周围是一些家庭在玩耍,有许多小孩。劳伦努力想要适应这样的一个气候,你可以在二月里买生鲜农产品。那儿什么都有,从蘑菇到花椰菜到看起来很艺术的奶酪还有当地磨制的面粉。

“这儿跟芝加哥真不像!”劳伦说道,“真是好地方!”

“我过去常常到这儿来,每周都会拍一些图片。我觉得这里有形形色色的人。”

劳伦四处看了看。在芝加哥市中心,你可以看到很强的人文气息,但她还是觉得自己像个呆头呆脑的旅行者。“我可以相信。看看那两个在草地上玩的紫发双胞胎。”

珍妮姨母循着她的指引望过去:“就拿他们做下一个训练吧。今天下午,我们会要试试读外围想法。我想你将你的屏障稍稍放松,这样就可以看看今天下午谁会赢了。”

劳伦皱了皱眉:“那有点敏感啊。我怎么能控制我不会接收到更多的信息,或者其他人想要分享的信息?”

“我们的大脑都有层次。我们把最隐私的想法都很好地保护起来了。外围的通常都是一些我们愿意同大多数人分享的信息。我们也得尊重其他人——有时候你会进入到一个没什么层次的大脑,或者内容同你相关,除非你有很好的理由,你最好不要进去。”

“那听上去可没有那么黑白分明。”

“没有很分明。用力量的道德要求很少。我们会给孩子制定一些相对严格的要求,但是你已经是成人了,你自己得知道自己的规则。你找到那俩双胞胎的父母了么?”

“我也要那样做?”

珍妮姨母想起来:“不是,但是如果你可以找出来那最好。现在试试看。”

劳伦停了下来,把她的“圆顶”放下了一点,所以一些想法可以通过。那个做奶酪的工匠担心他的样品用完了。

有个小孩因为他妈妈给他买的花椰菜而不开心,但是她不知道是谁。她大脑里听到的东西同眼睛看到的东西真的很难匹配起来。

现在她找到他了。是那个穿着绿色卡洛驰拖鞋的小男孩。她把那个想法告诉了他妈妈,然后微笑着。他的妈妈没有打算把花椰菜给他吃——他本来晚饭是要吃胡萝卜的。

干得漂亮!珍妮姨母在她大脑里说道。“现在看看你能不能让那个小家伙的心情好起来。”劳伦伸向她的彩虹穹顶，抽出一条线，干净利落地把它伸向了小男孩大脑的外层。当他转向他的妈妈要胡萝卜吃的时候，她为她的小小胜利欢呼。

“真不赖啊，劳伦，大部分学生只会想要改变他的心情。那就很难做到了，更别说给他传递一个小想法。同样的效果，但是比用力量有效得多。我本来打算把那个训练留到今天后面一点的，但是我真的受不了这个讨厌花椰菜的小家伙。”

劳伦想想那个小孩，现在在他妈妈身边蹦蹦跳跳。“所以，感觉应该很不错吧，我想那很可能会让你着迷的。你怎么知道什么时候干预才好呢？”

“那就需要你自己慢慢琢磨了。大部分女巫在用魔法改变别人想法的时候都很谨慎。我更喜欢用光谱的另一端。我本可以走过去，同那个妈妈说句话，然后让那个小孩儿开心点。”

“力量对我而言就是另一种工具，能让那些看起来随意或者没有那么随意的好心来让这个小小的世界变得更美好。决定什么时候进行干预通常都是很难的，但是我觉得力量的存在肯定有其理由，就是要用它。你需要找到一种适合你用的平衡点，那种可以很有用但是又不会伤到你的。”

这就是这个拍了最值得记住的肖像画的女人，劳伦想道。她用力量改变世界。这需要记住。

劳伦继续她的搜索，看谁是那两个紫色头发孩子的父母。那位棕红色电话亭旁边的美女对一直跟她滔滔不绝讲话的男生感到厌烦。那家伙等不及想看到她全裸的样子。劳伦脸红了，从他的想法中退了出来。好吧，祝你好运了。那儿有很多对父母，父母总是担心着自己的孩子。她已经看到了很多小孩子的画面，但是都没有紫色头发。等等，等等。劳伦看到一群女人坐在长椅上，吃着萨莫萨三角饺。那儿，其中一位有两个孩子的画面在她脑海里。没有紫色的头发，肯定是刚出生不久的宝宝，或者太短暂还没来得及在她脑海中成形。

劳伦意识到她首先应该做的事情，慢慢地朝着那两个小家伙的想法靠近。是的，那个坐在长椅上的女人正是他们的妈妈。是的，那两个坐在长椅上的女人都是他们的妈妈。该死，珍妮姨母太狡猾了。

“你有一个很灵活、很有创造性的大脑，那会让你成为一个很有趣的女巫的。”珍妮姨母说道，“再说一遍，你做得太好了。我真的没有想到你能把她俩都找出来。”她朝着她俩挥挥手，她们笑了笑，朝这边挥了挥手。

“你认识她们？”

“对啊。今天下午的课，她们都会来帮忙。现在来见见我的女儿同她的家人。”

温暖的手摸着她的身体，劳伦慢慢地被弄醒了。醒过来时有双温暖的手抚摸着你真的是值得再回味。慢慢地想要手、唇、肚子的曲线，还有纠缠在一起的腿。天啊，杰米。

杰米？劳伦直直地坐在床上。她空空的床。窗户透进来的月光让她很清楚地看到她是一个人。

那个梦真的太真实了。同时真让人困扰。她对杰米真的不是那种兴趣，即便是，纳特也是她最好的朋友。他，太太太太不合适了。呃呃呃。

劳伦，住嘴，走开。杰米听上去像个生气的小孩。你的想法真心太明显了，大半个地球的人都能听到了。我现在很忙，你快走。

啊，天啊。不！劳伦将她的屏障重新加固。她看着床旁边的墙——这个隔着她房间同杰米的主卧的墙。真的？纳特同杰米？

现在她开始觉得有点搞笑了。她和纳特总是很亲密，但是那个有点过了。早上她得问问珍妮姨母怎么睡觉的时候把屏蔽立起来。好吧，她得问问纳特，然后探探她的口风，然后向珍妮姨母请教。

她肯定是睡不着了，劳伦朝厨房走去，泡了杯茶。她走下楼，发现珍妮姨母已经在那里了。水壶已经在炉子上，桌上还放着几块巧克力糕饼。

珍妮姨母说道：“我猜我俩都不想再回去睡一觉了。”

劳伦脸红着：“你也从纳特和杰米那里接收到那样的信息了？”

珍妮姨母笑道:“不,我是从你那里接收到的。我比你先醒过来,想象一个年轻男人的手在我身上对我来讲比在你身上更难让我相信。我丈夫很棒,但是那种新鲜感可没持续太久。”

劳伦脸红得更厉害:“天啊——我把我的梦也传递给你了么?不,等一下,那不是梦。我肯定是从纳特的想法里接收到的。”

“我想也是。通常情况下你俩又很亲密。你同他们又住得很近,所以可能就是那样。”

“我们明天把你搬到楼下来吧,然后给你用用水晶。白色月亮石可以在你睡觉的时候帮你立起屏蔽。虽然你能用咒语建立睡眠保护,但是水晶球现在来说是最好的选择。”

“我要学施咒了么?”

“只是一些简单的。我们目前都没有确定你是不是真的会施咒,所以我将教你一些所有巫师都会用的,你也可以在周一的训练圈上学到一些。训练圈内圈起大部分作用,但是外部的女巫同样要帮着施咒,还要做些保护。”

“我正打算问你呢。内尔聊天的时候提到了训练圈,我觉得索菲为了那个专门要飞过来。听上去很重要。”

“周一的那个完整的训练圈真的很重要。”珍妮姨母说道,“那将是阿尔韦恩第一次施咒整个训练圈,这在巫师世界总是一件大事。”

劳伦咬了第二块巧克力糕饼:“我真的不太懂那东西。”

“我知道。我已经问过莫伊拉,让她跟你谈谈。她比我知道得更多,也可以告诉很多相关的历史和传统,而且我觉得她也很想为你的训练做点什么。”

“谢谢你。我有时候觉得很迷茫,就好像我刚刚开始上学什么的。”

“不用担心,我们会让你赶上来的。对训练圈来说,外圈的作用很简单——爱和支持。纳特也会来。阿尔韦恩要你也去,对他来讲是个大日子。也许我们都该为明天做点准备,对你俩都好。”

好吧,劳伦想,如果杰米同纳特还不能让她保持清醒,那个能让阿尔韦恩紧张的巫师仪式真的就让她睡意全无了。看来还得再吃块巧克力糕饼。

CHAPTER 15 第十五章

劳伦:莫伊拉姨母,你在么?

莫伊拉姨母:孩子,我在。我听珍妮说你想听我讲讲有关训练圈的事情。

劳伦:她说那方面你懂得比较多,相关的历史和传统你也知道得比较多。我希望你能够给我讲讲周一晚上将要发生的事情。

莫伊拉姨母:我猜你是想对训练圈多些了解,好做准备是不是?我真的不敢相信珍妮在你连什么是训练圈都不知道的前提下就让你参加了。

劳伦:不是,我认为,我们今天晚些时候会有一些训练。

莫伊拉姨母:好。我就给你讲讲训练圈是做什么的,只是小规模意义上的。

劳伦:每个人在谈到完整的训练圈的时候都好期待。肯定是什么大事。

莫伊拉姨母:尊重只是一部分——尊重这个训练圈的传统,还有尊重为训练圈所产生的力量,尤其是一个完整的训练圈仅需的力量。历史上最有名的施咒通常都是靠一个完整的训练圈完成的,但是历史通常都不承认。

劳伦:真的吗?比如说?

莫伊拉姨母:嗯,一个完成的训练圈通常是由十四名巫师完成。按照顺序有个三人的组合,然后有引导人同施咒者。施咒者把整个圈子的力量集中起来最后成形。所以外人看到的通常都是施咒者而忽略了背后支持他的人。梅林最强大的魔法也是通过训练圈完成的。他是很有天赋的施咒者。

劳伦:梅林真的存在?

莫伊拉姨母:是的。有很多关于他的故事都不是真的,但是他真的存在,而且有很强大的魔法。

劳伦:那太酷了。

莫伊拉姨母:比如塞勒姆镇那次女巫搜捕中,许多无辜的巫师都被钉死了,还有一些是我们的姐妹。

劳伦:我不知道该说什么。突然觉得有点不自在。

莫伊拉姨母:确实是。那个训练圈并不能拯救所有人,但是许多篝火确实制造了有效的幻象。我们中最强大的施咒者和引导者就只是因为尝试就死掉了。

劳伦:我都不知道会那样危险。周一阿尔韦恩会没事的吧?

莫伊拉姨母:我很确定一定会有很强的保护措施的,但是像那样的魔法总会有风险。整个训练圈都很容易受到攻击,对引导人同施咒者来讲风险更大。珍妮告诉我你也许是引导人,所以你一定要明白这一点。

劳伦:听得清楚明白!

莫伊拉姨母:孩子,别只是害怕。许多强大的力量也会带来强大的机遇。许多时候我们的世界真的需要强大的魔法。

劳伦:周一的训练圈会做些什么?

莫伊拉姨母:我也不是很清楚。那最后得由阿尔韦恩决定,但是我觉得其他人也会有些想法。对第一次施咒的人来说,最后成形的东西往往比较简单。跟许多完整的训练圈一样,最初的目的都是用来练习和服务整个群族。

劳伦:群族?

莫伊拉姨母:我的魔法不是很强大。在训练圈里,我同十三个其他的巫师共同分享力量。那种经历真的无与伦比。同阿尔韦恩一起施咒的这十四个人都有可能在历史上赢得一席之地,如果那家伙真像我们所期待的那样成长的话。也欢迎你加入那样的一个群族。

劳伦:我能说实话么?我真的还是不确定自己是不是属于这个群族。我在芝加哥的生活也挺幸福,我觉得这里的一切我都无所适从。

莫伊拉姨母:给自己一点时间吧。你只有几天的时间去想这一切。你的心会知道怎么做的——给点时间。带着开放的思想去试试训练圈。对你没有要求,只是邀请。有一天,你会进入到圈内,现在,你只是有机会去体验一下成为其中一部分的感受。外圈是一个很特别的位置。

劳伦:现在你让我想哭了。谢谢你。我觉得自己压力有点大。

莫伊拉姨母:你有很强大的力量,那会有相应的责任。这个魔法群族会对你有更多的期待,更大的希望,但是不是今天。今天,我们只是想让你学习一下,你也做得非常好。

劳伦:让我多知道点吧。多给我讲讲有关训练圈的事情。

莫伊拉姨母:训练圈十四个人组成。每个训练圈遵循着的传统略微不同,这完全取决于女巫家庭同参与者的喜好,但是许多因素都是一样的。

劳伦:所以会有几个魔法家庭?内尔同杰米的完全就是一个,你在新斯科舍的算一个。

莫伊拉姨母:经历过塞勒姆的大灾难之后,许多巫师都聚集在一起,定居在一些地方。最大的在新斯科舍和伯克利。其他的在新奥尔良、阿巴拉契亚、西海岸的一些岛屿上。这些魔法家庭都不仅仅靠血缘联系的,他们欢迎任何愿意加入的人。我们在新斯科舍就有几个不是靠血缘联系起来的女巫。

劳伦:但是不是所有巫师都那么做,对么?索菲就是没有。

莫伊拉姨母:也有许多巫师选择住在别处,但是通常都会赶过来参加完整的训练圈,或者是节日的庆祝活动等。索菲经常到内尔那儿去,或者到新斯科舍来。她还是个孩子的时候就经常待在这里。我们总是非常欢迎她的到来——现在她来的次数少了。

劳伦:我也希望见见她。我也希望有天能见到你。

莫伊拉姨母：孩子，如果真是那样的话，我会很开心的。

劳伦：不好意思我问了这么多的问题，我知道本来应该你给我讲讲训练圈的事情的。

莫伊拉姨母：因为你是美国人。在爱尔兰，就是我成长的那个国家，聊天总是很隐晦。有时候直来直去反而知道得更多。但是，你有权利那样做——如果我不多告诉你一些，珍妮会骂我的。在训练圈的外围会有一些仪式，我不想透露太多。你只需要知道那些是用来清理空间和让参与者静心的，让大脑同渠道都充分开放。

劳伦：听起来像纳特的瑜伽课。

莫伊拉姨母：是有很多相似的地方。最后组成内训练圈，然后三人组会聚集在一起召回基本元素，一旦训练圈有了基本的力量，其他的力量就会接踵而至。但是大多数情况下都只会是基本元素。

劳伦：所以在那个训练圈里面用不到意念魔法？

莫伊拉姨母：通常不会。许多意念女巫只是起监视的作用——在圈子外面，然后照顾好圈子里面的巫师。通常情况下需要经过训练才能扮演那样的角色，但你既然也有引导方面的天赋，我觉得你应该很适合那样的角色。

劳伦：引导人到底要做什么？

莫伊拉姨母：一旦这个圈子收集到了足够的力量，引导人就会把力量传递给施咒的人。

劳伦：然后施咒者就开始运用魔法了？听上去好像很简单。

莫伊拉姨母：你真逗。真的很简单，但是也很麻烦。我真的很想听听你对第一次训练圈经历的看法。

劳伦：我答应你，我会尽快再同你联系的。

莫伊拉姨母：一定要。真的还是有点奇怪，我真的觉得你知道得这么少却有机会经历是很好的事情。祝你好运。

劳伦躺在杰米后院的草地上，手里拿着索菲给的祖母绿水晶。希

望它能派上大用场。她的头痛得好像被三百磅重的东西压着一样。

训练圈对其他人而言很明显很难。阿尔韦恩躺在她旁边,对一个四岁大的孩子来说,躺着一动不动太让人吃惊了。

珍妮姨母说:“对不起,劳伦,我知道这有点强人所难。但是我觉得我们没有找到合适的联系,我确信我们肯定哪里出了错。”她望着内尔同杰米,希望他们说点什么。

杰米把巧克力棒塞进嘴边:“我觉得问题可能出在劳伦的力量源上。通常情况下引导人都是基本元素魔法巫师,所以他们可以用不同的方式引导力量。内尔同我都知道怎么同一个基本元素巫师引导人联系,但是同意念女巫情况就不一样了。”

“嗯,艾得力克周一会在场。”珍妮姨母说道,“他是现在西部唯一一个意念引导人了。”

杰米摇摇头:“他有基本的魔法,他还是会通过与劳伦不同的方式联系的。”

劳伦接过杰米递过来的两块饼干,给了阿尔韦恩一块。听这么有经验的人讲搞不清楚状况真让人担心。

她知道他们真的用尽办法想把圈子的力量级降到最低,但是她作为引导人就好比当水都全速涌过来时她把消防水管插到USB线插孔一样。阿尔韦恩也想帮忙,但是都不行,两个人任何一个泄露力量都会消耗他们的能量。

劳伦试着思考。杰米说她需要用不同的方式建立联系。或者也许……问题出在顺序上。

想到这儿,劳伦坐起身来:“为什么要先让我联系整个训练圈再加入阿尔韦恩呢?为什么不反过来先加入他,我再加入,然后再加入其他人?我觉得自己肯定掌控不了那么多的力量。我需要先找一个地方放那些力量。我们做猫女的时候他已经等在那儿准备接受我做的一切了。”

内尔陷入了深思:“这真完全倒过来了,但是听上去挺有道理。我们都有基本元素魔法,但是你是唯一一个没有任何基本元素魔法的引导人,所以这些理论你都不能掌控——但是你能指引。”

珍妮姨母点点头:“捎带一下,我也有些不一样的建议。我也是受基本元素力量的牵引,但是这次我打算分享我的意念力量。”

“好主意!”杰米说,“把它弄成一个劳伦可以掌控的力量组合。或者把它弄成一种更容易让她指引的力量流。”

每个人都紧紧握着手。这次,劳伦先将渠道传送给阿尔韦恩,感觉这种熟悉的联系已经就位了。她只是集中精力,然后把她接下来要做的事情视觉化了。

她开始将彩虹般明亮的卷须小心翼翼地伸出她的穹顶,她朝所有人都招手,示意他们聚到一起,一个漂亮的网覆盖了她的整个屏障,在她同阿尔韦恩的联系周围安顿下来。

现在需要加入训练圈了。她将那些卷须视觉化,开始往外伸,然后寻找可以稳固下来的地方。慢慢地,她把一把卷须伸向珍妮姨母。

希望她已经认出了这是他们意念魔法训练的改良版。

当看到珍妮姨母的意念力量开始往外延伸的时候,劳伦有点小开心。他们把那同她的彩虹线缠绕在一起。就跟圣诞节的时候点亮圣诞树一样。劳伦可以看到阿尔韦恩在脑海里点头同意。“下一个是我”,他发送的讯号。

劳伦有点困惑。一会儿,她看到他的亮如星辰的基本力量正向她的网靠近。她很确定施咒者是不应该往训练圈里加魔法的,但是在这个时刻,也无处可去了。慢慢来,她警告他,慢慢来。

他的力量慢慢减弱,她又伸出了几根线。慢慢地缠绕在一起,接下来劳伦看到阿尔韦恩的力量在她的线上逐渐变大。整个网都跳起舞来。力量在唱歌,她能很清楚地知道他与她现在将一部分力量联系在一起了。

珍妮姨母轻轻地推了一下她:孩子,快去找其他人的力量,你做得很好。劳伦将线递给杰米,然后是内尔。两个有经验的施咒者,同她联系的时候只有小小的波动。

“我准备好了。”她将讯号发给所有人,并加大力量。

劳伦从她的大脑中心静静地观察。就好像坐在太阳中间。力量在旋转跳舞,很明亮,从训练圈里出来,在她同阿尔韦恩联系的通道里爆炸开来。天,他只有四岁,怎么有那么强大的力量流。

“相信他,”杰米的意念声音说道,“你刚刚给了他最好的礼物。以前没人能够引导他现在掌控力量的一星半点。现在让我们看看他会做些什么。稳住。那就是你需要做的。”

劳伦把注意力全集中到光亮照射着的阿尔韦恩。她感觉到他在指引,在让它成形,也感觉到了他在做这一切时的压力。

当阿尔韦恩完成了施咒,准备释放咒语的时候,她的网中闪过不太可能的光。劳伦觉得自己的灵魂都飞起来了,其他四个也一样。

光线在永恒的碧蓝天空舞蹈。她是海鸥、回旋飞机、俯冲的老鹰或是随风摇摆的树叶。

“孩子,快回去。”珍妮姨母慢慢把劳伦引到了她大脑的中心。

劳伦都不确定她到底花了多长时间才感受到握着她的手,空气从她的肺部进进出出,清风拂面。慢慢地,她睁开了眼睛。阿尔韦恩高兴极了,从他身体里散发出来的力量仍然很明显。

杰米是第一个开口讲话的:“我觉得没人会相信我们刚刚干了什么。”

劳伦非常震惊,不仅仅是困惑,是深深地震惊。“我真的不知道发生了什么,阿尔韦恩,你到底施了什么咒语?”

很明显她很高兴。内尔、杰米同阿尔韦恩都笑起来。珍妮姨母让他们安静下来。“劳伦刚刚接触魔法。孩子们。看下面。”

她往下看,握着杰米的手握得更紧了。他们离地大概有五英尺,飞在空中。天!“阿尔韦恩让我们飞起来了?”“我让你飞起来了!”阿尔韦恩大叫道。

“劳伦,你难道没有感觉到我们飞起来了么?”内尔问道。

劳伦慢慢地点了点头:“我感觉到了。这是我感受过的最美妙的事情。但是为什么我们的身体都在空中呢?”

“我让他们飞起来的。”阿尔韦恩好像准备随时让他们着地。

“我还以为都是我自己想的呢。”劳伦突然对碧蓝的天有了更清晰的记忆。她看着地面,依旧紧握着杰米的手。“等等,我们的身体真的飘起来了?真的?我们是不是可以比这飞得更高?”

内尔、杰米同阿尔韦恩又笑了。珍妮姨母再一次制止了他们。“劳伦，你是不是觉得我们飞起来了？”

“是啊，我觉得是我们大脑飞起来了，我们的灵魂，感觉好极了。”

珍妮姨母朝她笑笑：“真好。有时候我们能把灵魂同肉体分离，但是那种是很困难又危险的事情。”

天啊！我要吃冰激凌。她的大脑真的计算过珍妮姨母正在说的话。“等一下。那样岂不是很危险？我们要是摔下去怎么办？”

阿尔韦恩慢慢地把他们放下来，看上去很担心：“劳伦，我是不是吓到你了？我没有想吓你。我觉得一起飞会很好玩。”

那是她这辈子最美妙的时刻，给她那样时刻的人却在说抱歉。（嘴唇在微微颤抖）

“不，不是的。”劳伦抱着阿尔韦恩，“那是我这辈子做过的最好的事情。真的是很美好的事情，我都不知道该想什么了。你没有吓到我。谢谢你让我飞起来——那是最美妙的魔法。”

小孩子还是挺好哄的。

劳伦看着其他人交换了一下眼色：“怎么了？”

珍妮姨母说话了：“劳伦，我们想让你加入训练圈，是周一晚上那种的缩小版。”

“对。”劳伦说道，“所以阿尔韦恩可以练习，我也可以看到训练圈到底是什么。”

“是的，”珍妮说道，“所以我们也可以测试一下你的联系天赋。”

“我们不是已经做过了么。他可以让我们飞起来，很明显还是有点用的。”

内尔笑起来：“劳伦，那是我这辈子最美妙的一次魔法经历。”

杰米点头同意：“我们感受到了从未感受到的力量。一大部分来自阿尔韦恩。那也真的增强了他的力量。”他挠着阿尔韦恩的头，“好家伙，你怎么做到的？”

“我有力量，但我需要她稳住，所以我才可以施咒，”阿尔韦恩说道，“虽然我不知道放在哪里，但是我觉得劳伦的网很漂亮。”

内尔看着劳伦：“大多数施咒者都不能让他们自己直起身来，更别说为整个训练圈贡献点力量了。”她提了提阿尔韦恩的下巴。“干得不错,宝贝！不要忘了你也需要完成咒语。劳伦是对的——我们可不想因为你筋疲力尽而从空中摔下来。”

阿尔韦恩翻了一下白眼:“妈妈,我知道。”

珍妮姨母轻轻碰了碰他的脚趾。“鉴于你在训练圈破裂之后还让我们在空中飞了那么久,你的精力还很充沛嘛。但是,不仅仅只有你出色哦。”她看着劳伦。“那是我见过的最有创造力的联系了。”

她说话的语气让劳伦觉得有些不安。

杰米点点头:“你真的把那些力量控制得很好。现在回想一下,我们在没有监视的情况下就进行训练圈训练真的是疯了,但是我们真的没料到事情会发展成这样。只有三分之一的人有过掌控训练圈的经验。你要不是其中一个我就把我鞋吃了。”

内尔戳了一下杰米的肋骨:“老弟,你什么都吃。但是我同意你说的。我俩已有过成百上千个训练圈的施咒经验了。劳伦,你掌控那些力量真的很厉害,而且很清晰啊。我觉得我没有见过你这样做。”

“她有很强又很灵活的屏蔽,”珍妮姨母回答道,“我相信她能用它们来作为传递整个训练圈力量的介质。”

劳伦觉得这个谈话好像是有所指引,但是不知道指引向何处。但是她越来越觉得不安。

阿尔韦恩很明显知道是什么:“她做我的引导人?”

珍妮姨母慢慢地点点头:“我们正是这样想的。你俩在一起也很默契。你也需要同其他引导人一起,但是我觉得周一你俩比较合适。虽然计划不是这样的,但是今天的一些小展示让你们赢得了在一起试试的机会。”

劳伦很高兴她终于落地了。“你们要我联系整个训练圈?”

“耶!”阿尔韦恩跳到她的大腿上,“劳伦,也许我们可以把整个天空变成猫女。”

“现在倒是有一个值得试试的咒语。”珍妮姨母冷淡地说。她看着杰米:“你有其他的想法么?”

杰米耸了耸肩:“嗯,你不喜欢猫女?”

劳伦的胃里突然打结一样，看来她已经心甘情愿接受自己女巫的身份了。一个善良、平凡、一般般的女巫。引导阿尔韦恩的第一次完整的训练圈可不是一般般。她终于明白同这个小家伙联系在一起的事情就普通不了。

珍妮姨母轻轻碰了一下她的肩膀，静静地说道："你才不普通，不管是作为女人还是女巫。你有很强的意念力量，你现在知道你也可以是位很好的引导人。"她温柔地笑了笑，"当然，我们可能本应该从猫女事件中就看出来的。"

"我上周三之前都还不是女巫。"劳伦说道，"我不知道该怎么掌控。"

"你其实一直都是，只是你一直不知道。"

CHAPTER 16 第十六章

周二早晨,内尔站在劳伦的房间门外,手里拿着一品脱冰激凌同三个勺子。她希望冰激凌可以成功地让她展开比较私密的谈话。

她敲了敲门,纳特给她开了门。

"内尔带了礼物来。"纳特边说边站在旁边让她进来。

"当妈妈的不是都不让在午餐前吃冰激凌?"劳伦问道。

内尔递出勺子:"我有三个女儿——对于巧克力冰激凌她们随时可以吃。楼下还有一品脱。在一个很安全的地方,我把它藏在了一些豆子下面。"

劳伦看了看她:"你是不是想要什么东西?"

不止一样东西。"我只是想来看看你们。自从昨天完成了训练圈以后感觉怎么样? 还好么?"

那可不像是第一周开始训练的女巫该干的事情。

劳伦望着她的勺子发了好长一阵的呆:"有点喘不过气来。就在几周前,我还在带着新婚夫妇看房子。现在我都同一个四岁大的孩子靠着基本元素力量飞在半空中了。"

内尔点点头:"对我们所有人来讲那确实有点让人喘不过气来。"她顿了一下。"我都没想到你会成为阿尔韦恩的引导人,但是看上去你是很有可能做他引导人的。我想告诉你力量控制可能会平缓一些,但是也可能不会。要是你做他的引导人估计情况会有很大变化。”

劳伦皱了皱眉头。“我觉得珍妮姨母说过他也会同其他引导人一起试试的。”

“她是那么说过，他也会这么做，也有可能他同其他人也一样有效地联系，但是老实说——经历过昨天的事情——同别人一样有效联系似乎不太可能。大多数施咒者都更喜欢与同一个引导人联系。”

劳伦看上去真的很不自在，内尔在纠结着要不要继续。毕竟她是阿尔韦恩的妈妈。不管劳伦是不是刚刚成为女巫，如果劳伦要成为她儿子的引导人，那么就有些事情必须要让她知道。

“施咒者依靠引导人让力量流保持稳定，是责任重大的事。如果你昨天稍微有点闪失，我们就可能从半空掉下来，阿尔韦恩的渠道也会严重受损，甚至情况会变得更严重。”

劳伦脸色变得苍白，但是还是无法同纳特的大怒相提并论：“我以为只是一个很小的训练圈，你们到底在干些什么？”

内尔自己也有些生气：“我的宝贝差点有危险。你觉得我会故意那么做？甚至会同意那样的想法？我们都不知道，纳特——我们都不知道。”那真的是奇迹般的经历，但是也会给她留下好几周的阴影。

她深深吸了口气，试图解释：“阿尔韦恩往训练圈加入了力量，那本不应该发生的。那就意味着我们三个——珍妮姨母、杰米同我——都不能控制那些力量的流向。”

她转向劳伦：“你们两个对自己的角色都不是很了解，所以你们不知道自己是骑虎难下。我们昨天都只能稳住，跟着力量控制走。因为打断咒语会比让它继续更为凶险。”

该死，她儿子用他的小手指就把那个咒语扭曲了，还让它唱起歌来。那种骄傲感让内尔几乎变得有点儿目中无人。“它完全在阿尔韦恩的掌控之下。杰米同我已经经历过成百上千次训练圈，要是他失控了我们是会知道的。”

她突然停下来。为什么会有种抽泣的感觉？“他从来没有弄过那样的咒语，我的小宝贝，但是昨天他所做的真的是我见过最印象深刻的一次。”

纳特在内尔床边坐下，抱着她的肩膀："你肯定很骄傲。"

内尔也靠过来："也把我吓得半死。"

她看着劳伦："我不想给你压力，但是我觉得你需要知道。如果你是阿尔韦恩的引导人，那么对他的安全就负有很大的责任，对其他人也是如此。你需要很好地运用你的技巧，并且要多训练。会有许多人帮助你，但是这一切只能依靠你的决心才可以。"

劳伦看上去真的很沮丧："内尔，我能怎么做？我住在芝加哥。我只是在我可以的时候回到这里训练，但是我现在都不能很好地控制我的意念。谁会把那样的责任放到一个新人身上？"

内尔想要辩驳，但是还是选择了坦诚："那也不是我想做的决定，也不该由我做决定。"

当劳伦动摇时，脾气往往相当好："我也不确定我是不是该做那样的决定。我没有想过要这个。"

"我知道。"内尔深深吸了一口气，"对不起，我来这儿并不是想要让你难过的。你同阿尔韦恩昨天做的事情真的很对，即便是没有任何准备。"

"你是来警告我的。"

"我来是因为我觉得你需要知道。大多数引导人都觉得这是件很荣耀的事情。"

"内尔，我了解这个东西才几天。我觉得我一半的联系经历都是同那晚可爱的猫女幻象有关。我真的没有准备好。"

内尔把冰激凌递给劳伦："我没有想过让你恐慌。我不是说下周你就需要把一切都学会。我们都知道你的生活在别处，我们也会尽可能尊重那一点。你能来的时候就来，你能训练的时候就来训练。训练需要时间，没有人会在你没有准备好的时候逼你的。"

劳伦的眉毛上扬："啊，真的吗？"

她说得有道理："嗯，当然不是故意的。同阿尔韦恩一起的一个挑战就是他经常做一些超常的事情。"

"难道没人觉得明晚的训练圈他也许又会那样做？"

内尔试图不让她的担忧流露出来："可能吧。"

劳伦严肃地看着她:“为什么你——为什么任何一个人——要把我放在明天的训练圈做什么引导人?”

内尔内心搜索了一番:“两个原因。第一,你俩是我见过的最佳拍档,不管有没有在训练。”她顿了顿。天,把这交给一个新人真的很疯狂。

纳特握着她的手:“那另外一个原因呢?她需要知道。”

内尔咽了一口气:“因为你也爱他。就像他的妈妈一样。我想让阿尔韦恩同一个能尽可能保护他安全的人一起。”天,拜托了。

劳伦好像听到了内尔的想法一样,她坐着问道:“对他来说那是最大的挑战,也是最大的风险,是不是?”

“是的。历史上,许多很有天赋的巫师都不长寿。如果我能做些什么让那个不要发生,我一定会做——即使那意味着把你这样的新人吓到。”

劳伦沉默了一会儿:“我一直坐在这里为自己感到难过。我会很高兴记得我不是唯一一个受到如此大打击的人。”她握住内尔的双手。“我真的爱他,我会尽自己最大的努力保护他。”

同别人分享孩子真的很难做到,但是阿尔韦恩做了一个很好的选择。是时候让劳伦走出高压了。“谢谢你。我愿意同你分享我的另一品脱冰激凌。”

“我去拿。”劳伦站起来,笑起来,“但先不要开始你第二部分的训练。我可不想看着你把纳特吓死。”纳特疑惑地看着内尔。“什么是她知道而我不知道的?”

内尔笑起来。“有时候不会读心是不是也挺糟糕?你对你最好的朋友突然成了女巫这件事怎么看?”

“我猜你真正想问的是同一个巫师相恋是什么感觉。”

这个女孩真有种。“真的?”

纳特点点头:“我觉得是,你觉得那怎么样?”

这一天发生的事情可真的太令人难以置信了。“我真的喜欢你,但我真的不喜欢你住在芝加哥,如果杰米的预知正确的话,他可能会跟着你过去。”

纳特刮掉了冰激凌盒子里的最后一层冰激凌:“我们都不确定到底会发生什么。”

“但是你的瑜伽室在那儿。”

“是的,那是个很大的问题。劳伦也在那里。”

内尔看了纳特一会儿。她不是意念女巫,但是妈妈的直觉是一个很好的替代。纳特不是因为工作而想留在芝加哥,是因为劳伦。

“她是你的家人,我明白。杰米只是个大孩子,他是我的弟弟,我真的不想他离得太远。”

“我觉得你会得到比你认为应得的还要多的感激。”劳伦从门口说道。她把一张便条递给内尔。

干得好,姐姐。冰激凌不错——谢谢!

该死,内尔想,我以为她讨厌豆子。

珍妮姨母把她的车停在一个矮矮的混凝土建筑旁边,那儿还有一幅精美的壁画。

“是不是因为那个,所以你分心了?”劳伦问道。

“是的。你几天后就要走了,我们剩下的训练时间也不多。我觉得这次有双重责任——明天你先放松一下,我想向你介绍一下另外一位意念女巫同她所做的事情。”

“她是不是也会飞,还是有其他什么我应该知道的高风险活动?”

珍妮姨母笑道:“我不那样想。我的一个朋友开的这个中心。她是位很擅长移情术的女巫。”

劳伦看了看壁画。真的很抽象,全是色彩。“这壁画给我的感觉是在春天早晨荡秋千。你的朋友画的?”

“不,不是她,但是她绝对会喜欢你刚刚的描述。这是该作者对希望的描写。我自己的家里也有几幅这样的画。他的礼物总是很不错。”

“这画家也会移情术?”

“是的,”珍妮说道,“如果你喜欢,我可以安排你去拜访他。我也想让你看看意念巫师是怎样把自己的力量运用到他们的生活中的。我知道什么在困扰着你,你在想你回芝加哥以后该怎么办。”

劳伦耸耸肩:“所有的一切都是新的,对什么时候用魔法,用在哪里我都还不清楚。我从来都不是一个希望过复杂生活的人。”

“其实也不需要那么复杂,只是有时候你需要花些时间让它简单下来。来见见我的朋友塔比莎,听听她的答案。”

“她每个周日也都会工作?”

“也不是,只是一些孩子需要安静的环境,她就在其他时间也开放一段时间。”

“这个中心是什么性质的?”

“她帮助家庭——尤其是那些有孩子的家庭,有特殊需要的。如果一个小孩出生后不太寻常,那会给家庭造成裂痕,会阻碍家庭的爱、沟通与交流。她帮忙修复那些裂痕。”

“我觉得女巫是会懂得一点出生异常方面的东西。”

珍妮姨母抱着劳伦的肩膀:“我想我们是的。”

通向中心的门开着,一个美如模特的女人走出来。那肯定就是塔比莎了。“珍妮,见到你真是太好了!我都感觉到你来了。”她热情地拥抱了一下珍妮,然后握着劳伦的手。“我叫塔比莎,很高兴认识你。请进。我为我们留了些巧克力甜甜圈。”

珍妮姨母同劳伦跟着塔比莎进入了中心。来到一个很大的房间,但是看起来像仓库,还有点像蜂巢。家具、植物、低矮的墙、架子,一切都让这个地方看上去像一个个小空间,很适合小孩子玩耍。一个小男孩开心地在屋中间打转。

“那是雅各。”塔比莎说道,“转圈是他最喜欢做的事情之一。”

劳伦问:“为什么?”

塔比莎示意她们靠着低枕头坐下来:“为什么你不自己看看?”

“看他的想法?那好么?”

“是的。这儿的父母同家庭都用一些非正统的方法来理解他们的孩子。尤其是当他们知道我会一点读心术的时候。对于那些有特殊需求的孩子,家人一般都很难理解。如果我们能知道一点他们的孩子要什么,需要什么,感觉如何,那就好让联系更为紧密了。”

听上去有道理。劳伦看着那个转圈的男孩,他的父母坐在他旁边。她进入她的大脑中心,小心翼翼地同小孩的大脑连接起来。

他转圈的时候她能感到他近乎疯狂的欢喜。当他跌倒的时候,他觉得整个人都同地面紧紧相连。当那感觉消失的时候,他又重新开始转圈。

“那样让他同地面紧紧相连,我是说转圈让他同地面贴得更紧了。”她说。

塔比莎看上去很吃惊:“多说一点。”

“好吧,当他转圈的时候,他觉得那种感觉——风、颜色,还有旋转带给他身体的感觉都让他喜欢。”

塔比莎点点头:“同我从他那里接收到的一样。”

“当他跌倒的时候,他觉得脚下的地面尤为坚实。那是他最开心的时刻。当那种同地面紧紧联系的感觉消失后,他又会开始转圈。”

塔比莎看上去真的很吃惊:“你真会读心术同移情术?”

珍妮姨母笑起来:“她是,而且两个都很敏感。”

“嗯,她连我没有读出来的东西都读出来了。”塔比莎转向劳伦。“我的意念天赋基本上就是读心术,我可以捕捉到他的感受,但是我没有心灵感应,我不能从他的感觉中感受到图像,语言或知觉。”

劳伦试图想象这个小孩子的大脑,如果她只是能够读到他的感受的话。“所以你试图想把你感受到的他的感受的原因拼接起来?”

塔比莎看上去很高兴:“是的。那样的话我就能知道他跌倒后的开心程度,但是我觉得是因为跌倒,所以他又站起来继续转。”

“可能是。”劳伦慢慢摇摇头,“但是我觉得不是。我觉得这是个很清晰的时刻,在他跌倒后,他感受到了脚下坚实的土地。他站起来后那种感觉消失了——我觉得那就是他旋转的原因。他是不是经常转?”

“他醒着的时候总是这样。”

想想就够头晕的。劳伦又一次看着稚各。突然对一个小孩子觉得很有趣的东西有了新的定义和理解。

他踉踉跄跄地走向他妈妈,刚刚碰到她的大腿又从她的拥抱中逃脱了,又开始旋转。塔比莎的话又出现在劳伦的脑海中。这种特殊的需求会给家庭造成很大的困扰。这个孩子怎么能成天转圈呢?要怎么才能跟他聊天、喂他、抱他？

劳伦又一次进入雅各的大脑，随着他旋转、跌倒、又站起来。这次她更加确定。

“他旋转是为了贴近地面。不然就觉得自己太轻了哪里都贴不住。”

塔比莎的脸突然放光：“太轻了。对了。在这里等一会儿。”

她跳起来消失在一个劳伦之前没有意识到的门后。几秒钟后，她回来了，拿着一件救生衣。

漂起来似乎跟这孩子需要的恰恰相反，劳伦有点困惑。“你知道那是什么吗？”劳伦问向珍妮姨母。

“不知道，但是我觉得塔比莎应该是这方面的专家。你给了她一个重要的提升，我觉得她现在应该知道怎么帮助雅各了。”

她们看着塔比莎向雅各的父母说了一些话。她弯下膝盖，将小男孩儿抱入她的大腿，让他穿上救生衣，扣好。

出于好奇，劳伦又重新回到同雅各的联系中。他很焦虑——他不想被困住。当塔比莎把雅各从背心中松开的时候，她差点叫出来。他又跳起来，开始转圈。

然后他一动不动。劳伦觉得他的脑海中充满了疑惑。他被什么东西黏住了。他已经贴近地面了。慢慢地他走了几步看看是不是真的发生了奇迹，而且奇迹一直持续着。真的。脑海中像阳光一样灿烂。

塔比莎轻轻地握着他的手，把他带回他母亲身边。他妈妈把他抱起来，紧紧地拥入怀里。这次，雅各没有反抗。她慢慢地摇他，开始唱歌。眼泪从她脸上滑落。

雅各感受到了这种动作，虽未说出话语，但眼泪从他大脑里滴落。温暖的双臂包围着他，他的耳朵处有很轻柔的声音在平稳地跳动着。

塔比莎走回来的时候，她的眼里也满是泪水。

她向劳伦伸出一只手：“谢谢你。”

劳伦擦干了她的眼泪：“你给他穿的是什么背心。像魔法一样。”

塔比莎开始笑起来，鼻子在抽搐：“没有什么魔法，只是叫做加重背心。那给他的身体增加了10磅的重量。当我听你讲他觉得太轻的时候,我觉得那有可能有用。这孩子需要加重来感受重力的存在。那是我们一直忽略的重点,因为我们一直在关注他的旋转,而不是跌倒。”

“太酷了。他现在觉得很满足。”

塔比莎从口袋里拿出纸巾,擦了擦鼻子:“你是不知道,你仅仅是观察了一下他么?”劳伦点点头。她接着说:“你能看看孩子妈妈的大脑吗?”

劳伦先前也试过,但是她不知道该怎么做。她又回到了大脑中心,把连接在小男孩那儿的联系分出一部分到他妈妈那里。

啊。雅各灿烂如阳光的心情同她妈妈的笑容完全无法相提并论,他妈妈简直太开心了。她抱着她儿子,就好像从他出生起她就没有抱过一样,自从他喜欢转圈之后,很久都不能再像现在这样抱着他了。年复一年地爱一个你不能拥抱的孩子,不能碰的孩子,那是多大的伤痛。时间可以永远定格在这一瞬间。

当劳伦从他们的大脑中离开时,她的脸颊也湿润了。

塔比莎递过来一包纸巾。

“她从来都没能抱过他?”

“没什么好奇怪的。雅各有自闭症,一些有自闭症的孩子很抵触肢体接触。许多人都不喜欢拥抱,但也不是全部。我们也试过其他方法来让他停止转圈,让他能更好地跟家人沟通,但是进展得很缓慢。”

塔比莎又擦了擦鼻子:“我同他们一起努力都一年了。劳伦,你今天见证了一个小小的奇迹。你帮着创造了一个奇迹。雅各的家人一直都很爱他,今天他感受到了。”

劳伦摇摇头:“我没做什么。那个背心会一直有用么?”

“是的,我们可以让他一直穿着,可以给他抱枕之类的代替背心。也有一些可以减轻他对重力的需求的心理疗法。”

劳伦看着雅各的妈妈。他现在站起来了,但是没有转圈。他慢慢地走向屋子,碰了碰玩具同家具。

“他太开心了。”塔比莎说,“他没有被需要触地的那种感觉吞噬的时候,他就能够做其他事情,慢慢学,慢慢成长。对待有自闭症的孩子我们有许多选择,也有许多心理疗法。反复试验需要很长时间。你已经为他打开了一扇大门。”

珍妮姨母也开始擦鼻子：“嗯，这个可不是我想跟你讲的有关意念用于生活的例子，但我觉得这也算。劳伦，今天你为这小孩同他家人做的一切都是一件很美妙的事情。看看他现在。”

雅各同他爸爸坐在一些方块旁边。他爸爸搭了三块方块，然后递出一个给他的儿子。雅各看着，但是没有动。爸爸把那块方块堆起来，然后给他另外一个。这次雅各拿起方块，把它放在上面。

塔比莎安静地表达了她的喜悦。“雅各的爸爸是建筑师。他在他妻子怀孕的时候建了几套房子。从他孩子出生他就在等着这一天的到来。”

她转向劳伦：“每天的互动让家人联系在一起。不仅仅是积木。但是这是父亲引导儿子的机会，同他玩，帮助他学习。”

现在劳伦对于这种情感的大起大落已经习以为常了。“听上去你们的工作真的很美好，而且真的能改变生活。我真的很高兴我也能帮上点小忙。”

塔比莎摇摇头笑起来：“我做得有点过了，是不是？真的对不起。我真的没有想到你能从雅各的脑子里挖出这么些东西，我也可能有点操之过急了。”

珍妮姨母笑起来：“其实你不讲她也会那么做的。”

塔比莎笑着说：“你很了解我，我经常烦你，让你来帮帮这里的孩子，现在可以肯定劳伦在那方面确实比你强一些。”

珍妮姨母靠过去，用演员对观众才有的高声耳语说道：“小声点，她还不应该这么早知道这些。”

这俩人真的不搭调。珍妮姨母看上去像某个人的祖母，塔比莎看上去又年轻又漂亮，让任何一个成年男子看了都心动。看来，外表真的只是表象啊。

真是该学习的典范！

CHAPTER 17 第十七章

莫伊拉姨母:孩子,你在么?

劳伦:是的。我有个惊喜要告诉你。你看到右边的那个橙色的小按钮了么,看起来像摄影机的那个?点一下。

“啊,天啊——我看到你了!”

“我让内尔把视频装到了我们的聊天室里。”劳伦说。“虽然不像是坐在同一间屋子里,但是我觉得你应该还是能够享受一下的。”我也可以,她这样想着,看着莫伊拉姨母欣慰的表情。

“是魔法么?我们的内尔真是一位出色的施咒者,尽管她不知道因特网对我来说有多苦恼。”

劳伦笑起来:“没有用魔法,只是几行代码。我觉得事实上是吉尼亚进行的改动。她才八岁,真的太棒了。”

莫伊拉姨母叹息道:“我都错过了看着内尔的小家伙们长大了。我还记得在她们小时候把那些小家伙抱在大腿上的场景,那时候她们才刚刚学走路呢。”

劳伦在脑海里打了一下自己的额头,然后往内尔的房子里发送了一条瞬时信息。“你同内尔很亲密吗?我知道索菲很多夏天都是同你一起度过的。”

“是的。在我心目当中她就是我的女儿。但是内尔对我而言很不一样。阿尔韦恩出生的时候我也在场。那时候那些小女孩儿们才3岁，我们一起玩得很开心。”

“啊，那这么说来你一定很欣赏阿尔韦恩最近的表现咯。”劳伦读到了内尔的回答，“让我——我会让姑娘们几分钟内都上线的。”

“啊，我听说了。在巫师世界这些事情传得很快的，尤其是涉及到一个很强大的魔法的时候。”

劳伦扮了个鬼脸。

莫伊拉姨母的笑有点小邪恶：“最近有很多人拜访我们，都说要去看看我们在网上找到的新女巫，那个作为阿尔韦恩引导人的女巫。”

好耶。现在她正在逐渐变换的身份又多了一个“阿尔韦恩伙伴”。“我觉得我自己可不想被人说来说去的。”

莫伊拉姨母的笑声就跟年轻女孩子的一样，是那种你无法抗拒的笑。“甜心，在这个节骨眼上你没有多少选择。在过去两百年里已经没有什么巫师冲突事件了。那种经历应该很特别。”

劳伦笑着屈服了：“是的，真的难以置信。我都没有意识到我们的肉身飞起来了，真的很棒的体验，即便只是在我脑中想一想。”

莫伊拉姨母伸手去摸电脑屏幕，然后知道自己碰不到劳伦，她觉得有点失望。“亲爱的，还是好好享受那种感觉吧。多好的礼物。”

内尔的新短信飞了过来。她的小家伙们都准备好了。

“莫伊拉姨母，”劳伦说道，“我有另外一个惊喜要给你。”

“莫伊拉祖母！”劳伦可以看到三个卷卷头在她的屏幕这头，莫伊拉姨母那头满脸惊喜与愉快。

莫伊拉姨母拍着手，再试了试碰那个屏幕。“现在这肯定是魔法了。我在想。吉尼亚、谢伊、米娅，我的宝贝们！”

一片笑声。“不是魔法，祖母，是电脑代码而已。”吉尼亚说道，“我帮妈妈写的。”

“当你到我这么大岁数的时候，什么都是魔法了。劳伦，这是你的主意？”

内尔的头从屏幕一边冒出来：“是的——我真的很笨，居然都没有想到。”

莫伊拉姨母的嘴唇有些颤抖："劳伦，这真的是一件非常非常好的礼物。"

劳伦听着她们的谈话，自己笑了笑。确实没有用什么魔法——只是自己作为房产经理人的一些好的建议。找出对那个人最重要的东西，然后帮助那些感激你的人。今天，确实证明了不是所有的好的东西都需要用到魔法。

杰米走进厨房时，劳伦正在烤乳酪三明治。太棒了——他可能可以边问问题，边吃东西。"闻起来好香啊。你也给我做了一个么？"

劳伦跳起来，这表示劳伦是有多走神。偷偷地吓到一个意念女巫还是一件挺困难的事情。

"当然。"她说，"要洋葱么？"

"放在奶酪三明治上？真是野蛮人。"

劳伦假笑道："那就是不要了。"

杰米耸耸肩："好吧，我会吃的，但是我的标准很多。"在某些方面至少如此。有时最好是开门见山，尤其是一些让你有点抓狂的事情。杰米长长地吸了一口气。他知道一旦他说出秘密就没有回旋的余地了。

"我需要你帮我找个公寓。"

劳伦看起来很困惑："为什么？"

"你是个房产经理人，不是吗？我觉得你有门路，也许知道哪儿的房子恰好空着。"

沟通还是不畅，劳伦脸上困惑的表情说明了一切。她慢慢地说道，好像是在怀疑他的智商。"杰米，我所有的关系都在芝加哥。这儿我一个人也不认识。你要找个新的地方住，怎么弄？再说这房子很不错！"

"这是我父母的房子。我只是住在这里。他们同我的兄弟去年一直住在哥斯达黎加。"

劳伦把两份三明治放在两个盘子里，递给他一个："真不错——他们在那里干什么？我也想去的。"

天，能不能回到正题上来？"我的兄弟们都是医生，他们有诊所。但是我想你尽快给我找个公寓。""你的父母比你想的要更早回来么？"

"不，我两天后要去芝加哥，那儿冻死人。如果你不帮我找个公寓，我会冻死的。不需要很豪华的公寓，只要靠近市中心就行。"

劳伦坐下来，摇摇头，就好像又会谈及什么决定性的事情一样。"你要在芝加哥找个公寓？"

对一个意念女巫而言，她看上去真的太笨了。当然，同意念女巫沟通还有其他的方法。他握住劳伦的手，让她盯着自己。"看。"

劳伦看了看。当她缓过神来的时候，她的脸变白了，眼泪也快掉下来。"杰米，你得跟她说说你的感受。"

"我是个男的，好不好？我需要一些时间。要是你俩在周二就离开，纳特又远在大陆的另一端，我们一点时间都没有。我觉得要是我去芝加哥待段时间，我还可以同她慢慢来。"

"你为了她都从这端搬到那一端了，但是你还是说不出那三个字？"

好吧，我是男人这个借口也许有点烂。"预知太糟糕了，劳伦。当你看到一些未来的时候，事情的发展就不太可能会顺其自然了。更别提她一周都被女巫包围着。我想弄清楚我同她到底是怎么回事，而不想一直这样纠缠不清。"

"本来就一直纠缠不清的。"劳伦说，"她比任何人都知道自己的心意。"

"那就帮帮我，在她想要弄清楚的时候，让我在她身边。我不想给她压力，所以我想找个地方住下来。月租的方式可能最好。我可以同纳什待着，但是他那儿又不太现实，太多分心的东西了。"

"我觉得我知道个好地方——我问问房东。"劳伦笑起来，"距离纳特的瑜伽室只有几步路，你每天都可以去上早晨六点的课。"

杰米叹息道："我能不能只是看看她？那可比把我自己变成椒盐脆饼的形状好玩多了。"

"你要是真的想了解纳特，那就去上她的课。我会安排好房子的事情的。"

"多谢了。还有一件事。"杰米等着劳伦完全在听他讲话时说，"请不要告诉她。我打算自己告诉她。"

劳伦打量了杰米一会儿，然后点头同意了。“我希望你俩能有好结果，杰米——我真的那么希望。她是这个世界我最好的朋友，我只能那么说。我喜欢你，我觉得她和你在一起是对的。”

她顿了顿：“要是你敢玩她的话，我也可以看看我的这些新魔法到底能有多大杀伤力。”

现在可不是该谈巫师该做什么不该做什么的时候。杰米选择了一个权宜之计：“我现在要去机场接索菲。你要一起去么？”

珍妮在后视镜里看着阿尔韦恩，等着看阳光照在小家伙的笑脸上。阳光照了过来，她的心微微动了一下。

内尔坐在旁边的草地上，看着她的小家伙在杰米的后院玩。“谢谢你。今天把他想成是一个玩沙盒的孩子就再好不过了。”

爱比被爱往往更困难。“我手里的照相机总是像有疗伤作用似的。今天我就要负责给你的小儿子拍照。”明天，她想，她拍到的就将会是劳伦那个巫师了。

“你觉得他们准备好了么？”

珍妮姨母知道内尔问的是什么。“我想是的。阿尔韦恩年纪还小，但是他接受过良好的训练。杰米同他一起已经训练过多次了。而且杰米总是很照顾他。”

内尔笑起来：“那是因为杰米从阿尔韦恩身上看到了他自己小时候。”

“我觉得你说得对。同他人一起训练的时候，杰米从一出生就很小心。那点他也教给了阿尔韦恩。你的儿子总是小心翼翼地保护其他人的安全。我们都知道他有很多力量没有用出来。让我们飞起来，那点跟他长得一样可爱。”

内尔伸出一只手：“谢谢。我也一直这么告诉自己，但是听你这么讲我心里踏实多了。”

“他也参与过许多小的训练圈。我觉得他准备好了。”

“劳伦呢？如果需要大量的训练才能有较好的准备。那她一点都不靠谱呀。”

珍妮姨母试着让自己不要担心。上周她们有过很多的训练了。“她是缺乏经验，但是她真的是一个极有创意又很有自信的女巫。”内尔也扬起眉毛。

珍妮姨母叹息道：“从那次魔法后，你能怪她反应过度么？但是在施法的时候——你已经有过许多次训练圈的经验，内尔，你如果不知道她只是新人，当你看到她引导你儿子的时候，你会怎么想？”

内尔沉默了好长一段时间：“我觉得我很感激他能找到如此有技巧、有信心的拍档。”

“就是。她那种自信仿佛是经过长期训练而来的。”

“要不就是个初生牛犊不怕虎的主。”

也许那样最好，珍妮姨母想。“都有一点吧。事实上这样对他俩都好。他们并不需要知道他俩联手有多强大。他俩昨天就走进了一个全新的领域。”

“你是不是也和我一样很害怕？”

珍妮姨母笑起来：“看他们做五件不可能的事情？肯定啊！他俩其实什么都不知道，也就因为那样魔法才如此的顺畅吧。”

内尔内心充满了骄傲：“我以前从来没有见过，珍妮姨母。真的从来没有。”

珍妮姨母其实也没有。“让阿尔韦恩同一个没有被他力量吓到的引导人一起联手真的是最好的。”

内尔突然笑起来：“是啊。她拥抱他，还给他吃饼干。而且她知道他只有四岁。”

珍妮举起摄影机，按下快门：“内尔，她会好好照顾他的。相信你的儿子。他一出生就是为了做这个。”

劳伦觉得自己像是只有八岁的孩子，她也第一次睡了懒觉。她同

纳特还有索菲都挤在纳特的房间。来的客人都快把杰米的房间挤爆了。

她们在床上玩硬币,纳特又赢了。但是这时候她们都睡在地板上的睡袋里,吃着比萨。她们因为索菲飞机的延误而没来得及吃晚饭,劳伦有些苦恼,所以她决定还是不要立马吃冰激凌。

索菲拿出劳伦的水晶,然后把一个紫色的袋子从她的行李箱中拿出来。"为了你能顺利完成引导,我多给你带了几个。我第一次寄的时候并不知道你力量有多强。"

纳特看着那些美丽的颜色轻轻地叹息了一声:"索菲,它们真的太漂亮了。那个粉红色的跟活的一样。"

索菲笑起来:"如果你喜欢你就拿去吧。那是粉红色的电气石,对打开心扉很有好处,也可以用来平衡能量。难怪你会喜欢。"

纳特说:"我以为你这是为劳伦买的。"

"确实是,但是水晶也有它们自己的想法。如果这个跟你有缘,我觉得还是应该把它送到对的人手里,而且我这个网上也有卖的。"索菲再一次拿出她的袋子,"拿着吧,还有一条链子。当地的一个匠人帮我做的。"

纳特把吊坠从头上套进去,然后碰了碰她的心:"好温暖。"

索菲扬起她的头:"杰米肯定你没有力量么?"

纳特脸红道:"他说他现在会知道了。"

索菲笑起来:"是的,但是同巫师做爱真的会驱赶出你潜在的能量。很明显你已经感觉并接受了能量流,即便你没有创造它们。"

纳特脸红得更厉害:"杰米也是那么说的。"

我在想杰米还说了什么,劳伦想,但是又为自己这么孩子气而疲惫不堪真的是那样么?还是应该为你最好的朋友感到高兴才是。要是她不同他分开那么远也许会更开心。

索菲靠着劳伦:"那个青金石吊坠对你有用么?"

"是的。珍妮姨母说那是块很棒的水晶,虽然她并不让我在训练的时候用。但是昨天我在训练圈的时候还是戴着的。"

"那这个真的就是很幸运的吊坠。如果它跟阿尔韦恩一起飞的话。肯定很壮观。”

劳伦想是不是问那些经常被问的问题已经太晚了，尤其是自己刚刚到这里。

“对不起，”索菲说，“对于这个问题你肯定已经回答过很多次了。”

劳伦叹了口气：“不是你，我只是心情不好，我也不知道是为什么，这不像我。我觉得自己像个生闷气的小孩子。”

“我也许可以帮上点什么忙。你可以让我看看你吗？”

“我以为你不是意念女巫。”劳伦还是不能够把巫师同他们的天赋弄得很明白。

“一点都没有。我只是想做一下治疗前的扫描而已——我有一些治病救人方面的天赋。大部分是物理上的治愈，但是我也可以帮助安抚一下力量渠道或者类似的东西。那个可以让我读到一些信息，我现在还不会做很深入的解读。”

任何让她心情好一点的法子都值得一试。劳伦点点头，索菲伸出她的手。开始慢慢念叨一些纳特很明显没弄明白的话。劳伦仔细地听着，意识到就跟纳特经常在瑜伽课上做的一样。太好了——一个新世纪的女巫用吊坠同水晶还有药剂扫描她的身体。

索菲睁开眼睛，温柔地笑起来：“我们会让你逐渐相信水晶和药剂的。”

劳伦觉得她的脸快烧起来了：“天——真是不好意思。真的不想那么没礼貌，但是我至少没有把它广播出来。”

“啊，我知道你为什么觉得不舒服了。准备好了——这涉及一些更现代的巫术。”索菲递给劳伦一块比萨。“先吃点东西。问题之一就是你能量不够。”

“我吃饭就跟个孩子一样。”

“饼干同冰激凌不算。你需要蛋白质。”

纳特说：“今天早上我会做一些冰沙。”劳伦做了个鬼脸，笑起来。“还有煎蛋。”

劳伦转向索菲：“就是那么回事？我只是需要补充点蛋白质？”

“蛋白质是你大脑里小小化学物质的生命控制中心，同时也是让你保持快乐的物质。你的血清素很少,这让你更容易抑郁。很明显你只是有点烦躁不安。那也是训练圈所带来的负面影响之一。”

劳伦笑起来:“那就是更现代的巫术?”

索菲摇了摇头:“不,那是我从生化课上学来的。”

“所以,怎么才能不让自己在明天过后变得更抑郁呢?除了我们最初吃的煎蛋之外?”

索菲笑起来,一副“早告诉过你”的表情:“水晶同药剂啊。那就是非常现代的巫术部分。”

她早该猜到了。“我可不想做一个脾气暴躁的女巫,所以我到底需要怎样的一种咒语?”

“现在要是你相信我,事情会变得容易一些。我想带你进入一个会有些恍惚的状态。你的渠道被堵住了,我们需要把它清理一下。我也可以让你的消化系统更好一点,也能提高你的睡眠质量。”

劳伦皱起眉头:“你就当我能睡着吧。过去几天我都睡不好。”

索菲点点头,很明显很吃惊:“那也是低血糖的原因。经过你的允许,我会在我们结束后让你进入浅睡眠。”

就像变戏法一样,纳特同索菲都笑起来。糟了,她的想法还是那么明显。

索菲让劳伦躺在床上,看着纳特:“你能帮个忙吗?劳伦相信你,而且你又特别平静。这对治愈很有帮助。”

纳特看上去很感兴趣:“当然,请告诉我我应该做什么。”

“来点瑜伽课上的引导练习吧。如果你能让劳伦过一遍那就真的太有用了,你只需把它视觉化。如果我不是要把力量分成小部分的话,我可以更好地帮她。”

劳伦在纳特引导下做完瑜伽动作,确实觉得好多了。她觉得她的每一块肌肉都充满了能量,慢慢地变得让一切变得厚重而安静。索菲慢慢念着,但是劳伦听不见。

她觉得吊坠很烫,她能察觉到她额头上的水晶同张开的手掌。两手开始慢慢地划过她的肌肤,闻起来像覆盆子的香味。这一定也是现代巫术的一部分吧,她慵懒的大脑碎碎念着。她的青金石冷却下来,也渐渐能听清索菲的话。

以吾之名，召唤力量，睡眠之神，回应吾之祈愿。神圣的力量啊，轻奏安眠之曲，令其进入深沉的睡梦中吧。睡眠之力降临其身，爱之力充溢三人。如吾所愿。

CHAPTER 18 第十八章

当纳特脚踏进厨房的时候,她递给劳伦一盒思慕雪。这不是咖啡,但是还得将就了,因为这儿站了大概50个人,什么东西看上去都像是咖啡壶。

“这都是些什么人?”

纳特耸耸肩:“亲戚,朋友,我觉得差不多加州整个巫师家族都在这里了。”

“我怎么之前听说这个训练圈就14个人。现在这里的人都可以组成4个训练圈了。”

杰米的声音从劳伦的肩膀处传过来:“卧室里还有更多。今晚的训练圈大概会有100号人。”

劳伦想,这对这个本在丛林里进行的仪式而言是不是太多了。“听上去我们今晚观众会有很多。”

“他们也不是只来看看的。”杰米说,“他们也会参与,而且是真实地参与。他们会用爱同光明在内圈外面围成另外一个圈。纳特也会参与最开始的祈祷部分。”

不是女巫的也可以参与? 哈利·波特对她的误导太深了。“这么多的人会有危险么?”

杰米叹了口气:“内尔把你吓坏了。她很害怕。魔法本来就有风险，但是这么多人在这里本身也会很奇妙。今晚肯定会很美妙，我们这么多人，即便是有什么意外发生，也是能够控制的。这可比周六进行的那个训练圈安全多了。”

“你现在知道讲这种话了！”劳伦冷冷地说道。

杰米笑起来：“你会坐在前排见证奇迹的发生，小妹妹。全力以赴吧，你会非常兴奋的。”

他不知道从哪里拿来两盘煎鸡蛋，把其中一盘递给劳伦。“趁别人没有发现它们消失之前，快点吃。”

劳伦笑了笑，开始吃起来。她比之前开心多了，所以也许索菲让她多补充蛋白质的想法是值得一试的。

杰米才把叉子放在煎蛋上，煎蛋就消失了。“该死，吃得还不够快。”他转过头，很明显在找罪魁祸首。一个有漆黑卷发的男人摇着他的叉子。

杰米抱怨道：“这屋子里太多会瞬移术的家伙了。”那是麦克——他今晚负责土系魔法部分。他是一个很强大的治愈者，如果他没有把我的早饭偷吃掉的话。

“他是亲戚么？”劳伦嘴里满是鸡蛋问道。

“我不这么觉得，但是我认识他很久了。他是个好男人，对于应付这种训练圈三人组很有经验。我们觉得今晚在每一组都安排一个意念女巫，还有两个基本元素魔法女巫。那样的能力组合对你同阿尔韦恩来讲都挺有效的。”

“你也会是训练圈的一部分么？”

“嗯，我、内尔、索菲，还有珍妮姨母。我们尽可能地用那些同你们很熟悉的巫师。你见过塔比莎对不对？她也会出现在训练圈中，还有阿尔韦恩的哥哥。快点，我把你介绍给厨房里的人认识。会出现在训练圈的这里也有几个。”

劳伦真的感激她的房产经理人的经历帮了她一个大忙，就好像他们在巫师中心做了一次龙卷风般的旅行。将名字同脸对上号真的不是件轻松的事情，看来今天她确实是得加足马力。

趁着有点空隙多吃点东西，劳伦看了看周围。有一件事很明显

——今晚真的很重要。这种兴奋感居然连纳特煎蛋上的洋葱同大蒜都能闻出来。

劳伦看了看她的朋友,正高兴地为一群巫师充当快餐厨子……吉尼亚朝纳特投去崇拜的目光,站在纳特旁边,用一只手学习怎么煎蛋。

阿尔韦恩同其他两个小男孩想用鸡蛋玩杂要。阿尔韦恩在鸡蛋要落地之前让它们回归原位,但是即使像他那样的天才也不能一直这么弄下去。

杰米弄了俩鸡蛋飞在吉尼亚同纳特中间。一个简短的眼神交流就赢得了吉尼亚的击掌以及纳特的一个湿吻。他们肯定是同意给那家伙吃的了。

内尔将叉子插进劳伦的第二盘煎蛋里,咬了一口。

“嘿,”劳伦说,“索菲告诉我应该多补充蛋白质。你自己弄早饭去。”

“我没有杰米的有利位置,阿尔韦恩又忙着把生鸡蛋同他妈妈做的熟鸡蛋互换。”

劳伦没有办法只好分享她盘中的食物。如果等会儿还有鸡蛋剩下的话,她确定自己还可以多吃点儿薯条,然后多吃点早饭。

内尔看着炉子旁边的三个人:“他们都缠着纳特,我的女儿,还有我的弟弟。”

劳伦想,明天一旦纳特离开,杰米跟着她走,那将会是一件很头疼的事情。他真的迈出了很大一步,这不仅仅是指距离。

劳伦看着珍妮姨母,想要把注意力集中到鸡蛋上。要想在这么多意念女巫在场的情况下保守杰米的秘密真的不是件轻松的事情。

珍妮姨母把小孩子还有一些乱闯乱撞的巫师们都赶到了杰米的门外。劳伦同阿尔韦恩也极不情愿地被赶了出去。珍妮姨母需要把训练圈中的人召集起来谈一谈。

凭着对巫师的了解,这应该不会很顺利。

珍妮姨母停了一下，把平静同威严都发送到她的大脑外层，然后走进起居室。她看了看房间，看着11个躺卧在家具同地毯上的人正在凝视着她。

“我们真的算是很幸运的。”她说，“今晚我们或许会建立我们几代人以来最奇迹的训练圈。”

艾得力克是房间里最年长的巫师，也是阿尔韦恩的曾祖父。他说：“我们都知道阿尔韦恩的力量。但是阿尔韦恩第一次施咒就让一个没有任何经验的女巫做引导人是不是不太明智？”

慢慢来，珍妮姨母告诉自己。艾得力克是一个很强大的引导人，直到几天前还是阿尔韦恩引导人的最佳人选。

“她是没什么经验。但是我能保证，她不是没有经过测试，两天前的训练圈测试中，她有暴风般的力量，真的很美的一次训练圈。

“艾得力克你也知道我们一直在担心找不到阿尔韦恩的引导人。我们最强大的引导人都上了年纪，我们不想在他力量达到顶峰的时候还找不到新的引导人，我知道要掌控一个完整的训练圈不仅仅需要能量，但是唯一可以确定的方式就是让她试试。”

艾得力克哼了一下，屋子里其他人的表情似乎都在告诉她她需要一个备用计划。

看着，珍妮姨母向屋子里其他人发送了一个安静的信号。她把她记忆中有关训练的那部分调了出来——从起初几次笨拙的尝试，到后来最后的努力所取得的成功盖过了先前的一些失败的尝试。她睁开眼睛，扬起一只眉毛看着艾得力克。

他点头称是，就像指挥棒一样：“这个女孩真的很有创意，而且都不知道自己干的那些事情有多疯狂。”

珍妮姨母点点头：“他俩都不知道——我觉得那样最好。艾得力克，我们都希望你能够负责水系魔法三人组部分，内森同我会和你一起的。”

阿尔韦恩的哥哥内森以前参与过完整的训练圈，他的脸上洋溢着自豪的光。

艾得力克皱着眉：“内森已经能很好地应对水系基本魔法，但是珍妮,你不是更擅长火系魔法么?”

“对,但是我们每个三人组都需要一个意念女巫。我等会儿会讲。我们中的人都没有很擅长水系魔法的,但是我是这群中最好的,所以好吧。”

珍妮转过去:“索菲、麦克同塔比莎,你们负责土系魔法。麦克是土系魔法中最强的,你就带头吧。”

塔比莎看上去很震惊:“珍妮,我的基本元素魔法基本上都只是针对火的。一旦涉及土地的力量,我甚至都不能让一朵花开放。”

“塔比莎,等会儿。我会跟你解释为什么把你安插在那里。内尔,你负责火系魔法,卡罗做你固定的意念女巫。”卡罗想了一会儿点了点头。她从来话不多,在圈子里她总是很平静的。

“高文,你会在第三个组合中负责火系魔法。”这个坐在角落结实的男人朝着燃烧的球回答好。

“杰米来引导空气魔法三人组,搭档有奥利莉亚还有斯科特。”他们点点头。“你们今晚的任务会很艰巨。关于训练圈,你之前也看到,阿尔韦恩会往圈子里注入一些力量。”

“对一个施咒者来讲真的是件有勇无谋的事情。”艾得力克说道,“你觉得他还会那么干么?”

杰米开始大声地说起来:“我一直想跟他说说,当他干的时候是有点像蛮干。不过我觉得实际上那帮助他把他咒语中的一些力量流给保持住了。我还是不知道他怎么办到的,但是他的魔法本能真的很强大。我觉得那加强了他的施咒。我不想去干预。”

艾得力克点点头:“我相信你。杰米。那不是我做事的方法,但是我也不想让他变得更弱。”

“唷,”杰米想,“艾得力克怎么想,其他人就怎么跟。这个总算是过去了。”

麦克从角落里发话了:“珍妮,你给我们看的片断中。阿尔韦恩把他的能量流直接传给了劳伦。你觉得这次他会通过空气魔法三人组来连接么?”

那就是珍妮让麦克负责的原因。一个极具天赋的施咒者,也是一个很有想法的巫师，而且更快速更容易接受任何可能性。

“麦克，对的。最大的风险就是训练圈会因为阿尔韦恩的力量层级而发生改变——那样会动摇整个训练圈的。”

“杰米的任务就有点像断路器。他是我们中唯一一个在阿尔韦恩身边，拥有施咒同意念魔法的巫师，所以他最适合检测力量的波动，而且一旦力量发生变化，他就会对其进行缓冲。斯科特同奥利莉亚，你们就要时刻准备着，所有人都要时刻准备着。”

珍妮姨母看了看房间，然后想了想。没有不满，没有恐惧。非常好。

塔比莎向前倾了一下：“珍妮姨母，那所有的这些意念女巫是干吗的？你在每个三人组中都放了一个，而且都没有发挥我们的特长。”

珍妮姨母说道：“劳伦不是基本元素魔法女巫。我们在反复实验中学会了一些东西。为了让她能够掌控基本力量的流动，我觉得最好能做到两件事。第一，她会同阿尔韦恩相联系，然后再同你们四个联系。”

“太聪明了，”艾得力克说道，“当你有那种力量的时候，真的很难掌控。真的不敢相信以前没有人试过。你把她训练得很好。”

珍妮姨母笑起来：“她自己想出来的，跟我的训练没有关系。第二件事情就是劳伦只会用意念魔法来建立渠道，因为她没有基本元素魔法。如果我们的力量中有一股意念魔法的话，看起来会有帮助。”

塔比莎终于明白了：“啊，那就是说我不会同整个训练圈分享我的火系魔法，我只是提供意念魔法。我可以那么做。天呐，我是一个强大的意念女巫。”

“对啊，”珍妮姨母说，“我们把你放在有一点点基本元素魔法的三人组里，然后你就能很顺利地联系上，但是我们需要你的意念力量。力量不需要太大，其实力量的大小都没那么重要，也不是最重要的。我们没有足够的巫师来监控整个训练圈，因为基本上所有的意念女巫都参与到训练圈里面来了。”

卡罗点头同意。杰米也顺从地叹了口气。他是四个人中意念魔法最弱的一个，而且他还得往训练圈里加入自己的空气魔法，这样才能负起自己的那份责任。

珍妮姨母拍了拍他的头:“杰米好像对担任第四组的意念巫师有点意见。”

塔比莎笑起来:“我觉得我们有必要去路易斯安那州找个人替换你,杰米,勇敢点。”

杰米翻了一下白眼:“我能不能先吃点东西?”

听杰米那么一说,整个会就散了,全都往厨房跑去。

劳伦正在吃第三块炸鸡,同时递给阿尔韦恩一块。如果她需要蛋白质,阿尔韦恩也同样需要。

那一大群巫师消失了,他们正在同沃克一家单独吃饭。索菲、纳特、杰米同珍妮姨母都去了。

阿尔韦恩并没有留意炸鸡,而是盯着杰米的头。劳伦想要跟上他。三胞胎姐妹把每个人头上都弄了一顶皇冠,好像是在纪念什么东西——但劳伦又不好问。他们的爱情故事闪着光,真的太耀眼了,但是还是不能把一个四岁大的孩子从吃的上面吸引过去。

劳伦朝着杰米皱了皱眉头,他头上的头饰也在发光,然后变成了“CtWumin”。劳伦咯咯地笑,然后把正确的拼写发送给阿尔韦恩。杰米的皇冠上的字就变成了Cat Wunem(猫女)。劳伦笑得更厉害了,然后又把拼写发送给了阿尔韦恩,这次是慢慢地发送给他。很明显,他可不怎么擅长拼写。

吉尼亚第一个察觉出劳伦咯咯笑的原因,一会儿所有的人都像受到感染一样,除了杰米。

“怎么了?”杰米手里拿着鸡腿,快送到嘴边了。他终于意识到除了他以外,其他人都停了下来。很明显他以前也是个喜欢调皮捣蛋的。但是,他很快就意识到是谁干的,因为那家伙正小邪恶地笑着。

内尔还嫌阿尔韦恩麻烦不够,她从包里递给杰米一个镜子。杰米的嘴唇抽了一下,然后看着劳伦。“他只有四岁,你有什么借口?”

劳伦装作一脸无辜:“我不知道你为什么觉得那是我干的。”尽管以他只是一个孩子作为借口,可是理由并不是那么充分啊。

杰米假笑道:“阿尔韦恩即便是生命受到了威胁,他也拼不出Cat Woman(猫女)。”

一大桌人又开始笑起来。劳伦迅速地看看周围，然后把她的皇冠扯下来。“知更鸟”阿尔韦恩抓住她的胳膊，递给她皇冠：“这上面写的什么？这上面写的什么？”

劳伦看都不用看。她往阿尔韦恩的脑海中发送了蝙蝠侠的图像，然后又有了主意。

珍妮姨母在他们开始“报复”之前制止了他们。“你们留着今天晚上弄吧。”

劳伦看着珍妮姨母，刚好看到我最喜欢的姨母出现在珍妮姨母的皇冠上，然后又消失了。很明显，当你是七个孩子中最年轻的一个，你会学会怎么保持沉默。那个世界远不舒适，但是很安静，就是那个同她父母一起用餐的世界。

不像其他人的家庭聚会。劳伦看着桌子一头的纳特。她的朋友正享受着每一刻。吉尼亚坐在她旁边，杰米坐在另一边，她真的被爱她的人包围着。

劳伦知道她的生活在芝加哥，但是她不敢确定纳特的也是。一周前，纳特才说过瑜伽室就是她的全部。现在看看她的朋友，被一个家庭接纳了，劳伦很确定她朋友的一切都会发生翻天覆地的变化。

她试着想想在芝加哥而没有纳特的生活，她记得杰米的预知。他同纳特还有一个长得像阿尔韦恩的小男孩儿一起堆雪人，那看起来可不太像是在伯克利。

CHAPTER 19 第十九章

莫伊拉姨母坐在她的塔楼里,大腿上放着一个水晶球。今晚即将在加州发生的事情她再清楚不过了。阿尔韦恩会成为他这一代最重要的巫师,那种强大力量伴随着巨大的责任,今晚就是接受大任前非常重要的一步。

身为爱尔兰人,莫伊拉姨母接受那种出生前就命中注定的说法。她也知道他也有权利进行选择,但是身为爱尔兰人,她知道有时候人们会做出不好的选择。

阿尔韦恩会做出正确的选择,因为他的力量,他的家庭,还有那上下几千年来的巫师血统。对此她很肯定。没有哪个看过阿尔韦恩出生的人会感觉不到他的力量,会怀疑那种征兆。

其他人没有看到的是同他一起训练的那个女孩儿,莫伊拉姨母满足地想道。在找到劳伦的过程中,她也帮了一点小忙。搜索咒语,确实是。嗯,可能是最现代的女巫,完全没有受历史的约束,协助一个承担着历史使命的巫师。

劳伦还是得完全明白她的力量会给她带来怎样的责任与挑战。今晚,他们就将看到劳伦到底是怎样的。莫伊拉姨母觉得她能够迎接挑战并且赢得挑战。

她打算看看,作为一个教授巫师历史的女巫,太有权利看了。莫伊拉姨母用手在水晶球上挥了一下。

以吾之名，召唤水晶之力，以汝博古通今之力显现吧。让吾之余年得见今宵之奇迹。回应吾之祈愿，彰显年轻巫师之潜能。如吾所愿。

劳伦敬畏地看着雷耶斯角国家海岸的海岬。陡峭的悬崖陡降至沙滩，夕阳的余晖洒在山头，腾起一缕缕薄雾。真的不敢相信这一切不是靠魔法。事实上，这是国家公园，很有可能在他们进行的时候一群旅行者就会走入他们的聚会中。

她看着杰米。“成百个巫师在这里搞魔法训练，又不会引人注意，怎么做到的?”

杰米示意劳伦看看那头，珍妮姨母正在同公园管理员商量着什么。“我们会到山谷中去，那儿几乎很少有人驻足，公园管理员会确保没人打扰我们的隐私。”

“我能不能问问你们是怎么让公园管理员干这种事情的?”

杰米握着纳特的手，把另一只手伸向劳伦。“左边那个公园管理员是我的表妹玛利亚。”

劳伦笑起来，跟着那群走在内尔和阿尔韦恩身后穿各色衣服的人群后，走向海岬深处。阿尔韦恩都快把内尔的手臂拽下来了，如果他再用点劲儿的话。

索菲走在劳伦旁边:“你感觉怎么样?”

劳伦示意她看看前方:“我觉得我的胃跟阿尔韦恩的脚联系在一块儿了。”

“如果你需要帮忙的话，我可以试试。”

“那太好了。我不想人们想起我的时候说那是个会呕吐的女巫。”

索菲笑起来，握着劳伦的手:“你不会是第一个。”

劳伦觉得她的青金石吊坠有点发热，现在胃部不适已经有所好转。“嘿，谢谢——真是好多了。”

“不客气，我的新妹妹。我们到了。”

劳伦看了看周围，敬畏感又油然而生。他们从一个狭小的山谷到了一个开阔的草地上，如果石头同青苔可以被称为草地的话。三面低矮的小山像是托起了疯狂蜡笔描画的天空，还有那一轮渐渐下降的落日。

珍妮姨母用意念大声地对众人讲道:“欢迎来到海洋之角，几个世纪以来巫师们一直在这里聚会。我们今天来也是为了缅怀过去，为了寻根，同时也是为了欢迎新成员。现在，训练圈内圈的人请走近我，外圈的可以将我们围起来。”

13名巫师都站在了珍妮姨母的一边，很多人都从口袋里拿出零食。杰米递给劳伦一杯酸奶饮料，然后往一个平坦而又突起的石头上放了两个枕头。阿尔韦恩跳出来，坐在上面，杰米示意她坐在另外一个上面。

剩下的人很快就找到了自己的位置坐好。杰米面朝着大海坐着，奥利莉亚同斯科特坐在他两边。其他的九个巫师也都按照顺序坐好。珍妮姨母朝着劳伦眨了眨眼睛。

其他人都将内圈的人围起来。劳伦看到三胞胎，吉尼亚还是喜欢窝在纳特的臂弯里。珍妮姨母的女儿，她的伴侣大腿上抱着那对紫色头发的双胞胎。还有一些人在杰米的厨房出现过，但是名字都想不起了。有的手里还拿着工具，然后把蜡烛分发给剩下的人。

我们用爱同力量把内圈圈起来，确保这个小时他们能够进展顺利。
我们高举光明，拥抱黑夜。来见证这一切。
如吾所愿。

一位老人站起来，手里抱着个婴儿，然后高高举起他的蜡烛。

当他说完最后一句，蜡烛都亮了起来，宝宝愉快地发出咕咕的声音。

蜡烛就这样一支一支地传递下去，直到外围形成了一个光圈。虽然没有明示的提示，但乐器都开始低鸣。纳特清脆的嗓音开始歌唱，然后十个声音开始加入唱起了赞美诗。

劳伦在她的大脑里听到了珍妮姨母的声音。打开你的大脑。感受他们现在给你的一切。

劳伦回到自己的大脑中心，慢慢地把屏障变软，撤下了，爱融了进来。外圈一些人对她而言还是陌生人，但是他们都爱她。因着对传统的爱，对这个团体的爱，每个人都相互爱着对方，为内圈提供支撑和保障。真的是太震撼了。

劳伦感受到了纳特平静的欢喜、吉尼亚空幻的歌声、还有紫发双胞胎的幻想。一点都不觉得透不过气。

她看着阿尔韦恩。他的助听器忽隐忽现。她内心的最后一丝焦虑慢慢挥散开来。一切都会好起来的。

土系魔法三人组站起来，麦克手里攥着一把土，索菲同塔比莎都伸出了双手。

以吾之名，召唤北方大地之神。大地之神，万能之主，生养万物的沃土，奇峰怪石，悬崖峭壁，回应吾之祈愿，化作吾三人之力量如吾所愿。

劳伦由于来自地底下的力量的强烈冲击而摇摆不定。她有些恐惧不安。珍妮姨母将平静的信号发给她。你只是感受到了这个地方的力量，孩子，那可能只是塔比莎渠道的一个回音。我们不会在你没有准备好的时候同你相连。

接着杰米站了起来，两侧是奥利莉亚同斯科特，风吹动着他们的头发。

以吾之名，召唤东方空气之灵。空气之灵，万物呼吸之源。海洋风暴，微风和风，回应吾之祈愿，化作吾三人之力量，如吾所愿。

以吾之名，召唤南方火之精灵。火之精灵，创造毁灭之灵，以汝之意志，聚太阳、星星之力，回应吾之祈愿，化作吾三人之力量，如吾所愿。

这次，劳伦比上次面对突如其来的力量表现得要好得多。内尔、卡罗同高文也都相继站起来，沐浴在内尔伸展开的手掌中的火球光芒之下。

火的能量很震撼又很热。当力量在劳伦身边跳舞的时候，她差点抖起来。艾得力克慢慢地站起来，珍妮姨母同内森帮着忙。他把一个清澈的水碗举向空中。

以吾之名，召唤西方火之精灵。水之精灵，滋养万物，以汝之意志，聚溪水雨水，海洋之角，浪花激流之力，回应吾之祈愿，化作吾三人之力量，如吾所愿。

力量在这个充满巫师和非巫师的地方升腾——火光、大地的力量、水的灵气、空气的旋转跳跃。劳伦可以看到力量从训练圈的各个角落传来,伸向逐渐暗下来的天空。她脑海中中心的穹顶已经充分做好了欢迎的准备,而且很稳定。

是时候了。

劳伦将卷须伸向阿尔韦恩的大脑。有好一会儿她都感觉他能感受到的这个地方的力量,然后有些发抖。这么小的孩子怎么能控制那么强大的能量?

就像她先前在训练的时候做的那样,劳伦从她与阿尔韦恩的联系中心伸展出一些卷须,然后递给杰米。她感到他在很自大地笑着。当空气的能量慢慢地蔓延到她的穹顶的时候,她感受到了他的恐惧。力量在她的穹顶炸开了,如飓风般的力量。天！那是什么?杰米的大脑发出了一个词"阿尔韦恩!"

他只有四岁！该死！劳伦的大脑严厉地对阿尔韦恩说道。太多了！飓风般的力量变小了一些。杰米同劳伦赶紧将她穹顶炸开的部分修补好,能量从各个地方露了出去。她加固了卷须。

在那之后,同其他三个方向的联系就变得很容易了。珍妮姨母在脑海中终于松了口气。其他人都充满了敬畏之情。

"告诉他让他加大力量。"杰米发送给大家那样的信号,"我们最好现在搞清楚我们到底能掌控些什么。阿尔韦恩没有等劳伦传递信息过来,但是这次飓风般的能量都是通过她的网络上的一条条线传递过来的。要是稳不住怎么办?这个应该她来稳住的。"

杰米:"你太棒了。现在让他放松一点。"

阿尔韦恩双手抓住力量网。那时候,一切都变得好明显:他的出生就是为了这个。这个四岁的孩子站在这些拥有巨大魔法的巫师肩上,开始让他的咒语旋转。劳伦等着,世界都在等着。

不可思议的光线如旋风般旋转,然后暗下来,她的穹顶力量弱了下来。

劳伦睁开眼睛,看了看周围。每个人都伸长脖子准备着。到底发生什么事情了?

她看着阿尔韦恩:“宝贝,你做了什么?”

“我把它修好了,那个大裂缝。”

“什么大裂缝?”

“地上那个大裂缝,所以它不会把我们的房子都弄湿了。”

有时候同一个四岁孩子对话往往很容易产生云里雾里的感觉。

“我想他稳定了圣安德烈亚斯断层。”索菲的声音从训练圈的一端传来,从她的声音甚至可以听到她的抽泣。劳伦注意到所有负责土系魔法那块儿的看上去都受了很大震动,都因为筋疲力尽而变得苍白。

几百个人的大脑都在想着刚刚发生的那些不可思议的事情。

内尔慢慢地点点头:“错就出在这里。这个海岬本来就是那样的。宝贝,你对那个大裂缝做了什么?”

阿尔韦恩看上去一点也不累。“我把它修好了,所以它不会太跳。我没有让它停下来。那会让大地受伤的,所以她让我不要那么做。但是她说我可以让它不要那么跳。”

他同整个地球对过话?劳伦很高兴她现在已经坐下来了。她可以听到从外圈传来的窃窃私语。

“我觉得那个断层又开始要来了。”麦克听上去同索菲一样,带着哭腔,“不太确定时间范围。地球同我们的时间范围是不一样的。”

阿尔韦恩精力充沛地点点头:“有点像打嗝。当地球打嗝的时候,就会有地震。那个可能会有大浪然后弄湿我们的房子。”

他朝着内尔笑道:“妈妈,就像打嗝的宝宝一样。我拍了一下大地,她打了一下嗝,所以现在她不会打嗝了。她说哪天我还需要再做一次,但是短时间内不会。”

内尔摇摇头,不相信地笑起来:“宝贝,你让大地打了个嗝?”

“嗯,她说谢谢。妈妈,我做了件好事,对不对?”

内尔将他抱进怀中:“宝贝,那可是前无古人的咒语。”

当中心散开之后整个训练圈就散开了。

杰米递给劳伦一些饼干:“边吃边享受吧。”

“我会的,但是我觉得还好。”

杰米摇摇头:“我真的不知道你俩到底怎么办到的,精神都还这么好。我们剩下的这些人都快崩溃了，尤其是那些有土系魔法力量的。”

劳伦皱起眉头：“为什么他那么快？看起来真的是个好短暂的咒语。”

杰米差点被他的饼干呛到：“劳伦，都快午夜了。他的咒语持续了好几个小时呢。”看起来像是一会儿一样。

杰米把一只手放在她的肩膀上。“你把他的力量稳住了几个小时。他同反常的大地通话，你还是把他稳住了。如果你有剩余的精力，进入内尔的大脑试一试。”

劳伦看到内尔把阿尔韦恩抱在大腿上。她的大脑里只有一件事：感激。

有人在叫杰米，他最后捏了捏她的肩膀，走开了。劳伦到处找纳特，她看到吉尼亚还在她的臂弯里。米娅同谢伊在那儿徘徊，吉尼亚看起来一动不动。

劳伦快速走到她朋友的旁边，看到吉尼亚不省人事。在人群中找不到帮手，她只能找到珍妮姨母的大脑：珍妮姨母，吉尼亚出事了。

珍妮姨母快速地冲出人群：“孩子，怎么了？”她看着吉尼亚，然后笑了笑。“啊，天。我们又有个小女巫了，是不是？”

她摸了一下米娅的手臂：“宝贝，快去找你的妈妈。”米娅冲进人群。

“是不是这个训练圈伤害到她了？”劳伦问道。纳特同珍妮姨母都没有受到吉尼亚一动不动的影响。

“啊，不，亲爱的——恰恰相反。所有的训练圈都会是很强的催化剂。通常会唤醒那些隐藏的天赋。她那时候还不是。”珍妮朝着一个被爸爸抱着的小孩子点点头。

“吉尼亚也是女巫？”

“看起来好像是。”

劳伦看看周围，看到其中一个紫色头发的孩子躺在妈妈的大腿上。“珍妮姨母，我觉得你的外孙也是。”

当她朝那边看的时候，珍妮姨母的眼里充满了泪水。看到内尔从人群中走过来，珍妮姨母站起来，朝着她的外孙走去。

内尔抱了抱米娅同谢伊：“你俩还好吧？”

米娅咯咯地笑："我们很好，妈妈，我们觉得吉尼亚的头快要炸了。我们知道她会是一个女巫。"

"我希望她会瞬移术。"谢伊说道，"那样的话我们就不用担心阿尔韦恩了。"

内尔笑起来："至少可以让你们三个的房间干净一些。"

劳伦想，他们可一点都不嫉妒。她真的在想内尔怎么把孩子教育得这么好。

躺在纳特大腿上的吉尼亚动了动，"妈妈，我头痛。"

劳伦记得当她看到杰米的预知的时候头痛的感觉，感同身受吧。

索菲突然出现了："我可以帮点忙。不好意思，来晚了点——我们今晚发现了四个新的巫师，所有的头都很痛。"

麦克，同索菲一起出现的，拿出一袋饼干："他们还是让火继续着，但是，现在还是吃点这些吧。可以帮助恢复一些体力。这是我做过的持续时间最长的一个训练圈。"

索菲点点头："真的是一个很复杂的咒语，他也很小心。内尔，他表现得很好。"

劳伦还是想弄清楚这个时间流逝是怎么回事。"看起来你俩最清楚到底发生了什么事情。"

索菲笑起来："我觉得阿尔韦恩最清楚。我们只是搭顺风车的。但是，我们也同其他人聊过了。看起来如果你的土系魔法力量越强大，你就越可能能跟上阿尔韦恩在做的事情。"

内尔点点头："说得对。你和麦克是我们中最强的两个。"

"他们今天建的这个训练圈，至少是这样，你同杰米都同土系魔法力量有联系，但是又涉及其他的东西。所有外围的几个人也有很强的共鸣。"

劳伦摇了摇头："我感受到的就是光和短时间的摇晃感。"

"塔比莎怎么样？"内尔问道，"她的土系魔法魔法很弱，但是她是同你俩在一个组。"

"她同劳伦一样都没有感受到什么。"麦克说，"但是她的渠道好像受到很大的震动。听上去好像意念巫师都感受到了劳伦感受到的东西。”

他很敬佩地看着劳伦:“干得太漂亮了! 真的是很漂亮的一次引导。”

劳伦脸红了:“当杰米恐慌的时候,我也差点吓死,但是我还是稳住了。那之后,我跟其他人的感受没有什么差别。”

内尔看上去吓呆了:“杰米害怕了?”

啊,劳伦后知后觉地意识到不是所有人都能像她那样觉察到那些细微的变化。“嗯,阿尔韦恩把他的力量送到空气魔法三人组的时候,力量太强烈了。”

内尔看上去还是很震惊。“杰米从阿尔韦恩一出生就开始训练他。我都不知道他还会怕什么。”

杰米,好像刚刚醒过来一样,满嘴的热狗说道:“还真是害怕了,我也敢承认。我觉得都找不到一个词来形容阿尔韦恩扔给我们的力量。捣蛋鬼! 他有点兴奋过度了。”

“我觉得空气进来的时候我都有点摇晃。”内尔说道,“但是我真的不知道。因为我们其他人还没有建立联系。你们怎么控制的?”

杰米把剩下的热狗递给吉尼亚然后笑起来。“劳伦朝阿尔韦恩吼起来。很有用。”他朝劳伦眨眨眼。“你有天也会成为很出色的导师的。”

“我朝他吼了么?”真的? 糟了! 劳伦想。真的? 听上去好像很紧张,但是她从来不会吼。可怜的阿尔韦恩。

杰米笑得不行,他真的受不了了。“她的这个联系真的是前无古人人了,几个世纪以来,她很担心,然后朝着施咒者吼了。他很好——劳伦,看看。”

劳伦看着杰米指的方向。这个让大地打嗝的孩子,这个让大半个加州不至于滑向海洋的孩子,正挥舞着燃烧着的棉花糖棒。

莫伊拉姨母把水晶球放回桌子上,她已经泪流满面了。啊,她的小阿尔韦恩和劳伦干得很出色,真的很出色。劳伦今晚响应了她的使命,即使她都不知道。阿尔韦恩真的施了一个很好很好的咒语,对加州人来讲是永久的财富。

对索菲和麦克而言也是吧，如果她读懂了发生的一切。他们不是第一对因为完整训练圈而相爱的人。两个会治愈术的人在一起——真的会很搭。

她的宝贝吉尼亚是女巫。真难想象！太美妙了！

CHAPTER 20 第二十章

劳伦希望在杰米宣布去芝加哥之前他已经吃好了早饭,因为接下来发生的事情让她一点食欲都没有了。

吉尼亚,脸上还是挂着热泪,拽着纳特的胳膊。"我不想你走! 你和杰米叔叔都应该待在这里。"

纳特不知怎么腾出那么多空间将三个八岁大的三胞胎抱在腿上。"抱歉。我也不想这样,真的很难过。但是芝加哥是我的家。我的瑜伽室也在那里。我已经离开很久了。但是我会很想你的。""这儿也有瑜伽",吉尼亚抽泣起来。

纳特没有再说话,只是抱着她们。劳伦从她们这么伤心看得出,纳特同杰米真的不应该分开。没人相信他同纳特只在一起待了几周。

杰米怀里也有个不开心的孩子,只有一个,那就是阿尔韦恩。阿尔韦恩把头埋在杰米的胸前。

内尔挠了挠吉尼亚的背:"宝贝,他们会回来看我们的。"

杰米紧紧抓住这句话,就像抓住救生筏一样。"我们会的。劳伦需要同珍妮姨母训练,也需要同阿尔韦恩一样训练。我们都会回来的。"

吉尼亚往上看了看,眼里充满了期待:"什么时候? 你们什么时候回来?"

杰米看着劳伦。劳伦觉得自己被无辜地拖下了水,但她也不知道怎么办。

“3月19号是她们的生日。也就是四周后。”内尔又说话了。

“四周?”吉尼亚抽抽道,“妈妈,还有很久呢。”

内尔叹息道:“我知道。但是那样的话杰米叔叔同纳特还有劳伦不就可以给你一份很棒的生日礼物了吗?”

吉尼亚耸耸肩,回过头去拥抱纳特。劳伦不知道怎么把这个抱着三个小家伙的纳特塞进去机场的车里。天呐,真的不好弄!

莫伊拉姨母:内尔,下午好!我看到你上线的提示灯亮了。

内尔:现在您还挺在行的呢。我要用力拧一下摄像头。吉尼亚说可能会有点慢。

莫伊拉姨母:我可不想碍事。但是我觉得前几天摄像头都还好好的。

内尔:老实说,我只是想分分心,跟你聊聊会好一点。我满屋子都是些伤心的小家伙们,我让他们坐下看电影了。

莫伊拉姨母:伤心?是昨天之后么?我从我水晶球看到了。真的是很了不起的魔法。吉尼亚也是巫师。

内尔:我知道你在看。不是昨天,是今天。纳特同劳伦回芝加哥了,杰米跟着去了。

莫伊拉姨母:啊,我明白了。

内尔:我希望我不明白。我当然希望纳特同杰米好,但是我真的受不了他远在千里之外。

莫伊拉姨母:他们是认真的喽?

内尔:看起来是的。纳特的工作在芝加哥,杰米又很自由,所以也说得通,我说得对不对?

莫伊拉姨母:他的训练工作怎么办?他一直都是阿尔韦恩的导师。

内尔:我希望训练的事情倒是很容易搞定,我们这里也有很多有天赋的巫师,但是……

莫伊拉姨母:但是他们之间的那种联系是割不断的,我想是那样。

内尔:对的。阿尔韦恩还小。对他俩都真的很难。

莫伊拉姨母:纳特会有可能会离开芝加哥么?

内尔:你知道的,如果只是瑜伽室的话,我想她可以。但是劳伦同她是家人,劳伦的生活也在芝加哥。

莫伊拉姨母:硬把她们分开对每一个涉及其中的人来说都不容易。给点时间吧,内尔。顺其自然。

内尔:我也在努力。他们下个月会回来参加三胞胎的生日。

莫伊拉姨母:啊,春分。对新的魔法来说是个很重要的时间。

内尔:我都没有想那件事。昨天过后,一切都变得很难想象了,但是今天魔法什么的都不那么重要了。

莫伊拉姨母:涉及爱的时候其他的都不怎么重要了。但是爱同魔法一起更好。我觉得过几天这些小家伙就又会来同我聊天的。

内尔:他们会的。那主意不错。我们也可以试试同在芝加哥的家伙们聊天。可能又会让他们活蹦乱跳。在那之前我试试给他们吃冰激凌吧。

劳伦在她的地板上爬。飞往芝加哥机场的飞机都得延误,是不是物理的基本规律之一?

加上在拉斯维加斯的跑道上的四个小时,到早晨的那悲情的一幕,到修复地震裂缝,真心崩溃了。她从未这么累过。在确保她的行李箱不会在自己早上起床喝咖啡时把自己绊倒后,劳伦脱掉衣服,瘫在她的沙发上了。

她终于到家了!

CHAPTER 21
第二十一章

“啊,天!”杰米看上去很惊愕。“这些都能搭配么?”

劳伦坚持要那样。当一个男人在一个地方住了三周一点家具都没有时,就该行动起来了。“杰米,又不是要搞室内装潢设计。”

杰米交叉着双臂,走去开门。劳伦跟在他后面,不确定他真的会让搬家公司的人进来。

她的朋友肯亚是这方面的老手。她可以拉来一车家具同配饰,让一所平淡无奇的房子在一个小时内变得魅力时尚。如果杰米的心情没有好转的话,她欠劳伦一个人情,尽管不是太大的一个人情。

“我们在他们卸货的时候可以去一趟百吉饼店。”

杰米皱了皱眉头。“不行。我想看看她到底想把什么东西留在这里。如果是那些荷叶边的东西,我就搬出去。”

他让她想起来那个四岁的阿尔韦恩。“我猜这是你的‘原始人洞穴’——我觉得不会弄什么荷叶边的东西的。老实说,看看你这房间,你怎么能就这样过?”

劳伦把摄影机拿出来,记录了房间现在阴郁的状态。她同内尔打赌,要给她看看房间前后的照片对比。

起居室里只有一个松松垮垮的沙发,还是纳什给的。堆放的塑料牛奶箱当成茶几用。剩下的大部分空间都是空着的,除了角落的一个有三个显示器的工作站。一个朝着沙发,很明显还兼有电视机的功能。

她大胆地朝着杰米的卧室看了看,还是他一贯的单一家具风格。差不多就是那样了。纳特说他的衣服都放在房间外圈堆成一堆。这个男的真干净——一点都不懂得装饰打扮。

唯一例外的就是厨房。三周的时间内,杰米搞到了劳伦所见过的各种各样厨房用品,一套精美的铜质水壶、盘子,还有盐罐同胡椒罐。这到底是个什么样的男人,起居室里一样家具都没有,倒是把厨房弄成了厨师的天堂。

劳伦拍了最后一张照片后把照相机收好。尽管杰米很是恼火,劳伦还是尽量替肯亚的搬运工说好话。那时候,他有些平静的震动,但是应该持续的时间不长。

她学着他的样子站在门边,"看到什么荷叶边的东西了么?"

"没有。但是看到了斑马纹。如果那个斑马的头出现的话,我打算把它挂在你门上。"

"我觉得一个洞穴人不太会碰到死动物。杰米,给一次机会吧。"

杰米抱怨起来:"让一个人放松一点倒是容易。你要是感觉自己的生活被打扰了,你怎么想?"

劳伦扑哧笑了:"你一个多月以前不还跑来告诉我我是女巫的?"

"好吧,你赢了。算了。"

劳伦用手臂碰了碰他,很高兴看到他气消了。杰米可不是那种会生很久气的人。"我需要你帮个忙。"

"我已经在帮你忙了。"

"帮另外一个忙。闭上你的眼睛。"

杰米怀疑地看着她,然后转过头看到自己那松松垮垮的沙发被抬了出去。该死,她还想不让他看到。

"那沙发是个宝贝。他们要把它抬到哪里去?"

劳伦耸耸肩。抬到沙发天堂去,她希望。"杰米,看看你的起居室。"

肯亚站在屋子中间,挥舞着手臂让人把最后的物件搬进来。不到五分钟时间,她已经把那个坐的区间弄得跟杰米在伯克利的家一模一样。

她看出他认出了那个熟悉的东西——杰米想家的情绪伴随着深深的感恩。

纳特从门外走进来。“天，劳伦，太完美了！”她吻了杰米一下，“我看到你中意的宝贝沙发被抬下楼了。很不好意思它成了更新换代的牺牲品。我在离开瑜伽室之前订了泰国菜，应该快到了。”

杰米笑起来：“拿点吃的打发我这头发怒的野兽？”

“如果有需要的话。”纳特把他拉到沙发上坐下，“这都是劳伦的主意。她告诉内尔把你伯克利起居室拍下来。”

“要是能让这个单身汉摆脱那种单调的装饰，内尔什么都会同意。”

劳伦想，其实只要能让她的弟弟开心一些，内尔什么都会同意。她坐进一个真的很舒适的双人小沙发，杰米和纳特在一旁相互逗弄。

对她同纳特来讲，回到芝加哥的生活真的是莫大的安慰。劳伦很开心见到她的朋友，她的沙发，她的星形冰激凌存储间。在回来的第一周，纳特就在她所熟悉的环境下教授了一堂高水平的、令人愉快的瑜伽课。

杰米就不一样了。对他而言，他跨出了很大一步才来到芝加哥，但是他真的没能安定下来。除了厨房以外，他至少懂得照顾他的胃。

希望这个可以让他有点家的感觉。杰米需要一个窝，劳伦的工作就是为他们提供那样的一个窝。

内尔：劳伦，房子装修得怎么样了？

劳伦：你又欠我巧克力了。我把那个旧沙发移出去了。

内尔：我已经输了很多巧克力给你了，还有纳特……我真的逢赌必输。

索菲：他们说克服成瘾的第一步就是承认你有问题。

内尔：啊，闭嘴。

莫伊拉姨母：劳伦，你拍照片了么？

劳伦：内尔，我拍了。怎么才能把它们传上去呢？

内尔：吉尼亚和米娅为这事儿专门建了个图片库。看到这个小的图标了么？在右上角。

劳伦:太好了,等我一会儿。嘿,那儿也有这些小家伙们的照片。

内尔:珍妮姨母也为你上传了一个照片集。

劳伦:我看到了,谢谢。这个弄好以后我会慢慢看看。啊,等等,这儿还有段视频。吉尼亚用魔法的视频——莫伊拉姨母,你能看到她么?

莫伊拉姨母:天,当然可以看到她。看那些开放的花儿。内尔,你是不是有个小小的土系魔法的巫师?

内尔:嗯。她也可以用火,但是更擅长用土系基本元素魔法。阿尔韦恩那天的咒语好像把很多有土系魔法潜能的巫师都唤醒了。那晚上被证明有魔法的都同地球有关。

索菲:我觉得我的魔法好像比之前更强了一些。很微妙,但是确实如此。麦克也注意到了。

内尔:啊,真的吗?你有跟麦克聊过,对不对?

劳伦:快说……

莫伊拉姨母:姑娘们,别逗她了。你们在完整的训练圈的时候难道没有看出来么?

索菲:莫伊拉姨母,你什么都不会错过,是不是?我们是有聊聊天,真的没有什么。他今年春天的时候会来这儿走走。

内尔:他是个不错的男人。你们的孩子会很美的。

索菲:啊,快闭嘴吧。

内尔:要给8岁的孩子当监护人么?我可以把吉尼亚送过去——她对你那个花园还有药草屋可着迷了。现在她非常迷恋花草。

索菲:我当然愿意她来我这边,我相信莫伊拉姨母也是这样希望的。但是可能得等到初夏吧,花花草草都长得最好的时候。

内尔:我也是那么想的。我会等麦克第二次来了以后再把她送过去。

索菲:拿杰米的话来说,还有没有隐私了?

莫伊拉姨母:亲爱的,当然没有。

内尔:劳伦,说到训练,你自己的进行得怎么样了?

劳伦:我真希望没人问我……

索菲:祝你好运。莫伊拉姨母同珍妮姨母在训练这件事情上都很坚持。

莫伊拉姨母:是的。你现在的基础很牢固,但是你需要更多的训练,至少基本的训练要保证。

劳伦:我知道。我只是想休息一下。在加州的时候觉得很紧张,现在回家我终于可以松口气了。

莫伊拉姨母:你确实值得好好休息,但是也需要经常的训练。从那些小的屏障开始练习。

劳伦:好的,夫人。

内尔:珍妮姨母也是那样的想法。

当莫伊拉姨母同珍妮姨母合起伙来对付你的时候,就真的是很严肃的事情了。她会做一些经常性的练习的。很快就会。

劳伦并没有逃避使用魔法。只是经历过那次美妙的完整的训练圈之后,她害怕了。她当时负责让14个人的生命不受到威胁,也许不止14个,而自己还是个半吊子的女巫。她以前是个房产经理人。负责给人们找房子。但还不涉及掌控人家的生死。

她会找出一些用意念魔法行善的事情做。这也是受珍妮姨母耳濡目染的影响,那些思想已经被灌输进劳伦的脑海里。剩下的,她只要努力不去想就行了。

劳伦打开珍妮姨母建的相册。里面有两张图片,她已经有点抽泣了。

珍妮姨母真的很擅长拍照。她那紫色头发的外孙蜷缩着睡在海洋之角的一块光滑的石头上面。阿尔韦恩在玩沙盒,当他把一个沙做的城堡飞起来的时候,他开心地笑了。三张全神贯注的脸看着吉尼亚手中的花儿慢慢地绽放。

最后一张照片不是珍妮姨母拍的——没有她与众不同的特色——但是还是深深地打动了劳伦。

最后一张是她同阿尔韦恩的照片,在一块光滑的石头上面对面坐着,周围都是不可思议的光。她看上去跟他一样都是巫师。

杰米都不确定他有看到过纳特紧张的时候。

他打开洛洛之家的店门,他们同纳特的父母要在这个豪华的餐厅吃午饭。斯麦思夫妇刚从波士顿飞过来,进行纳特所描述的对她"一季度一次的探访"。她也告诉了他其他的一些事情。

他们会给他吃的,事情能糟糕到哪里去呢?杰米看了看餐厅周围,后面跟着个很严肃古板的女服务员。肯定不是一个吃汉堡包的地方,其他人的盘子中的食物看上去也不像是吃的。该死。他也有规矩——只是不到万不得已他不想用而已。

女服务员在一对年长夫妇所在的桌子旁边停了下来,看起来就像是一个豪华的财务广告的开场镜头。杰米握着纳特的手,他能感觉到她的手心都是湿冷的,而且一点都不稳定。

"爸妈,这是杰米。杰米,这是我的爸妈。沃尔特·斯麦思同弗吉尼亚·斯麦思夫妇。"

仍然感觉像财务策划广告,杰米想道。杰米帮纳特把椅子拉出来。"很高兴认识你们。我在弗吉尼亚有个侄女,但我们都叫她吉尼亚。她很爱纳特。"

"我不太喜欢昵称,"弗吉尼亚说道,"娜塔莉亚,我觉得你还是没有改掉你那迟到的毛病。"

杰米眨了眨眼。这是什么意思,是去校长办公室么?

他看了看纳特。除了饭桌下湿冷的手心,其他的都很安静。或者说看上去像完全茫然,就像她把纳特收好了,把娜塔莉亚从哪个储物柜里拿出来了一样。他可不喜欢娜塔莉亚。

他意识到沉默表示纳特并没有反驳弗吉尼亚的问题。

"我的错。我当时正忙着完成一些程序的代码,那耽误我们了。"

"你同电脑打交道?"沃尔特听上去觉得那是个可以接受的职业。

"嗯,是的。我的家人建立了一个在线的视频游戏,巫师王国。我的姐姐同我负责大部分的编程,但是我的小侄女也开始帮忙了。"

死一般的寂静,一次重击!大多数人觉得制作视频游戏是一件很酷的事情。这是一个不错的开场白。

他想着说点其他的:“你们大部分家人都在波士顿么?”

弗吉尼亚果断地点点头:“斯麦思一家都在波士顿住了超过200年了。我们等娜塔莉亚完成了她年轻的探险后回归。”

天,又是一次重击!

纳特开始说话了。“我的瑜伽室在这里,妈妈。我的生活在这里,我可预见的未来也在这里。”杰米看到她眼里有一丝幽默闪过。啊,这才是他的纳特。他差点就把那个蹒跚学步的小家伙同雪人讲出来了。可预见的未来,真的是这样。

弗吉尼亚说:“未来总是充满变数的。”

让这见鬼去吧。那高高的声调从盘子那儿传过来,要是哪个男人连这都可以忍受,那他就太懦弱了。

“我很高兴您意识到那一点。您的孩子有自己的生活一定让您很难受吧。”

弗吉尼亚打着哈欠。这一击不错——现在再次出击。“您一定为纳特感到很骄傲吧。她是位出色的女商人——心灵瑜伽师,绝对的好名声。”

弗吉尼亚还是在打着哈欠:“嗯,我确实没有想到一个斯麦思家庭的人会做那样的事情。我觉得娜塔莉亚同她的小企业干得还不错。”

杰米站起来。现在是时候去不同的地盘玩了。任何一个好的玩家都知道要在自己的地盘上玩。“为什么我们不去她的瑜伽室看看呢?只有几个街区远。我觉得从上次您来这到现在,已经有很大变化了。”

三双震惊的眼睛看着杰米,那说明纳特的父母从来没有去看过她的瑜伽室。

沃尔特几乎有点结巴地说道:“但是我们留了位置了。”

“没问题。”杰米笑起来,“从心灵瑜伽馆转个角就到了我住的地方。我们看完之后,我可以做饭。我做的意大利酱还不赖。”

杰米挽起纳特的手臂,把她领出餐厅。纳特的父母十分困惑地跟在他们后面,场面似乎有些混乱。也许他们会对番茄过敏。太糟糕了!

纳特喃喃地说道:“谢谢你。我自己能行,但是还是谢谢你。”

她可以,但是谁想同自己的父母过不去?

他们一路沉默,而后到了纳特的瑜伽室。很快就有一节课了,纳特被一群人拥着。她很受学生的欢迎。

杰米想过把一些情感同唠叨传到她父母的脑海里。感受你们的女儿是多么受尊敬同喜爱吧,你们这两个笨蛋。他觉得自己的意念魔法还不足以改变纳特父母的想法。现在,他得想想后招。劳伦已经训练了几个月,也许可以给他们做做情感移植。通常劳伦都是很反对那种激进的干预的,但是她爱纳特,所以也许杰米能说服她试一试。

好想法,但是也许想个其他的方法更好,最好不让新女巫用魔法干这么“邪恶”的事情。

纳特的父母走进了主瑜伽室,他跟着他们。他回忆起他第一次出现在她瑜伽室里的场景。他得再让她看看预知的那些回忆。

你们知道什么最打击她吗?你们这两个笨蛋。不是宝宝,不是雪人,而是在圣诞节同他的家人在一起。

他怎么能忘记当时她对那种生活的渴望?他不知道同沃尔特和弗吉尼亚过圣诞是什么样的,他也不想知道。

难怪她那么爱他的家人。

劳伦沿着芝加哥码头走着。她刚刚欣赏完格林利夫妇在婴儿墙上完成的美妙色差。对褐色砂石公寓的一切他们都很喜欢,包括隔壁屋每天上门捣蛋的小淘气。

即使寒风也吹不散她的好心情。今天算得上是个好日子了。芝加哥正处于三月中旬,但是一点都不温暖。她决定多做一些工作,打算下午去芝加哥花卉园艺展。

她每年都会去。作为房产经理人,她能够掌握最新的景观美化潮流。而且在花海里畅游总是让她很开心。

今天,所有人都聚集到墙面花圃这块儿。她个人觉得把那些花花草草弄在自己的墙上,浇水总是个大麻烦。但是如果绿墙够坚固,似乎也是不错的装潢方式,她想多了解一些。

回到自己家里,自己熟悉的一切真的很开心。也该是时候进行训练了。珍妮姨母所说的还是有一些作用,至少有一些。

重新找回适行房产经理人的魔法练习可不是一蹴而就的,她现在还没弄清楚怎么把自己的工作同意念魔法结合起来。她已经不止一次地进入销售经理人的大脑了,希望找出一些对她的客户有利的信息。

她也有自己的规则同道德。最近她的好些谈判都是通过电话进行的,电话交谈可用不了多少读心术。但是当客户看房子的时候,能读到她客户的情感绝对是有很大帮助的。

现在她都能捕捉客户可靠的心愿单,这让她帮助客户找称心如意的房子更直接、更容易。过去的几周是她事业最辉煌的时刻,她已经差不多有两笔快要谈成的生意了。

当然那样的话就没有很多空余时间来进行魔法训练了。但是,莫伊拉姨母是对的——她只是需要每天进行一些必需的训练。当她在看最新的绿色装饰品的时候,她也可以试试一些轻轻接触的训练。

轻轻接触的训练通常涉及两到三个人,需要慢慢地轻轻地提高他们的交流质量,就跟她对农贸市场那个讨厌花椰菜的男孩儿所做的一样。

前面那对夫妇看上去可以是个好的开始。那个年轻的孕妇正把一个男人从一个展厅拽到另一个展厅,大部分情况下他都是很不情愿的。

劳伦进入她的大脑,看到了一小片后院,都是土和草。她看到了那个梦——一个炎热的夏天,在树荫下野餐,孩子在郁郁葱葱的草坪上玩耍。有点太理想主义了,也许是吧,但是真的很甜美。

劳伦转而进入了那个男人的大脑。他的大脑里满是你需要为大树挖的洞,后院里的一片狼藉,还有他老婆计划的这些东西的花费。但是,在那些想法背后还是有那样的画面:一个小男孩儿跟自己一起踢球,或者推着三轮车到处走。

一个五个月大的孩子坐着三轮车,他脑海里出现的是这样的画面,劳伦笑了笑。其实跟他的老婆的想法一样理想化,但是同样很甜美。

她想了一会儿。或许可以让对方互相看看他们的想法,但是作为房产经理人,她还是找到了折中的办法。慢慢地她把一个图像传到了夫妇的脑海里,一个是有一些草,一个沙盒,一个是清凉的树荫,也许某天树下还会有秋千。

丈夫看了看四周，然后指着那边展出的一张吊起的花园床。劳伦很吃惊——那不是她所希望的。再次回到他的大脑，她意识到她已经成功了。吊起的花园床同沙盒有很大的相似性。

“你对他俩做了什么？”

劳伦吓了一跳。在她旁边的一身黑衣的女人看上去既好奇又怀疑。她抓紧了脖子上戴的吊坠。“你对他俩做了什么？”

天！她还没有学会怎么应付这种情况：用魔法被人抓住。“我不知道你在说什么。”

那个女人斜了一下眼睛，握了握她的吊坠，劳伦甚至都不想用意念看看她在想什么。她加固了她的屏蔽。

“哇，你还不错。”那个女人边说边伸出手，“我也是女巫。我会点读心术，但是我……”

“嘿，我是劳伦。”除了那个，劳伦想，其他的也不知道该说什么。

“我不知道芝加哥还有其他会读心术的巫师。你还会其他魔法么？”

劳伦默默地摇摇头。她才不会在芝加哥的园艺花卉展的走道上说那些同魔法有关的东西。

“太糟糕了。我们需要找一个会空气魔法的巫师来完成我们的训练圈。”那个女的从袋子里拿出一张名片，“我们明天晚上会有一次女巫聚会，你也可以来看看我们。我可以给你的魔法做担保。如果你感兴趣，请晚上7点过来。”

当那个女人离开的时候劳伦看了看卡片。巫术——书、坩埚、药剂原料还有更多的东西。啊，天呐！

CHAPTER 22 第二十二章

劳伦坐在餐桌旁，桌上放着一盒棉花糖派冰激凌。她觉得焦糖果心冰激凌不太适合四岁的孩子。

阿尔韦恩冲着视频笑了笑，他把棉花糖派冰激凌倒进碗里。内尔已经决定不把一整品脱都给他了。

“我的新自行车很闪、很红、速度还很快呢！”阿尔韦恩对他刚刚得到的新自行车赞不绝口。

“你知道怎么让它停下来么？”

阿尔韦恩耸耸肩：“我觉得我应该往后踩，但是总是记不太住。如果我要撞到什么东西了，我就把它移开——那很简单。”

劳伦把勺子指向摄像头：“不能耍赖，小家伙。你要学会怎么停自行车，否则我去看你的时候就害怕站着看你骑自行车了。”

“我也可以把你移开。”

“要是某天你的魔法失灵了，你不知道怎么停，那怎么办？你会从山顶一直滚到大海里去的，然后呢？”

阿尔韦恩笑了笑，想把冰激凌从他下巴上舔掉。那是必败之仗，阿尔韦恩早就胸有成竹：“魔法不会刹车，傻瓜。而且我会游泳。”

劳伦都不知道是不是爱上了这个逻辑混乱的四岁的小家伙，但是同他视频总是她一天中最开心的事情。她听到她的前门开了。

“嘘嘘嘘，”她悄悄地说道，“杰米叔叔来了。如果你够安静，你可以在他走进屋子的时候吓吓他。”

太安静了。劳伦真的觉得他是不是按了静音键。真是喜欢恶作剧的孩子。她听到杰米的脚步声就在她身后，她朝阿尔韦恩眨了眨眼。

“杰米叔叔，惊喜吧！是我，阿尔韦恩！”

杰米对小家伙的渴望传到了劳伦的脑海里。啊，天，千万别想着让一个意念巫师吃惊，即便他魔法不是很强大。他的屏蔽完全放下来，想要看到他侄子的脸已经把他的一切都出卖了。

劳伦从椅子上站了起来，这样杰米就能坐下来。仅仅几秒钟之后，他的屏蔽重新竖了起来，又变成了友好的杰米叔叔，同阿尔韦恩一起聊天，告诉他有关自行车他该做的事情。四岁大的孩子总会重复说些事儿。

劳伦望着墙，眼里充满了泪水。她不知道是怎么回事儿。她一直没有真正意识到阿尔韦恩对杰米而言意味着什么。

他们俩更像是父子而不是叔叔和侄子。好吧，不是真的——阿尔韦恩已经有个好父亲了，而且也有很多人深爱他。但是杰米对阿尔韦恩的感情很深，来芝加哥后好像把他劈成了两半。

她静静地等着视频结束，在想自己到底要打探些什么。

杰米抬起头：“那个冰激凌我可以吃吗？”

劳伦把冰激凌递过去：“你真的非常想念他。”

“嗯。”

“嘿，你吃我的冰激凌，你说话都不超过两个字。还有没有规矩。”

杰米浅浅地笑了笑：“我想每一个人，但是特别想他。这个家伙很不一样，没同他在一起总是更难建立联系。”

“你还有不到一周就要见到他们了。”

“我知道。”杰米停下来，看着冰激凌。很明显，棉花糖派冰激凌并不能治愈一切。“他把他的训练进展告诉我了。珍妮姨母在同他做一些意念方面的训练。那很好。很明显我同他在一起的时候，我们可能更多地关注基本元素魔法同施咒了。”

“那是你最擅长的，不是吗？所以那样做是有道理的。”

“很有趣罢了。阿尔韦恩的力量仿佛用之不竭,我们可以做很多同其他训练生不能做的事情。天呐,大部分巫师都做不到。我也很想念那样的日子。”他抬头看着劳伦,“你怀念同他一起训练魔法么?”

劳伦都不确定自己是该说实话还是安慰杰米。“有时候,但是老实说,在加州的那周真的太疯狂了。其实在海边待一段时间真的很棒,我也正努力恢复我原来的生活。”

杰米点点头:“即便那是你出生成长的地方,那儿的生活也会让你很紧张。那时候我就经常骑着摩托车沿着卡梅尔兜兜风。”

劳伦想,真是该死,这下这个想家的家伙应该更加想家了吧。还是换个话题吧。“你今晚想去女巫大会么?”

杰米看着劳伦,仿佛她在说着什么纵酒狂欢之类事情。“你要去参加女巫大会?”

“我甚至都不知道女巫大会到底是什么样子。我想可能会有坩埚或者吟诵一些莎士比亚的台词,但是我觉得那都是我从学校学到的有关女巫的知识。”

“理论上讲,女巫大会就是一群女巫在一起训练。”杰米看上去有些痛苦。

“那实际上呢?”

“实际上,其实很侧重仪式,但是不太强调真正的魔法。”

劳伦回想起在海洋之角那夜的完整的训练圈。“可不像在海边的篝火晚会。”她很喜欢那晚深夜的烤棉花糖,还有把睡着了的阿尔韦恩抱回车里的时刻。

“在加州我们对于仪式这类都是采取极简主义。莫伊拉姨母的家庭更传统一点,也更注重基础一些。”

劳伦很清楚地知道杰米如果把手伸向天空,风在他耳边呼啸会是什么样子。肯定是一个彻头彻尾的巫师,不管仪式是不是够简单。“但是女巫大会不一样么?”

杰米犹豫了一下:“我觉得自己最好不用猜的。我碰到过很多参加过女巫大会的,弄点爱情药剂,然后自称是巫师。”

劳伦笑了笑,然后把名片递给他:“你说对了。”

杰米翻了一下白眼:“你从哪里弄到的?”

“昨天我在园林园艺展会上练习意念触碰的时候,这个给我名片的女人好像知道我在做什么。”

“你被抓现形了?”杰米舀起一些冰激凌。

“我不知道她到底知道了多少,但是很明显知道一些。她还想要扫描一下我,珍妮姨母一定会责怪我粗心大意,但是很明显那位女士也是意念女巫。还自称自己是神使。”

“太好了。芝加哥正需要这样的——一个散漫的没有经过良好训练的神使。”

劳伦笑起来:“她邀请我参加今晚的女巫大会。我觉得你应该跟我一起去。”

“还是留下来吃冰激凌吧。相信我。”

如果可以让杰米不那么想阿尔韦恩,还是值得一去的。“我下班后来接你。我先给你做点吃的也行。”

“今天下午同我一起去上纳特的课吧。如果我要忍受那些恼人的弓状姿势或者开胯动作,你也应该试试——开胯动作应该被禁止。然后我们可以一起吃晚饭,回来再看看电影。”

“有点意思,我也同意那个该死的开胯动作应该被禁止。上完课,吃完晚饭,然后我们把纳特送回家,然后再去女巫大会看看。”她朝着杰米眨了眨眼。“她们会很喜欢你的。而且她们的训练圈还缺个会空气魔法的巫师。”

杰米抱怨着,举起冰激凌:“还有没有了? 要我去应付那些业余的家伙?”

劳伦走进厨房:“我还有焦糖果心味的。”

今天下午精神瑜伽的中级课程现场真是人山人海。劳伦不知道纳特怎么还可以在垫子中间走来走去。要是某个人在练树式瑜伽动作的时候摔倒了,那整个屋子里的一大半人都得被他绊倒。

她和杰米同其他偷懒的家伙一样在后排窃窃私语。如果你在前排,你的身形同柔韧性都是会提高的。

然而,杰米看起来并没有走神,当纳特说"三角形姿势"或者"下犬式"的时候,他同其他人一样动起来。只有每天坚持做瑜伽你才会在三周之内看到如此巨大的变化。对你来说就是爱。

直到做到开胯动作的时候,杰米开始反抗了。劳伦用了最简单的方法——假装你非常努力地在做。

可是纳特并没有她的高中历史老师那样好骗。要不就是她还不至于在做开胯动作的时候把后排放任不管。在她坚定的眼神的注视下,即使是杰米也为他的骨盆找到一些空间,不管那意味着什么。

像死人一样躺在地上是后排的人最擅长的事情,屋子里一下子就空了。人们开始走出房间,他们可能是去吃东西,或者回家,或者慵懒地躺在沙发上。杰米同劳伦与纳特三人站在一起,目送着人们离开。

劳伦说:"这个班人好多。"

纳特看上去有些小担心:"我知道,我也不知道该怎么办。其实课堂里人多对练瑜伽来说没太大的好处。"

"但是在做平衡姿势的时候就不容易摔倒了。"杰米说,"总会有个人在下面接着自己的。总能抓住某个人的。"

纳特笑起来:"骗子。你们后排的人真是无可救药。"

杰米捅了捅纳特的肋骨:"什么?你是不是把字典吃了?"

劳伦想,差不多吧。很多瑜伽老师英语同语言学的学分都在4.0。"你可以搬到更宽敞的地方。要是你愿意我可以找我的同事弄张表。"

纳特叹了口气:"要么那样,要么就多开几堂课,但是我们的日常安排已经很满了。所有下班后开的课程都像现在这样。几年前我还得分享瑜伽垫,同别人合伙教课,因为我们真的没有办法安置每一个人。"

"所以,还是考虑一下搬到大点的地方去吧。"杰米说,"劳伦是对的——就那么办吧。"

纳特看了看瑜伽室:"我觉得自己很不想离开这个瑜伽室。劳伦,你记得第一次我们来看这房子的情景么?"

"是的啊。月租差点让你吐了,但是这个地段位置不错。"

“所以你又进我的大脑了。很明显，你那时候是对的。”

劳伦笑着说：“我就说。”

纳特看着杰米：“就是那次劳伦得到了她的工作。当她劝我租这个房子的时候，那个代理很是吃惊。某种意义上讲，我俩都是从这里开始的。”

“如果这地方这么有意义，”杰米说，“那就留着吧。在其他地方再选一个，就不要搬了。”

劳伦想，杰米真的了解她。他若无其事的自信驱走了纳特从孩童时代养成的自我怀疑。

“我现在不需要做决定。”纳特说，“劳伦，你能在附近找到合适的房子么？”

“当然。我知道有个地方空着的。我们明天早晨可以去看看，当然如果你愿意的话。”

纳特点点头，握着杰米的手：“告诉我们在什么地方，什么时候。”

看上去他俩真的很认真，如果纳特选新瑜伽室都带上杰米的话。她一直有留意杰米预知里有关房子的描述。所以在留意房子时多花了点心思。

现在，在去参加那群业余女巫们的女巫大会之前，他们需要吃点东西。

今晚可能会很糟糕。但好吧，即便是蜗牛给它安个好听的名字，你也会觉得它很美味。杰米不知道为什么自己会让劳伦把他带到那样的女巫大会上去。也许她是抓住了自己脆弱的时候。

事实上，他自己没有什么参加女巫大会的经验。一个很虔诚的组织在大学的时候想要他加入他们，但是一般情况下女巫大会都不太进行集体活动。

理智上他明白不是每一个生长在魔法比雀斑更常见的魔法家庭的巫师都能从中受益。他可不是什么独居的巫师，那种团队协作观念在他那里是根深蒂固的。但是同一群陌生人合作就是另外一回事了。

当他俩来到巫术商店门口的时候，他看了看前面的窗户。真的如料想的一样，里面摆满了书同水晶球，还有一个真的很古老的硬壳大坩埚。他对这个破东西到底进行过什么科学实验一点都不感兴趣。他只认识一个用坩埚的女巫，而她的坩埚是铜底的，还很干净。莫伊拉姨母绝对不会用不干净的工具。

劳伦在他旁边偷偷地笑，然后指着某样东西让他看。那里有一个红色的熔岩测试管，周围还有几瓶爱情药剂。

他试着告诉劳伦其实他们真的没有必要来。“我们可以走。”她只是笑了笑，还是抓着他的胳膊，“一定很有趣。也许我也可以得到点爱情药剂。”

天，女人都这么容易相信那种东西？他推了推门，但是门并没有开。太好了！也许他们今晚来就是个错误。

“你是来参加女巫大会的么？”这个讲话的女人大概只比杰米矮了一英尺，穿着长长的蓝色斗篷。

“是的。”劳伦说，“我昨天遇到一个女人，她邀请我来的。我都还没来得及问她的名字，但是她说她是神使。”

“啊，那可能就是莱瑞了。我是贝丝，火系魔法女巫，女巫大会的负责人。”她朝着杰米耸了耸肩，“他是谁？”

“我的一个朋友。”

“我们的仪式不欢迎不是巫师的人。抱歉！”

“他是巫师。”劳伦说。

贝丝上下打量了一番杰米：“你怎么证明？”她问道，“通常情况下得有人担保你有魔法这样你才能加入大会。那些已经是会员的人。”

杰米跺着脚，他的脚趾已经冻得冰凉了。开什么玩笑，这个所谓的圈子里就没有一个人能够做个简单的力量扫描么？真是菜鸟。但是，他也不想被冷死。既然她说她是火系魔法女巫，他召唤了一些力量，在他手心里产生了一个小球。

他看得出贝丝很吃惊：“你不用准备就可以那么做？”

真的太菜了。这个咒语他的火系魔法训练生在几周内就能学会。“我可以。那我们现在是不是可以进去了？外面冷死了。”

贝丝看起来很困惑：“今晚还好啊，对，进来吧。”

里面已经有五个人等在那里了，其中一个穿黑色衣服的是跟劳伦打过招呼的。那一定是莱瑞了。

贝丝开始讲话了："劳伦是神使，莱瑞已经告诉我们了。她带了个朋友过来，那个人是杰米，他有火系魔法。我替他担保。"很明显，这样的说法让那群人很满意。

贝丝很快介绍完其他人。杰米摆摆手，他已经快速扫描了整个屋子里的人。如果真要跟这群业余的家伙打交道，他至少想知道她们是怎么样的人。

贝丝有很强的基本元素魔法，有点火系魔法和一点水系魔法，其他两个的力量都很小，一个有水系魔法，一个是土系魔法。莱瑞只有意念魔法。剩下的两个杰米都没有感觉到她们有什么魔法。

他怀疑地看着劳伦："除莱瑞以外还有别的意念巫师么？"劳伦摇摇头。太好了。一个没有经受过什么训练但力量很强的女巫，三个力量很弱的女巫，两个不是女巫。这看上去注定没什么好结果。

贝丝看着杰米："我们今晚打算弄训练圈，你有那种力量？你有火系魔法，但是如果你会另外一种就太好了。"

接下来杰米所做的就真的值得颁发一个英勇勋章了。杰米耸耸肩："看上去你们好像还差空气魔法，我可以。劳伦是个引导人。"

五张茫然的表情。只有贝丝看上去像知道他在说什么。"我听说在一个海岸用一个人联系整个训练圈的训练，你指的是那个么？"

差不多。"是的，如果你不用引导人，也可以让劳伦同莱瑞一起观察吧。"

别急。他告诉劳伦。如果她都不会施咒，你就不能联系。让我们看看她们都会些什么。

很明显那同贝丝的计划有冲突。她把其他人领到空着的密室，然后组成了一个训练圈。杰米真的想指出她们组织中的漏洞，但是他还是一言不发。

那个有水系魔法的女巫却在负责土系魔法部分，而那两个没有魔法的却站在水系魔法巫师应该站的位置。

杰米施了一些快速但很安静的咒语，然后整个训练圈就兴奋起来了。让一个会火系魔法的负责这样一个杂乱的训练圈,什么都可能发生。

他看着训练圈的开始仪式。一切很合乎贝丝的胃口,她也不是一个喜欢搞得花里胡哨的人。他们召唤了基本元素魔法,然后开始了。当到时间召唤空气的时候,杰米只是抓住了一个小小的卷须。他不想让这个马戏团一样的训练圈里的人太尴尬。

从他这个施咒者的角度来看,贝丝费了好大劲才把那些杂乱无章的力量流串起来。水从训练圈一端冒出来,那个会土系魔法的因为魔法太弱了而不能跟任何人联系,那两个没有魔法的却给整个训练圈搞出两个大窟窿。

没有什么可以做的了,他朝劳伦发送了一个意念连接,那样劳伦就能看到发生的事情:我早就说过了。值得称赞的是,她也被吓到了。

对于一个没有经受什么训练而又没什么用的训练圈,贝丝的所作所为还是超出了杰米的预期。她点燃了两根蜡烛,差点点着了第三根。

当她宣布整个圈子解散的时候,最令他想不到的是他们居然欢呼雀跃起来。真的要花点儿时间才能弄明白他们在欢呼个什么劲,很明显他们以前肯定连一根蜡烛都没点着。两根,啊,太重要了,贝丝也知道自己差点就把第三根点着了。

“他们努力了,你本可以帮助他们。”劳伦把想法发给杰米。

“你欠我一个人情,大大的人情。”杰米把想法发送给劳伦。他对于那些需要训练的巫师总是觉得负有责任,他一直就是这么长大的。“贝丝,我觉得如果你对这个训练圈做一些小小的改变,可能会很有帮助。”

贝丝还在为刚刚的蜡烛事件欣喜不已。“什么改变?”

“你们中一些人位置站错了,其中有几个根本没有元素魔法。”

啊,那太容易得罪人了。贝丝挥手示意不要骚动。“你怎么知道?”

他希望劳伦现在可以帮忙证明一下自己有信心说那样的话。如果她帮忙的话会很好的。“因为我训练巫师。你可以做一些简单的扫描就知道他们有没有魔法。”

他朝着她们说道:“你有水系魔法,但不是土系魔法。你把水能量弄到了错误的一边,打破了平衡。你们两个,我没有测出你们有什么魔法,因而让这个训练圈断开了。贝丝,你有很强大的力量,但是你真的需要很努力才能把这个训练圈弄在一块儿,然后剩下的力量就不够你施咒了。”

一个刚刚被杰米说成不是女巫的人看起来想把他拆成两半。“你哪里来的胆子在这里指手画脚?我做会员已经有10年了,你说我不是女巫?”

杰米又说道:“我只是说我没有检测到。如果你们要个更强大的训练圈,你就需要真正会土系魔法和水系魔法的人,我会空气魔法。我可以带领你们进行基本的训练圈训练,如果你想要的话。贝丝,你得听我的,我可以建立一个意念通道让你看到我正在做的。”

马上就有人大声反对了。劳伦挤了挤他:“杰米,你需要给他们展示一下。”

好吧。杰米转了一圈,其实也是为了显摆一下。他把房间里所有的蜡烛都点着了。房间一下子就安静下来了,大家都惊呆了。

最后贝丝说道:“告诉我们该怎么做。”她同另外两个移到杰米指定的位置。

现在更为轻缓了,他带领他们召唤了基本元素魔法,还有一些简单的力量糅合。他慢慢地移动着,每一步都尽量保证对贝丝有利。

当他聚集了足够让这个不成熟的训练圈可以掌控的力量时,他念了一句咒语,用来逗宝宝的。五颜六色的泡泡在训练圈中跳起舞来。

这次圈子散开,没人动。杰米打破了沉默:“贝丝,你都明白了么?”

她慢慢地点了点头,还是不说话。

“杰米,我们该走了。看看这个房间的人。”

杰米照着劳伦所说的做了,他扫描了一下整个屋子。虽然他连劳伦一丁点的力量都比不上,但是他还是觉察到了那种平静下隐藏的敌意。

参与刚刚训练圈的三个人完全沉浸在他们前所未知的力量中。另外的三个充满敬意但也充满敌意地看着他们。这次的聚会真有爆炸性。

劳伦是对的。贝丝得好好努力才能成为一个训练圈的领导者,他的出现只能证明她有多么不称职。

他站起来准备离开，但是还是在贝丝旁边等了一会儿，递给她一张卡片。“这些地方你都可以去，去接受训练。也可以给我写邮件，如果你感兴趣的话。”

杰米跟着劳伦走出了房间，刚刚的经历带给他的冲击比他愿意承认所受到的震撼还要大得多。这一切只是让他更想念在一个真正完整的训练圈里训练。

这个世界上还有很多巫师散居在巫师主要聚居地之外，当然他们有些也干得不错。

他原本有可能跟他们其中的某些人一样的。真的有可能。

CHAPTER 23 第二十三章

劳伦递给纳特一个装有房产信息的文件夹。"今天早上我们有三个地方可以去看看,但是我觉得这是最好的一个,所以我觉得应该先看。"

房产经理人需要知道他们的步调。在你把最好的选择提供给客户的时候,通常都还要准备一些其他的可能性。像纳特这样的客户,那你就要先拿出最好的。

劳伦打开大楼的门:"这里有两层,这里可以建一个接待室。还可以腾出空间安置一个小商店,还可以用来换衣服之类的。水管设施都已经安排妥当,卫生间也安好了,所以装修应该花不了多少钱,而且我们可以把增建作为租金的一部分。"

纳特看上去有点眩晕:"劳伦,这里太大了。要把一切收拾妥当需要花很多功夫,但是那个零售空间真的很好。我一直打算卖点瑜伽方面的器材的。"

"我知道。"

纳特笑起来:"我是不是一直都是你意念实验的小白鼠?"

最近不是,劳伦想:"不,看透你的想法太容易了。我在你的瑜伽室柜台下面看到了普拉纳同盖亚的目录。我们做房产经理人的会留意到像那样的细节。"

杰米端着咖啡走了进来:"嘿,这地方真大。纳特,你这里都可以摆摊了。”

劳伦笑起来:“杰米,你来晚了。纳特已经把东西都订好了。我们上楼看看吧,上面是用来上课的。”

上楼的时候,劳伦觉得自己的客户如果是最好的朋友的话,可以老套一点。“纳特,闭上眼睛。”劳伦把她领进屋子中间,面朝着两扇窗户对着的地方。杰米已经点头同意了。

“好了。你觉得怎么样?”她觉得客户已经心动了。那就意味着客户很愿意买这个房子。其实也不算很意外——这个工作室的空间真的很棒。墙的两面都是窗户,还有裸露在外面的砖头,古老但闪闪发光的木质地板。

纳特开心地转起来,然后做了一个迷人的弓背姿势。她头手倒立,在自己被绊倒之前用手转了好几圈。劳伦用肘部碰了碰杰米。他在很开心地看着纳特的时候忘了把意念屏障给竖起来了。其实真的有的东西是不可以分享的,即使是杰米也有很别出心裁的想象力。

杰米看上去有点难为情,然后把屏障加固起来。

纳特坐起来,不再那么兴奋地打量着这个屋子。“劳伦,这儿真的太棒了! 精神瑜伽真的可以从这里发展壮大。但是租金真的有点吓人。我是不是问都不要问市中心这么大的一个房间要多少钱?”

“还是不要。这么大,肯定很贵——但是你的收入也会增加的,尤其是你在楼下开始卖些东西的时候。而且还有谈判的空间。”

纳特笑起来:“我就知道价钱肯定低不了,你都不愿意告诉我。”

杰米挥舞了一下手中的信息表:“这个说明他们有打算卖这个房子。”

“他们是有那样的打算,但是不用太担心。那样我们在租金上或许还可以再谈谈,因为如果房子有人租的话在卖房的时候还能谈个好价钱。”

杰米没有完全听劳伦在讲什么:“这个房子多少钱?”

劳伦眨眨眼。她觉得有人好像要买一样。杰米吗?“我觉得他们会要800万,但是我可以去查一下。”

纳特终于插进来:“杰米,我可买不起。也许在郊区买个还可以,但是这个肯定买不起。”

“魔法王国应该可以。内尔和我一直想要做些投资，这儿看起来值得一试。古老的建筑，极好的地理位置，房客也很好。”他朝着纳特笑笑。“我可以帮你搞定租金的事情，你帮我其他忙怎么样？”

劳伦觉得自己脸上的表情肯定跟纳特的目瞪口呆一样。“你们有足够的钱买芝加哥市中心的房子？”

“是啊。我们的会计总是朝我们吼。这会让她真的很开心的。劳伦，你可不可以安排看看房什么的？我们会付现金，所以价格方面希望可以再商量。”

很明显杰米不是第一次接触房产交易。

他的起居室里摆的是大学朋友不要的沙发，老天啊！来加州还不到一周时间，她的男友突然变成了千万富翁了。

劳伦意识到这个真的是锦上添花。她抓着纳特的手，纳特还是没能缓过神来。“你一定要答应我一件事情。”

劳伦朝着杰米的方向笑了笑：“麻烦……麻烦……麻烦当你父母知道杰米有钱的时候，我一定要在场。”

“我们能不能就从网上买？这真的太痛苦了。”

杰米不喜欢下午出门。他们三天后就出发去加州了，还得给三胞胎买礼物。劳伦拽着杰米谨防他逃跑。这是壮丽大道，又不是某个糟糕的郊区购物中心。

“如果你帮我们买到合适的礼物，我们就可以早点离开。”纳特说道，拽着他的另一手肘。“你觉得我们给她们买什么礼物好？”

杰米看起来像大多数男人会有的那种无助的表情。“街对面有个苹果专卖店。她们都很擅长编码。我们可以给她们买些电子产品。为什么我们不去看看最新的苹果电脑？”

劳伦听完，开始嘲笑杰米逃避购物的计划，然后又想了想。吉尼亚同米娅已经为巫师聊天室的视频添加编写了许多代码了。

30分钟后，他们离开了苹果店，手里拿着最新升级的加强马力并且私人订制的电脑。这些电脑价格高得离谱，劳伦真的很吃惊。很明显苹果笔记本电脑的基本款远远不够好。杰米尽可能地安装了他能找到的更新。几天后那些小家伙们收到礼物肯定会乐开花。

劳伦突然有些恐慌，她把屏障放到自动防御的状态，然后想找出自己恐慌的原因。一个男人在人行道上横冲直撞，急匆匆的。杰米很明显也感受了他的恐慌，但是不知道那阵恐慌来自哪里。

劳伦意识到现在不是该讲究那些礼节的时刻，现在需要先斩后奏，而后再寻求原谅也不迟。她进入了男人的大脑。孩子丢了。孩子有一头棕色卷发。

好吧，她可以帮些忙。劳伦快速地站到男人身边。“可以帮你吗？”

“我的女儿，我把女儿丢了。她只有三岁，穿着黄色的雨衣。我刚刚还看到她的。”

“她叫什么名字？”

“德兰西，但是她听不到你叫她，她听不到声音。”孩子的爸爸有些颤抖。难怪，劳伦开始能感同身受了。他怎么在芝加哥繁忙的大街上找到一个走丢的听不到任何声音的孩子？光想想那些可怕的交通就让她觉得想吐。

“劳伦。”杰米摇了摇她的肩膀，“你可以找到她的。现在看看，现在。她应该还没有走出你的能量范围。”

她怎么忘了她的意念魔法？劳伦努力想要控制。纳特正平静地跟孩子的爸爸说着话。好一些了。她现在感受不到先前他的恐慌了。

劳伦排除了壮丽大道上成千上万的大脑，只是找个走丢的小女孩。德兰西，宝贝，你在哪里？她一个方向接另一个方向地找，一遍又一遍，还是没有找到。

杰米进入她的大脑：试试房子里面。她也许进了里面的某个商店。

劳伦沮丧地看着他。我不行。我的力量还不够强大。我找不到她。

杰米把自己的力量同她的联系起来。用吧，就像训练圈一样，这次你再试试。

劳伦抓住了。天呐，她可以看穿水泥墙。她发疯似的想要把新的能量用到极限。为什么今天这么多人出来购物？！

她差点就没能觉察到德兰西的大脑。孩子沉浸在一个梦里,同她自己的名字只有很微妙的联系。不,不是梦,是一个故事,一本书。

劳伦绝望地看看周围:“一个书店。她在一个书店。”

“鲍德斯!”纳特开始朝北跑,拽着孩子的爸爸一起跑。天,差不多有一街区远。劳伦真的希望她是对的。杰米在她旁边一摇一摆的。天,他看上去像喝醉了。或者说累得不行了。他到底传给她多少力量?

他们冲进鲍德斯书店。孩子爸爸发疯似的到处找,但是书店太大,人又很多。纳特,很明显比其他人清醒,朝着服务台走去。

劳伦上气不接下气,再一次试了试找德兰西的大脑。她困惑地朝着身后看,德兰西正坐在橱窗展示旁边,大腿上有一本书。

孩子爸爸冲向孩子时,恐慌一遍又一遍地冲击着她的大脑。爸爸同孩子拥抱,挥舞着双手,用哑语对话。爸爸这边是感激涕零,而女儿那边全然不知道发生了什么事情。

劳伦不需要翻译。小女孩一定是看到了她最喜欢的书的超大版本,跟着其他人走进书店想仔细看看。坐在窗户旁边又很舒适。

现在可以不避开旁人了。劳伦耸耸肩松了口气。

她意识到在她旁边的杰米还是摇摇晃晃的。她把他推到旁边的椅子上坐下来,然后从包里拿出巧克力棒。他需要更多的吃的,而且不能等。幸运的是,壮丽大道这里有很多吃的。

杰米感激地笑笑,朝着刚刚重聚的父女俩点点头。“你干得不错。”

“我们干得不错。我觉得自己像是做了X光扫描。”劳伦看着杰米,“你到底给我传了多少能力?你看上去像是累垮了。”

杰米吃完了剩下的巧克力:“比我应该给的多。比我们在安全的训练圈的情况下做的要多得多。”他耸耸肩。她听到了他未说出来的话:有时候魔法是不能等的。

“如果没有你的能量我肯定找不到她的。”

“总会有人在窗户旁边注意到她的。但是话说回来,我们不知道她是不是在一个安全的地方。几年前我一直想象阿尔韦恩不声不响地走上大街的情景。”

杰米笑起来:“另外,我来这边很久没有练习了。”

劳伦自己记下等回去的时候要向杰米弄清楚他们到底冒了多大的风险。然后笑道:“啊,真的太棒了。”

自打她离开加州,她就没有用过魔法了。那种感觉真是无与伦比啊。

劳伦艰难地爬上她公寓的楼梯。今天真的太累了,她只想躺在沙发上。她绕道去了厨房拿了冰激凌,然后窝进自己放满枕头的沙发里。

她吃了一勺子半烤冰激凌,心满意足地闭上眼。不是她经常吃的味道,但是任何有巧克力的都挺好。

好吧,她真的很累了,但是一品脱冰激凌是不能被浪费的。劳伦眯着眼,从冰激凌盒子里舀了第二勺。她刚抓起勺子,冰激凌就从她手中消失了。

原本很开心的她突然被吓到。杰米现在正同纳特在一起相偎相依才对,应该没有几个人会对她的冰激凌感兴趣才是。“把冰激凌还给我,讨厌鬼。”

笑声从她的沙发背后传过来。阿尔韦恩穿越半个国家把她的冰激凌抢走了。她靠过来,摸着他的头。即便他搞完恶作剧就逃走了,她还是很想念他。

在抓到他之前,他们还有时间。坐到这里来,至少同我分享一下呀。

阿尔韦恩把一品脱递给她,然后在她沙发后面动来动去:“我可以再吃点么?我饿了。”

她紧紧抱着他。“是不是传这么远要花很多力气?你怎么到沙发后面来的?”

阿尔韦恩摇摇头,满嘴的冰激凌:“不知道,我只是弄偏了一点点。沙发在你脑子里的时候更大一些。”

劳伦想象了一下一个四岁大的孩子从她的窗户掉了下去,她真的庆幸他没有出现那样的偏差。“那你怎么到这里来了？我们过两天就去看你了。”

“我想你。我们今天做了一个训练圈。妈妈说我要同另一个引导人一起。我不想。因为我要和几个又老脾气又不好的巫师一起训练。”

“你不是同珍妮姨母在一起训练么？她才不是又老脾气又不好。”

“嗯，但她没有杰米叔叔有趣。今天她还在大脑里朝我吼了，因为我在训练的时候不专心。”

劳伦想要看上去严肃一点。但是对着一个失望又叛逆的小家伙真的很难做到。“在训练的时候专心是很重要的，尤其是像你这么强大的巫师。但是你肯定知道的。”

阿尔韦恩没了反叛的神情，只是看上去很伤心。劳伦把他抱在自己大腿上，拿起电话。她至少可以给他一个拥抱。

内尔第一时间接听了电话：“嘿，劳伦，我孩子是不是在你那里？”

“嗯。”

“我就知道他肯定是去找你了。他自己在后院玩，我们都不知道他走了多长时间。我想跟他说说话。”

阿尔韦恩听内尔说了一阵。“妈妈，我不想回去。我还想看看杰米叔叔还有纳特。”内尔一说到回去，阿尔韦恩就坚定无比地摇摇头。

劳伦不知道是不是可以强迫一个四岁的孩子把自己送到他不想去的地方。所以她打了电话。“嘿，内尔。听着，我叫杰米同纳特过来。”

阿尔韦恩开心地跳起来：“我可以叫他们！”

杰米同纳特重重地摔在了起居室的地板上，乱成一团，多亏有床单，劳伦想，然后大笑起来。

“嘿，帅哥，可不可以把我们送回去让我们把衣服穿好？”

阿尔韦恩皱起眉头。“杰米叔叔，你为什么光着身子？”

“没有为什么，老兄，你把我送回去穿衣服之前我只能给你讲这么多。”

纳特笑起来：“我在劳伦这里有多余的衣服。”

杰米朝着她吐吐舌头，阿尔韦恩觉得这比看几个光着身子的人有趣多了。“好吧，我会回来的。”

杰米消失了。劳伦希望他真的把杰米送回了房间。大晚上在芝加哥大街上乱走真的会冻死的。

纳特从地板上坐起来，裹着床单走路的她就像醉汉一样，她朝着卧室走去。

“劳伦，为什么他们光着身子？”

阿尔韦恩很坚持，但是劳伦比杰米聪明。她把电话递给他，内尔很明显还在笑。“给，问你妈妈。”

她不知道内尔这个当妈的给阿尔韦恩讲了什么。但是他点点头，笑了笑，然后挂断了电话。“她说你打算送我回去的时候给她打电话。”他脸上又有些不开心的神色，“我不想回去，我想待在这里。”

她的电话又响了，杰米准备好回来了。也许他可以帮忙解决这个问题。

他们四个出去玩了超过一个小时，玩耍、聊天，尽量不谈阿尔韦恩要回加州的事情。很明显没人想做坏人让阿尔韦恩回家。

劳伦迅速地将接下来三天的计划在大脑里快速地整理了一下。她刚刚完成了两笔交易，其他的都可以交由别人来做。“阿尔韦恩，宝贝，你是不是想跟我一起回加州？”

阿尔韦恩看上去很怀疑：“我不知道怎么把你也弄过去。你太大了。”他高兴起来，看着杰米，“如果你帮忙的话我应该可以。”

劳伦还算有理智，至少她知道可以采用老办法回伯克利。“不，我是说我们一起飞回去。你今晚可以待在这里，我们明天早上坐飞机回去。我可以提前几天走。”

阿尔韦恩想了一会儿：“那杰米叔叔跟纳特呢？”

杰米回答道：“我们还有两天。纳特还要教课，我还得帮她拿她买的礼物。”

“我可以拿那些礼物。”

劳伦拧了拧阿尔韦恩的鼻子：“我们还是让它们也搭飞机吧。我会给你妈妈打电话，把这事儿告诉她。怎么样？成交？”

“成交。”阿尔韦恩庄严地点点头，然后边学着飞机的叫声边一圈一圈地跑,“我以前都没坐过飞机!”

杰米看着劳伦:“你太没用了。”

她却不置可否:“你们要在这里过夜么?”

“嗯!”

劳伦肯定她这几周都没有见杰米这么开心过。

CHAPTER 24 第二十四章

劳伦真的很开心内尔会去旧金山机场接他们。将一个小魔法师通过安检口，送上飞机已经够让她操心的了。她想她需要支援。阿尔韦恩已经严重扰乱了安检口了，即使他不是故意的。

现在他们在飞机上了，他被安全带固定在了座位上，暂时被窗户外的景色迷住了。她都不敢想象他会对飞机上的电子设备做些什么。

阿尔韦恩将视线转回来："我看不见其他东西了。都是云。"

"我们到加州的时候你就可以看到更多的东西了。我们会飞过大山，飞过海洋——很酷的。"

"我饿了。"

这个，至少劳伦早有准备。飞机餐只有小小的一袋椒盐脆饼干，劳伦准备了满满一背包零食："苹果，裹了巧克力的花生，还是要芝士三明治？"

"巧克力花生，谢谢。"

真是合她心意的孩子。劳伦自己抓了一把，把袋子递了过去。"我们等会儿吃三明治，只喂你吃糖就麻烦了。"

"你不会惹麻烦的。"阿尔韦恩看上去很确定，"妈妈肯定很高兴你把我送回家了。也很高兴你看着我。"

劳伦用鼻子紧贴着阿尔韦恩的头，吃了一些花生。"很有趣，我也很想你。”

“为什么你不能住在伯克利呢？那样我们就能经常在一起过夜了。”

“我的工作在芝加哥啊宝贝。我帮人们找合适的家。那让我很开心，我也喜欢那么做。”

阿尔韦恩想了想：“伯克利的人不喜欢找到他们的家么？”

“他们也喜欢啊，而且也有很多房产经理人帮他们的忙。”劳伦想那肯定是滑坡效应。“何况纳特也住在芝加哥，她的工作也在那里啊。她是我最好的朋友，如果我不同她住在同一个地方的话我会很伤心的。”

阿尔韦恩满脸愁容：“但是她答应过我让我同那个孩子玩的啊。要是她的孩子在芝加哥我怎么同他玩？”

劳伦困惑了一会儿，然后明白了阿尔韦恩的话。啊，杰米预知里面的宝宝。“要是有个表弟可以跟你一起玩是不是很开心？但是杰米叔叔看到的也有可能不是真的哦。他只是看到了未来的可能性。”

阿尔韦恩摇摇头：“不，不是。那个宝宝在纳特的肚子里了——我看到了。他好小。但是妈妈说宝宝会长很快的。”

劳伦开始给他讲纳特肚子里没有宝宝，然后意识到自己是在跟一个有超能力的孩子讲话。这个孩子同大地都进行过对话。“纳特的肚子里有宝宝了？你确定？”

“嗯，杰尔曼姑姑圣诞的时候有了一个宝宝，所以我知道那看上去是什么样子。但是纳特的宝宝还要小一些。妈妈说有时候最开始的小宝宝会被分成两个或三个。就像吉尼亚、米娅同谢伊那样。我看了看纳特的宝宝，看他是不是也会分出很多小宝宝来，但是好像没有。不过我希望他可以——这样我就有三个表弟了。”她在同一个四岁大的孩子讲受精卵被分成三胞胎的事情。天呐，当你是巫师的时候，生活就不一样了。

飞机上的电影开始了，这让阿尔韦恩很高兴。在看电影之前，他还朝着机窗外望了望。“看吧，纳特得到伯克利来，这样我就能同那个宝宝玩了。她答应过我的。你同纳特一起来这样她就不孤单了。”

劳伦知趣地不再讲话，慢慢地电影就吸引了阿尔韦恩的注意力。但是他的话引起了她的思考。

纳特怀孕了？当然很惊讶，但是鉴于她同杰米的发展情况，也许是件好事情。她觉得任何一个像杰米那样想念阿尔韦恩的男人都可以是个好父亲。

劳伦试图想象她最好的朋友当妈妈的情景。其实也不难。纳特终于可以开始建立她梦寐以求的家庭了。

或者加入杰米已经拥有的家庭。阿尔韦恩说得对。伯克利会有玩伴，会对宝宝有很大帮助。如果只是在芝加哥，他们就只有她。如果半夜宝宝有什么突发状况，任何人都会想向内尔这样有五个孩子的妈妈求助的。

所以为什么每个人都觉得纳特同杰米会住在芝加哥呢？是不是都是因为杰米的预知？同另外一件事情比起来，那个理由看上去站不住脚。

纳特的工作室么？是啊，那是件大事。但是纳特会不会为了杰米和那对她敞开的家庭而放弃呢？而且都快有孩子了？天，是啊。在伯克利开一个新的瑜伽室也不是什么坏事。

劳伦背靠着椅子，有些不安和孤单，让脑子里思绪翻飞。

内尔把两瓶酒放在她厨房的桌上："要就着点饼干吃么？"

劳伦捂着胃："不，谢谢。阿尔韦恩同我在飞机上已经吃得够多了，我觉得我一周都不用吃东西了。"

内尔笑起来："珍妮姨母今天下午会过来同阿尔韦恩还有吉尼亚训练。你可以加入他们——也可以帮你找回点胃口。我知道珍妮姨母很想见你。她都不知道你提前回来了。"

"我需要买些东西，但是我可以明天再去。"

"太好了。也许我可以让你帮我拿一下派对需要的东西。"

劳伦笑起来。来这儿真好。"我可以。杰米告诉你他帮那群小家伙买了笔记本了么？"

内尔假装抱怨起来："我们还真缺那个——再来几台电脑。你们买什么了？"

"买了一些配置非常高的苹果电脑。杰米说你会很羡慕的。他设置了登录密码咒语，所以只有那几个小家伙能用。”

内尔哼哼了几下：“那也可以让阿尔韦恩不捣蛋，但是那些能解开咒语的人就不一定了。”

劳伦笑起来：“我可不知道杰米的咒语到底管用不管用。他自己回来就知道了。”

“他怎么样？”

内尔听上去只是随便问了问。劳伦在开口讲话之前停了一下：“他真的同纳特相爱了。我觉得他每天都必须去上瑜伽课。他现在可以碰到他的脚趾什么的了。”

“但是？”

天。“但是，他很想家。我觉得他是很想念他的魔法。”

内尔皱了皱眉：“他在芝加哥也用魔法了？”

“试了一下。”劳伦还给内尔讲述了一些她同杰米去的那个巫师集会。

内尔摇了摇头：“当有人把魔法搞砸的时候，杰米的表现还不算太糟糕。他是个很不错的导师，尤其擅长同孩子打交道。”

“所以你把他派去找我了？”劳伦笑着问道，“谢谢。”

“那不一样。我们都不知道你是不是女巫。他那时候恰好又有空。要是我知道他去芝加哥会找到阿尔韦恩的引导人，还有他未来的妻子就好了。或许我还能有备用计划。”

阿尔韦恩的引导人。已经几周没人那么叫她了。感觉真不错。

“说到未来老婆，”内尔说，“纳特怎么样了？杰米提到买房子的事情。”

劳伦觉得宝宝可能会破坏那些计划。把杰米同纳特都不知道的秘密讲出来是不是不太好？但是，阿尔韦恩已经知道了。劳伦做了决定，她握着内尔的手。“我想你帮我准备一个惊喜。”

内尔扬起眉毛：“买房子就是很大的惊喜了。”

“那也算。但是阿尔韦恩说纳特怀孕了——他在飞机上告诉我的。杰米同纳特都还不知道。只是我觉得他们还不知道。”

内尔的脸都快裂成两半了：“他们很快就知道了。阿尔韦恩保守秘密的时间跟四岁的孩子没什么差别。”

"我也这么觉得。"劳伦说,"所以我觉得不管怎样这消息都会走漏出去,我想好好利用一下。你能在我们还在这里的时候准备一个婴儿洗礼么?如果姑娘们不介意的话——我不想抢了她们生日的风头。"

"你肯定在开玩笑吧。她们对于准备派对这种事情开心还来不及呢。"

"把这件事拖两天公布肯定需要小帮手的。"

"晚饭后我会让她们保守秘密。我听到珍妮姨母的车停下来了,我觉得接下来你们就要在后院进行训练了。"

珍妮骄傲地看着她的三个训练生。他们今天会做些小的训练。有很强情绪的时候魔法往往是运用得最好的时候,这个下午大家的情绪都很高涨。

阿尔韦恩不管高兴不高兴力量都很强大,但是他今天对自己非常满意。他也应该很满意才是。他那样做只是为了劳伦能回到他的身边。

他们已经玩了四轮的"抓住想法"的游戏。劳伦在芝加哥没有什么训练,已经失去原本有的优势了。第五局打成了平手。吉尼亚很开心地为劳伦鼓掌。珍妮姨母也是,但是更安静一些。让她的训练生知道她偏心可不是件好事。

吉尼亚洋溢着幸福。对于自己即将到来的生日还有纳特的到来,她真的开心极了。吉尼亚仿佛看到了她自己想成为的那种女人,然后表现出相当狂热的崇拜。她的确选了个好榜样。纳特真的是个很好的行为榜样。

能让珍妮姨母很开心,劳伦也很开心。自从上次训练圈劳伦引导了珍妮所见证过的最强大最壮观的魔法后,劳伦就回到了芝加哥,消失了好长一段时间。

有时候会发些邮件,有时候他们会视频,但是她都没能够展示一下魔法。珍妮姨母一直督促杰米,他也同意。

直到今天珍妮还是不很肯定劳伦到底只是短暂的休息一下,还是永远地逃走了。今天劳伦的出现正是赢回她的绝佳时机。巫师世界也一定会很开心的。不是所有人都会心甘情愿接受那么强大的魔法带来的巨大责任的。

珍妮想,自己意识到自己有点犯傻。这个女孩温暖了你的心,赢得了你的青睐,你也想把她留在这里。今天开心的可不只是整个巫师世界。

现在看看吧。劳伦又赢了一局“抓住想法”游戏。五个人中最棒的一个。她很棒——而且也很有教养。

“劳伦,干得漂亮。”珍妮边说边挠了挠阿尔韦恩的头,“还是跟往常一样那么有创意。”

阿尔韦恩由于这样的竞争也更加有兴致了,他之前都很少遇到对手,更别提认识到自己输了。“珍妮姨祖母,再来一次吧,就一次?”

“宝贝,今天玩够了。既然劳伦在这里,我想试试别的。过几天就到春分了,我们自己也会弄几个训练圈庆祝一下。我在想今天是不是可以给吉尼亚展示一下怎么引导训练圈。”

其实这个计划还是她两分钟之前想的。

吉尼亚的眼里放光。珍妮接着说道:“吉尼亚,你召唤土地,就好像我们训练的那样。阿尔韦恩,我想让你负责水同空气,慢慢来。我负责火。劳伦,你可以带着吉尼亚进行引导么?如果有像你一样的意念女巫引导,那样会容易一些,但是我自己不能同时负责引导和火系魔法。”其实她即使睡觉的时候也能做到,但她只是想让劳伦试着做一下导师。

以吾之名,召唤北方大地之神。生养万物之沃土,回应吾之祈愿,化作吾之力量,如吾所愿。

吉尼亚突然从劳伦的大腿上下来,珍妮同阿尔韦恩组建好了训练圈。吉尼亚的声音很有自信,她召唤了土系魔法,她最强的魔法天赋。阿尔韦恩朝着他的大姐笑起来,召唤空气。

以吾之名,召唤东方空气之灵,空气之灵,万物呼吸之源,回应吾之祈愿,化作吾之力量,如吾所愿。

珍妮感觉劳伦似乎把他往回拨了一点,自动担当起了训练圈观察者同导师的角色。她自己召唤了火。

阿尔韦恩平稳地分开他的渠道,真的只有少数巫师才能做到这一点,然后召唤水。

以吾之名，召唤南方火之精灵。火之精灵，创造毁灭之灵，回应吾之祈愿，化作吾之力量，如吾所愿。

以吾之名，召唤西方水之精灵。滋养万物，以汝之意志，聚溪水雨水之力，回应吾之祈愿，化作吾之力量，如吾所愿。

劳伦将如何把土系魔法同左边的阿尔韦恩的魔法还有珍妮右边的魔法连接起来的方法教给了吉尼亚。吉尼亚自信地照着指示做起来。劳伦也自信地指导着吉尼亚。

“你们俩都干得漂亮！”珍妮发送道，“劳伦，让阿尔韦恩的魔法力量加大一点。吉尼亚，稳住了，就像你刚刚做的一样。”

阿尔韦恩照着要求的样子略微加大了力量。力量在训练圈上空盘旋。吉尼亚的欢喜感染了每一个人。

阿尔韦恩想要施咒，劳伦也很想玩玩。珍妮笑起来，还是很小心地保持着同吉尼亚的联系。那样的情况只会发生在有三个意念巫师在同一训练圈的时候——他们可以通过联系来决定事情的进展。

不过意外也就是那么发生的，她冷冷地想。但是，劳伦同阿尔韦恩都好想再次重温他俩的联系。好吧，珍妮发送道，但是别玩过火了。就一个小小的魔法就行了。

阿尔韦恩弄了一个非常漂亮的东西，然后用了他的基本元素魔法，将渠道打开让劳伦进来。他们之间那种温暖人心的平和将他们紧紧连接了起来，劳伦慢慢地同吉尼亚相连。

珍妮可以看到劳伦慢慢地教吉尼亚怎么把力量顺利地推到穹顶的上空。珍妮快速地加入了她的火魔法。吉尼亚对训练圈很陌生，她很快就会累的。

很明显意识到他的时间不多，阿尔韦恩抓起力量，开始施咒。

夏天的微风在吉尼亚周围舞蹈着。萤火虫飞舞着，花园里的草丛中饱含露水的雏菊开始绽放。压轴戏是大自然的歌唱:祝你生日快乐!祝你生日快乐!你闻起来像猴子,你看起来也像。

整个训练圈都哈哈大笑起来。

事情慢慢平息之后,他们朝着有牛奶同饼干的长椅走去,劳伦摸了摸珍妮的手臂:“你确定吉尼亚没有意念魔法么?”

珍妮慢慢点点头:“我想是的。我做了一些常规的评估,就好像杰米对你做的一样。你看到什么了?”

“我也不是很确定。但是她在召唤土系魔法的时候,还有两种不是基本元素魔法的魔法。看上去像是意念渠道。”

珍妮想了想。她什么也没看到,但是劳伦的意念魔法强得多。“她有些比较弱的火魔法,但是你很肯定你看到的那两种不是基本元素魔法。”

劳伦耸耸肩:“你应该比我看得更清楚。我看基本元素魔法的本领很逊的。就好像我说的,看上去像是意念魔法。”

那让她俩都想到了什么,谢伊同米娅。劳伦扬起眉毛:“三个女巫?”

珍妮也不知道:“一切皆有可能,但是她俩好像都没有测试到有什么魔法。三胞胎联系是很紧密的,我也在想那是不是你看到的。吉尼亚也可能把它作为力量源。”

“天呐。那我们怎么知道呢?”

啊,劳伦还是个求知欲非常强的导师。“那是你需要弄清楚的,不是吗?”

劳伦笑起来:“今天你如果还要我做其他的什么事情的话,我需要吃点饼干。”

内尔靠着窗户坐着,她在那里坐了快一个小时了。

从她的观察中她发现了三件事。第一,杰米不是唯一一个想念大家在一起训练的时光的;第二,劳伦会是一个很好的导师;第三,珍妮姨母应该藏了个什么计划。

接下来的几天肯定不会无聊了。

内尔伸手去拿她的电脑同手机。劳伦也不是唯一能制造惊喜的人。

CHAPTER 25 第二十五章

劳伦沿着伯克利市中心的街道走着，津津有味地嚼着百吉饼。她天刚破晓就醒了，由于要倒时差，她的脑袋还是很痛。她没办法说服自己再回去睡一觉，所以决定先一步把购物单上的东西买了。

但是她却被市中心的氛围困住了。伯克利的市中心很混杂。人流、建筑、各式各样的交通工具。她在过去一个小时内见到的自行车比出租车还多。在芝加哥可不是这样。

作为房产经理人，她习惯在周边走走，感受生活，开心也好，伤心也罢，感受改变的力量。伯克利的市中心没有芝加哥那般傲慢，也不崇尚高楼大厦，你能感受到这儿的人的生活态度。这里有一点像芝加哥夏天的时候，只是没那么多游客而已。

整洁的小镇。

劳伦找到了房地产公司，抄近路穿过街道。她喜欢看房地产经纪人总贴在公司窗户上的行情表。职业病。

满足了好奇心之后，她把百吉饼吃完了。这些行情表同伯克利人一样形形色色。生硬的现代住房，色彩丰富而又别致的低矮平房，艺术区中心的一些精心建造的小别墅。那应该就在附近。

十点钟她想参观的房子会开放。在芝加哥她负责那种分户出售的公寓大厦，很少有机会能够参观这些历史小别墅。

劳伦差一点就错过了“出售”标志。

当她在读那些小印刷品（小字）的时候，她的呼吸都有些不顺畅了。拥有良好口碑的房产实务出售。原因：业主退休。要求：有证书、有经验的经理人。

当劳伦盯着那些小字的时候，回忆在她脑海里打转。

同咯咯傻笑的阿尔韦恩还有满脸不满的杰米一起上意念女巫瑜伽课，猫女，纳特坐在餐桌旁，周围满是喜爱她的家人。

她的第一次训练圈经历，在阳光下飞在半空中。可爱的、爱转圈的雅各依偎在他妈妈的大腿上。国家之园外圈的烛光同爱……内圈的力量……杰米对阿尔韦恩的思念。阿尔韦恩在她沙发后面带给她的欢乐。一个蹒跚学步的小孩儿和雪人。

沉浸在这种情绪中，劳伦感受到了自己内心深处的决定。看起来买派对帽同燕尾服得等一等了。

几个小时后，劳伦站在贝基特莫托公园挥手向餐饮公司的工作人员告别。他们干得漂亮，而且丝毫没让人察觉。

这个小公园通常情况下是蹒跚学步的小孩儿的天堂，有游乐场、沙子，还有树荫，周围都用栅栏围了起来，很安全。今晚，这里可以用来开一个派对。

青草地被毯子覆盖着，毯子上放着精致的便携式野餐桌。栅栏上挂满了灯笼，绳子系在两棵大一点儿的树之间。一张野餐桌上堆满了炸鸡、三明治、土豆条、水果，还有一些看起来很棒的巧克力糕饼。

就差客人了。从街上传来的喇叭声说明他们已经到了。阿尔韦恩从车上跳出来，径直跑到了公园里，后面紧跟着他的三个姐姐。他绕着劳伦蹦蹦跳跳，然后跑到滑梯那儿去了。

内尔走了过来，拿着几把椅子。“怎么了？你留的那信息可真神秘啊。”

劳伦咧嘴笑起来。“我觉得你是我认识的唯一一个可以不需要很好的理由就把巫师们召集起来的人。”

内尔笑起来:“对大多数巫师而言,只要有吃的就够了。大家应该几分钟后就到齐了。还好你的吃的够多。我们都带了一些人。”

今天就像坐过山车一样,很明显还没坐完。劳伦觉得自己的心又一次打结了。当莫伊拉姨母小心翼翼地走过公园的时候,脸上洋溢着幸福的微笑。内尔准备给她搬张椅子,她摆手示意不用。“我还没到七老八十呢。我都坐了一整天了。劳伦,我的孩子,让我好好看看你。”

劳伦抱着莫伊拉姨母。“你这一路从新斯科舍过来就是为了看看我?”

莫伊拉姨母朝着她旁边的年轻女子点点头:“我的孙女埃罗伊带我来的。内尔昨天给我打电话,我可不想错过这么兴奋的事情。生日派对什么的可是我最喜欢的事情。我一直都很喜欢杰米,我也想见见他的纳特。”

劳伦看着内尔然后压低声音:“纳特和杰米知道了?还是没有?就是关于怀孕的事情?”

内尔摇了摇头:“我觉得没有。我觉得我要给阿尔韦恩施点什么魔法让他安静下来,但是他还真没费多大劲就保守住了秘密。我那些女儿们笑得很灿烂,我觉得每个人都应该是觉得她们在为快要到来的生日开心吧。”

“太好了!”

“就这样么?这是芝加哥版的宝宝派对?”

劳伦笑起来:“不是。你需要等大家都到齐了。吃点东西。我可不想在吃晚饭之前就把秘密告诉你了。”

她帮莫伊拉姨母装了一盘吃的,在炸鸡盘那儿碰到了塔比莎。“我希望你不要介意我来了。珍妮姨母说你在,我真的想过来打个招呼。”

劳伦递过一个鸡腿然后笑起来:“欢迎你来。不过,你到底来这里干吗的?”

塔比莎笑起来:“同意念女巫斗智,想都别想。我只是想来感谢你,上次你真的帮了雅各一家的大忙。现在他不再一直转个不停了,他们也开始学着互相了解。雅各喜欢推土机,喜欢被人挠痒痒,他现在也在学着怎么玩儿。”

劳伦看着阿尔韦恩追着紫色头发的孩子跑。“那听上去像正常的孩子该做的事情。我很开心我帮了点儿忙。”

“我还有一个孩子。”塔比莎说道，“如果你还有时间，我想请你也帮她看看。”

劳伦笑起来：“如果你想换个新工作，我觉得房产经理人很适合你。我觉得你什么东西都能卖出去。生日聚会后我就去。”我们可以谈谈能不能长期志愿服务一下。

她把搭在她肩上的手挪下来，“天呐，每个人都飞来参加今天的聚会了么？”

索菲脸红了：“我其实已经出发了。这也是很好的邀请麦克的理由。”

“是吗？行动很快嘛，是不是？”

“实际上，我们土系魔法的巫师大部分时间都是很慢的。”索菲笑起来，仔细看了看麦克，麦克正在帮某个小孩子推秋千。“尽管我的最佳才能之一就是让事情发生得快一点儿。”

索菲真的是个很麻烦的女巫，劳伦想道，用手摸了摸她的青金石吊坠。你永远都猜不到，但是她总是有办法得到她想要的。

劳伦又朝四周看了看。几乎所有人都到了。杰米朝她挥手，让她过去。“嘿，劳伦，来见见我的父母。”

天呐。内尔有没有发出女巫求救信号？

差不多，亲爱的，她大脑里的声音告诉她。杰米旁边的女士伸出手向她问好。“内尔说要我们来我们就来了。我是瑞萨，这是我丈夫麦克。”

杰米的妈妈也是意念女巫？劳伦努力克制住纳特怀了她孙子的事实。如果阿尔韦恩能保守住秘密，她也可以。该死的。“真的很高兴见到你。你有一个很棒的家庭。”

瑞萨朝着公园里聚集的人群看了看：“我想是的。纳特的加入再好不过了。”

劳伦冒险看了看瑞萨的大脑外层。很明显她还不够老练。瑞萨眯着一条眼,让劳伦能够看到点什么。杰米是他们的,那么纳特也是他们的。

“谢谢。”劳伦说道。

“不要试图偷偷接近女巫的大脑。不客气。我们爱纳特是因为杰米爱她,但是她真的很值得珍惜。我下午的大部分时间都同她在一起。我都没看出来我儿子能有这么高雅的品位。”

劳伦笑起来:“见到她的母亲你就明白了。”

瑞萨一脸严肃:“我从杰米那里听说了一点儿。一点家庭的温暖都没有。”

“现在有人好好地爱她了,那也是她一直想要的。”

阿尔韦恩打断了她:“劳伦,惊喜的时间是不是到了?”他左脚跳跳,右脚跳跳。很明显他忍不了多长时间了,老实说,她也忍不住了。

意念放大了她的想法,她让大家都注意。慢慢品味着这一刻,她深吸了一口气:“感谢各位的到来。我知道我给内尔发的信息没能讲清楚。”

“这儿有吃的。”杰米说,“很好了。”纳特用肘碰了碰杰米的肋骨。

现在劳伦知道该怎么办了。“几周前,这个人走进芝加哥一家寿司店,让盘子飞起来了。”

杰米笑着回忆着。瑞萨只是翻了一下眼睛。你总是那么爱现啊。她把信息放大到所有人都能听到。作为报复,杰米将他母亲从地面飞起来一英尺。阿尔韦恩自己高兴得飞起来了。

在其他人也飞起来之前,劳伦继续讲起来。

“那改变了生活。就在几天时间内,我就去伯克利进行了意念巫师训练,我最好的朋友同巫师恋爱了。”

“我不知道你们这些总是生活在魔法世界的人是否能明白,但是我是生长在一个靠魔法力量飞起来完全不可能的世界。魔法太不可思议了。但是从认识到接受的过程相当艰难。最初的时候我回到芝加哥真的很开心。”大家都一脸严肃地听着。

珍妮姨母说话了:“孩子,不是所有的都能有你那样的速度。”

劳伦点点头:“我知道,有段时间,我一直都在抱怨。我当时真的想逃得远远的,离开一段时间。但我逐渐意识到只有极少数的人才有这样的运气进入这个神奇的世界。”

她的话吸引了所有人的注意。连阿尔韦恩都回到地面上了。“我回来后才意识到自己是多么想念这里的一切。我是女巫,而且我不是孤零零地生活着。”

她看着莫伊拉姨母:“有人告诉我力量就意味着责任。她是对的。这么一个美好的充满巫师的家庭让我不得不爱。”莫伊拉姨母眼睛充满了泪水,还有很多人跟她一样。

劳伦抑制住自己的抽泣,放下她的屏障,然后接着说:“所以我决定留下来。我今天买了一个房产实物。你现在看到的是一个全新的伯克利房产经理人。”

“劳伦,我爱你。”

劳伦抱起正在蹦蹦跳跳的阿尔韦恩,在他把他俩飞离地面几英尺高的时候紧紧拽着他。“宝贝,我也爱你。我想看着你长大。我会用我的一切支持你的。现在把我放下来。惊喜还有第二个部分。”

到处都浸满了爱。劳伦握着纳特同杰米的手,然后走到公园的栅栏边上。她的想法大声得整群人都能听到。巫师们可不怎么看重隐私这个东西。

“我是伯克利新的房产经理人——你俩是我的第一个客户。”她指着街对面的房子。草坪处插着个大大的出售字样。

屏障放了下来,她感受到杰米最终明白了。暴风雨般的情感几乎要把她淹没了。爱、安慰、感激,然后他开始笑起来。

纳特同其他人一样,还是很困惑。劳伦,像其他优秀的房产经理人一样,知道自己做事情的节奏。这是杰米的时刻,应该等他自己把握。他抓起纳特的手。“纳特,好好看看那房子。”他召唤了力量,将整个房子外边都照亮了。

纳特再次花了更长的时间看了看房子,然后她明白过来。“是预知里的房子。”她慢慢地说道,“在这儿。”

杰米紧紧抱着她,看着劳伦:“我觉得那就意味着伯克利在接下来的几年内会经历一场世纪风暴。”

吉尼亚看上去既困惑又失望:“杰米叔叔,我不明白,那房子有什么好大惊小怪的?”

纳特试着解释道:“你记得我第一次同杰米叔叔见面的时候,他有预知幻觉?”

吉尼亚噘着嘴:“你住在芝加哥的时候。对。”

“就是那个房子。我们都认为是芝加哥下雪的缘故。”

吉尼亚看着那房子,然后看看纳特:“你是要在这里住?你的房子在这里?”没有比这九岁女孩儿脸上更灿烂的笑容了。也没哪个精神病院的吵闹声、欢笑声能赶上这一群快乐的巫师。纳特的脚下长出鲜花。很多小巫师们今晚都控制不住他们的魔法。

内尔同劳伦一道站在栅栏旁边:“我觉得这一切的背后真是个伟大的故事。我真的想把最后一点都挖出来。但是我现在只是想谢谢你们。今天你们让沃克家族的很多成员都很开心。”

“但你想挖的时候,有冰激凌就行了。”劳伦想起那个睿智的老人卖给她的房产实物,而在劳伦聪明地开口问他之后,他只花了三分钟就到了纳特和杰米的房子。她也为纳特的瑜伽室找了几个地方。

一旦她最终意识到她不需要再为是做朋友还是做房产经理人做出选择的时候,其他的就顺其自然地发生了。除了一个小小的细节。

“我能暂住在你那里么?我现在还没找到房子呢。”

内尔偷笑着:“劳伦,这里所有人都愿意为你腾出一张床来。”

当在空中飞着的阿尔韦恩开始撒下火花的时候,她们都抬起头看着他。“说好啊,纳特阿姨,快点答应!”杰米抓起阿尔韦恩的脚,然后放下来。“捣蛋鬼,你得先让我想想。”

他把阿尔韦恩放下来,然后看着纳特:“我本来打算在更安静、更浪漫的地方做这件事,但是请原谅,我觉得你也明白我这个吵吵闹闹的家庭了。纳特,嫁给我,好吗?”

劳伦浪漫地将纳特的答案告诉给每一个人,因为纳特已经激动得不能将心底的“好”从嘴里说出来。

杰米笑得真有趣:“你确定?那样一来,你的生活就没多少隐私了,还得被一帮巫师缠着。”

对纳特来说,那听上去就像是天堂一般。

阿尔韦恩再也忍不住了:“纳特阿姨怀孕了。”吵闹声同爱再一次爆发了。劳伦甚至觉得纳特都不能再高兴了,但是她错了。

阿尔韦恩走过去,一只手放在纳特的肚子上。她靠过去,亲了亲他的头:“宝贝,那里面是你的玩伴?”

“不,不是——里面是个女孩儿。但是没关系,我可以同女孩儿玩,我不介意。我可以教她魔法还有其他的。”

杰米把他抱起来:“小家伙,她可不一定会魔法哦。”

阿尔韦恩亲热地搂住杰米:“她当然是,她好像会火系魔法。如果她继续那样做,可能会把她分成两个或三个。那样我就有很多兄弟姐妹了。”

劳伦想,现在的惊喜真是一个接一个。一个生来就会火系魔法的女巫?生活肯定不会很无聊了。她有了自己的工作,最好的朋友生活在一个巫师圈子里,唯一少了的就是她的沙发。